嫡策

1

文創風 190

董無淵 著

目錄

自序

董無淵

《嫡策》一書，共計九十萬字，耗時近十個月。

在架空的時代，訴說了一個女人前世今生的愛恨情仇，與許多男男女女的糾葛愛恨，是一個主線與支線並行，亂世與盛世同在的時代和故事。在這個故事裡能看見人性的反覆與愛恨，也能看到世事的無常與難料，能看見女人的舒和與男人的剛強，也能看見善人不一定所有事情都善，可壞人也不一定是從頭黑到尾，在這個世界之中，並不是非黑即白，在此書之中，從始至終貫穿全文的除了一個愛字，還有就是這一點。

在看過許許多多的文字後，在看過許許多多的世間百態後，終於決定下筆寫一個屬於自己的故事，屬於自己滿心想要表達的故事。

於是就有了《嫡策》。

在這本書裡講述了一個名為賀行昭的女人，在經歷了前世的愛恨情仇之後，灑脫而終的故事，上天給了她再來一次的機會，在經歷了渣男、母亡、與父族決絕之後，這一世她又當如何自處？是收拾心情重振旗鼓發誓復仇，還是放開心結、放寬心胸，不愧對上天給的機會。

筆者選擇讓女主賀行昭放寬心胸再來一次。

人生吧，不是只有滿懷恨意這一條復仇路可以走的。

自己把日子過好了，才算美滿。

就算這條路上艱難重重，也要堅強地成長，筆者個人認為這才是全文最大的看點，也是最能傳遞正能量的地方——現在的正能量太少了，滿心都是報復與自己不能吃虧，殊不知，放寬心地堅韌下去，才是最能讓自己舒心的道路。

楔子

大周朝隆化十二年三月，冬寒未散，春暖未至，雖有新綠抽芽卻也偶有寒風凜冽，道口胡同人聲熙攘，彰顯著初春時節的熱鬧。

東興胡同口，晉王府卻朱門緊閉，整座府邸緘默無聲，門口高掛著兩個白燈籠，上頭寫著「奠」字。

晉王府的女主人賀氏，歿了。

中庭內豎起一面銘旌，覆在棺柩上的悼詞，洋洋灑灑寫滿了整疋素絹。

「晉王妃賀氏，定京孟縣人，父第八代臨安侯賀琰，兼平章政事，後領太子太保。隆化二年初，賀氏名滿京都，聲譽漸現，遂以王側妃禮聘入晉王府，產子歡，後病夭。隆化四年仲秋，王以側妃賀氏婉靜良安，請旨冊賀氏為正妃，聲譽日聞。隆化八年，產女惠，晉王大喜，甫出生，即軼冊為綿宜郡主。」

「妃性溫馴，名門毓秀，其於上下，整合於內，端靜於外，或少違豫。」

「王結髮之元妻，雖悲難同白首，卻喜能共今生。」

賀行昭飄蕩在被晉王府屋簷樓閣切成的、四四方方的天下，看著跪在靈柩前或假意哀戚慟哭，或真心嚎啕絕望的人兒，手指一點一點虛無地拂過晉王周平甯親手寫下的悼文。

原來死了有這樣的好處，可以是非顛倒，黑白不分，來成全臉面。

明明是她自個兒耍盡手段與周平甯暗結珠胎在前，嫁入晉王府在後；明明是歡哥兒溺水暴斃，慘死在皇后陳氏殿中；明明是周平甯為了保住陳氏，才以正妃之位相易，意圖壓下此事；明明是周平甯「厭屋及烏」，連看都不願意看阿惠一眼。

最最好笑的，卻是那句「悲難同白首，喜能共今生」。

周平甯，你想要共白首、同今生的，只有陳氏而已。

賀行昭低低垂首，神情淡漠地看著立在棺柩旁的周平甯，終是掩眸不再看。

若有來生，若有來生……

我必識人真切，不負殘生。

第一章

雲破初曉，盛冬的定京古城牆外將將透出一線亮，九井胡同裡打更聲一遍接著一遍傳得響亮。

賀行昭在聽見第一聲清亮的打更聲時便醒了，睜開眼愣愣望著頂上拖著墜下的青碧色螺紋雲絲罩，耳邊是更漏裡沙粒簌簌落下的聲音，歪了頭透過帳子，有兩盞明亮的羊角宮燈立在床腳邊，溫暖的光朦朧地照進人心。

被子上薰染的是茉莉淡香，不是周平甯素日喜好的冰薄荷香。

行昭將頭埋在被窩裡，深深吸了一口氣，眨眨眼，將打著旋兒的淚給生生忍了回去，嘴邊卻是止不住往上揚。

三天了，不是夢、不是想像、不是陰曹地府，賀行昭眸中含淚、嘴角帶笑地看著這雙白嫩稚小的手，手小小的，指甲理得乾乾淨淨、整整齊齊，沒有染過胭脂花，沒有為了留存下指甲而戴著三寸長的護甲。自己真的還活著，以七歲的賀行昭的名義活著，一切都還來得及，還可以好好活下去。

或者前一世的倔強恣意……才是夢……一個孤零零活著的夢……

「姑娘，卯時三刻了，該起床……」帳子外有人輕聲喚著。

是蓮玉，行昭連忙坐起身將簾帳拉開了一角，帶了些不確定輕喚了聲。「蓮玉……」

十四、五歲時的蓮玉背對著暖光，依舊有著溫柔的眉眼，長著雙一笑就彎彎的眼睛，從未同人紅過臉，雖不甚美，卻讓人舒服。

這樣好的蓮玉，為了遮掩自己偷著給周平甯遞花箋的行徑，被祖母罰到通州的莊子裡配給了一個瘸腿的莊戶人家，不到三十歲便形如五十老嫗般。

蓮玉被賀行昭直愣愣地看得有些發怵，下意識地摸了摸臉，又看眼前這個年畫似的小女孩，瞪著一雙西域葡萄樣的眼睛，有些似醒非醒的模樣，不由得看著好笑道：「昨兒奴婢告假回來，聽蓮蓉說姑娘不舒坦，賴了兩天床，昨兒才好些，哪曉得今兒姑娘還是沒睡醒的模樣。」

說著話，帳子被兩邊拉開，勾在纏枝銀鉤上，行昭接過盛著蜂糖蜜水的杯盞，蜜水極甜又暖，直直滑進胃裡，連帶著心也像春日裡那樣暖洋洋的。

突然覺得任重道遠，前世裡，被自己糊塗所連累的人、為自己劣行而蒙羞的人，對不起。但也萬幸，還有一次再來的機會，佛祖眷顧。

這一世，母親、蓮玉、祖母、賀家……種種種種的悲戚，她不要再經歷一次了！

行昭正懷著感恩，胡思亂想著，內閣的燈全亮了，留著頭的小丫頭們捧了銅盆、衣物、牙粉等物躬身魚貫入內，另有大丫鬟蓮蓉從外捲起了簾帳，可見天仍舊是灰濛濛的一片，院子裡的積雪在庭院頂棚上吊著的宮燈映照下晶瑩透亮，內閣女孩們的井然有序，帶來了幾分熱氣騰騰。

賀行昭心潮澎湃，仰著臉將蜜水小口小口喝完，衝蓮玉咧嘴一笑，梳洗妥帖後，站在毯上，正伸手搭進袖裡，卻見穿著紫綠繡萬喜紋襦裙、外面罩著件百花褙子的婦人捧著幾個匣子從抱廈裡出來，賀行昭眼神一亮，開口便道：「王嬤嬤！」

王嬤嬤，是賀行昭的乳娘，因生母方氏產後體虛無力，賀行昭便自小養在賀家太夫人院子裡，王氏是方家選送來的的乳母，如今三十二、三的年紀，從賀行昭出生便在身邊盡心盡力服侍著，最後卻被臨安侯繼室應邑長公主攆出了府，從此不知去向。

行昭想起應邑長公主，心頭如針扎似的痛起來，應邑就像是賀家的飛來橫禍，逼得母親慘死，祖母避其鋒芒，一年有泰半的時間都躲在莊子裡，大概只剩下爹爹是高興的。

王氏邊將匣子放在桌案上，邊蹲了半身禮後急匆匆起來。「我的姑娘欸，可得抓緊著點了。前頭兩位姑娘並大少爺、七少爺都到了，三房從八燈巷走都快到了！太夫人還問了姑娘喝完蜜水了沒……」

行昭回了神，一笑，仰頭由著蓮玉半蹲著繫上襦裙的帶子，清了清喉才道：「喝了喝了，一口氣兒喝完的！嬤嬤記下這麼大段話兒可累？快喝口水潤潤。」

侍立在旁的蓮蓉低了頭吃吃一笑，將一方赤金鑲邊如意鎖從匣子裡選了出來，遞了過來，說：「太夫人才捨不得怪罪，姑娘連吃了兩天藥，昨兒晚上才有了精神，今兒就急吼吼起了床要去和太夫人問安，太夫人只會心疼！」

「也就是姑娘疼妳們！放別的主子屋裡，嘴巴沒個把門的，主子們早就——」王氏橫了眼蓮蓉，卻見行昭捂著嘴偷偷笑，便只好住了話，手腳麻利地摳了黃豆大小的一粒春雙膏，在行昭臉蛋上輕手輕腳、細細抹開了，又唸叨著。「今兒是三房的外放回來頭一遭去給太夫人請安，是大日子，姑娘可不好任性。」

行昭邊接過遞來的大襖披上，邊仰頭瞇了眼睛由著王氏將霜膏抹勻，聽得這竟是三房才回來的時候，心情好極了，胡亂點點頭，嘴上答應著。「是是是！」

榮壽堂前廳，匾額高高掛著，上面刻的是御賜的四個字「寧靜致遠」，梨花木八寶閣旁立著棵長得蔥蘢的矮子松盆景，再穿過抄手小廊，裡面的笑鬧聲便擋也擋不住了。

「祖母這兒的香不像是尋常薰染的茉莉香，聞著倒有股佛堂裡的味道……我回去自個兒想方法調，卻總也調不出來！」這是二叔家的三姑娘明姊兒，從來便是語聲爽利，不拖泥帶水。

「三姊不妨加幾味麝香進去，再把香多曬那麼一旬，許就得了這樣的味道了。」這是行昭庶妹賀行曉。

「三妹，我同妳出個主意，向祖母討一匣子，等用完了再來討，豈不省事！」聲音啞啞的少年，卻還是不能消停作怪，這是嫡親的胞兒，臨安侯賀琰長子，賀行景。

行昭緊緊攥著絲帕立在垂地珠簾後，呆呆地聽著，心裡歡喜極了，卻近鄉情怯，在笑鬧裡聽得一聲「你們這群猴兒，就是老天爺罰來磨我的！」便立時紅了眼。

太夫人身邊的芸香正巧打簾而出，見行昭眼眶紅紅地杵在門緣邊上，忙行了禮，笑說：「四姑娘杵這兒幹麼呢？可是遭沙迷了眼睛？快進去吧，太夫人唸叨四姑娘多少遍了。」

行昭笑著搖搖頭，就著絲帕拭了眼角道：「無事，只是外面有些涼，這便進去。」

芸香佝了腰，細細瞧了瞧，見確是無事，笑意加深，小聲說著。「大少爺、七少爺早來了，三姑娘也來得早，六姑娘來的時候，太夫人面色不太好，侯爺與二爺去北門迎三爺了。」

行昭笑著點頭謝過，蓮蓉向來機靈，湊身塞了個白玉蘭花吊墜給芸香，甜笑著說：「姊姊不愧是太夫人身邊兒的知心人。」

芸香性子活泛（注），行昭的身分是闔府姑娘們中最高的，這些小門小路拿來討好，正好。

行昭小步轉過壽星公長江石小屏風，終是見到了一身著墨綠萬壽字不斷紋褙子，斜倚在正堂前貴妃榻上，正笑得樂呵的老封君賀太夫人陳氏。

行昭邁大了步子，提起幾欲委地的水紅裙裾往前三步，叩拜於地，小小女兒朗聲說著。

「孫女行昭給祖母問安，萬望祖母安康端健！」

七歲的小女孩聲定意堅，身量小小的，卻叩拜端儀，水紅裙裾規矩地散在鋪著細密白羊絨毯上，極似一朵綻開的牡丹。

行昭做了十年的晉王正妃，禮儀行止早已深入骨髓。

賀太夫人微怔，愣了愣，指了指俯首在地的心愛小孫女，側首同侍立著的張嬤嬤笑說：「快去扶起來。病了兩天，這一好，瞧瞧，竟改了往常的小魔星樣了！」

「孫嬤嬤早說了四姑娘聰明著呢，只是不耐煩學這禮儀，您總憂心著，這下您可算是踏踏實實了！」

注：活泛，意指能隨機應變、靈活。

行昭滿面通紅地叫張嬤嬤給扶起來，再聽張嬤嬤笑著打趣，耳朵也臊得紅了。

想想前一世的自個兒，半大的女孩被嬌養得不成樣子，性子高也傲，唯我獨尊，飛揚跋扈慣了。父親是大周朝一等勛貴臨安侯賀琰，舅舅是稱雄一方的陝西總督，姨母是彰德帝正宮方皇后，想要什麼得不到？六、七歲的時候，就連賀太夫人花心思請來的教養嬤嬤孫氏，也是敷衍地將規矩草草學過。

母親死後，應邑長公主再嫁進賀家，方皇后生怕外甥女受委屈，又內疚胞妹慘死，便將行昭接進宮裡親教養著，吃穿用度比照著公主。這樣養出來的女兒，傲氣是有了，愛憎也分明了，可惜心氣太高，不擇手段也要得到自己想要的，很難擔得起大周朝富貴人家要求女孩的端淑明惠。

終了一生，晉王周平甯大概是她唯一的挫折。而，一顆心恰巧折在了這裡。恣意行事，連閨閣女兒家的名節也不要了，寧願以側室自居也要嫁給晉王，因而落得個千夫所指的下場。

鐘鳴鼎食之家的氣度從來不是靠飛揚跋扈來體現，因為尊貴而謙遜有禮，這才是最大的高傲。

這個道理，方氏去得早沒教過，行昭自個兒也不耐煩聽人唸叨，到最後竟是纏綿病榻受盡冷暖時，才反省明白。

行昭紅透了張小臉，恍如隔世，向坐在左上首、涎笑著的賀行景福了身。「大哥安好。」

又向一身量高䠷纖瘦，面白膚凝，卻留著一道劍眉的女孩行禮，頷首笑著寒暄。「聽人說三姊院子裡的綠萼梅花開得可好了，千萬記得給阿嫵留幾支！」

「……總少不了妳的，過會兒，在庫裡尋了甜白釉青花的方壺好生裝著，給妳送去！」約是驚詫行昭的主動親近，行明一愣神兒才反應過來，一句話說完，笑開了扭頭向案首的賀太夫人撒嬌。「祖母，您瞧瞧，才說阿嫵懂事了，這就來討上東西了，孫女兒還得賠上一尊前朝的白瓷……」

「妳可忘了，方才妳討祖母茉莉香時的模樣了！」行景半刻閒不住，接著話便笑著嚷嚷開，惹得行明輕橫了眼，卻是撐不住自個兒笑開了。

三姑娘賀行明是二房嫡長女，也是二房唯一的血脈。二老爺賀環是現任臨安侯賀琰庶弟，性情怯懦，好享安逸。老侯爺去世時，庶三子賀現是兩榜進士出身，身上領著官職，帶著妻兒分家出去了。老二賀環倒留了下來，靠著長兄賀琰的面子，謀了個五品館閣學士的虛職。

前一世的行昭瞧不上賀環，打著子嗣的名號，左一個通房，右一個妾室地收，最後還是無子，氣急敗壞地把罪怪到正妻劉氏身上，還是太夫人攔著這才沒休妻。賀行明是獨女，父親無能又要護著母親，養成了爭強好勝、毫釐必爭的性子。

這樣的個性與身分放在前世，行昭自矜身分，不屑同她親近寒暄，相互間來往不深，甚至有時還會有言語齟齬。哪曉得到最後，行昭連遭慘澹，心氣鬱結時，姊妹間，只剩賀行明還願意來寬解勸慰，不由讓人長嘆一聲，世事無常。

太夫人瞧著堂下，笑得開了懷，老夫人前半生坎坷多舛，老侯爺偏疼妾室崔氏，很是讓她吃了些苦頭，索性憋著口氣生下嫡子、嫡女，又抬了身邊的陪嫁丫頭晚秋為妾，和東邊那個去爭、去鬥。

看著撒著嬌的三姑娘，老夫人不由眼神一暗，晚秋生的老二不成器，倒是崔氏生下的老三成了才，外放回來了，還好崔氏早死了，若現在還活著怕又是樁禍事！

賀太夫人眼神掃過堂下挨著坐的女孩們，抿嘴笑得嬌憨的行昭、已漸漸顯出幾分少女般明豔的行明，再落在縮手縮腳、靜默無言坐在最邊上，穿著件做工極差、針腳粗重茶色小襖的六姑娘賀行曉身上，眉頭一皺。「六姑娘穿成這樣，乳母是怎麼伺候的？」

行昭聞言斂了幾分笑意，往邊上一瞧，果不其然看見賀行曉顫顫巍巍低著頭，還是一副惶恐不安的模樣。

賀行曉連忙跪下，細聲細氣道：「祖母莫怪邢嬤嬤……是……是……」話結結巴巴地頓住，她抬頭偷偷瞥了眼行昭。

行昭心頭暗道不好，便聽到她接著說道：「針線房昨兒來說……今冬的夾襖做的時間緊……孫女只好不講究著這衣裳穿……姨娘房裡也是……」話到最後，竟是哽咽起來。

太夫人看景哥兒、時哥兒並行昭、行明都穿著簇新大襖，針腳細密一團喜氣，抿了唇，半晌沒說話。

這廂行昭忍著氣，母親再厭惡賀行曉、再厭惡她萬姨娘，也不會從這些針頭線腦上虧了東偏房的分例。前世母親絕望慘死，萬氏「功不可沒」。歡哥兒去後，賀行曉又被應邑長公主送到晉王府，要她給賀行曉一個側妃的名分，就當作為主母生下兒子的媵嫱（注）！

行昭手縮在寬袖裡，氣得直顫。前世也是這樣的場景，她沒忍下氣，當場斥責了賀行曉，嚴詞厲色地說她誣衊作怪。祖母又何嘗不知萬姨娘與賀行曉的伎倆，卻始終覺得母親性懦，連妾室庶女都彈壓不住，叫她們作怪到了自己跟前，母親受了祖母責備，惶惶不可終日。

室內皆不敢言，賀行曉跪坐在青磚石上，行景開口欲言，卻見行昭輕斂了裙裾起身，上前一步將賀行曉拉起，邊垂著頭幫她理了理有些縐著的裙襬，邊輕聲說著。「六妹這是做什麼……穿著新衣好過年，針線房時間也緊，是不是該先緊著將老夫人、爹、娘、二叔、二嬸這些長輩的衣裳先做精細些？三叔、三嬸才從外邊兒回來，八燈巷自己做新衣裳難免有些趕不及，加上二哥、五妹，是不是也要穿新衣裳過年？今兒三叔這麼些年頭一回著家，初冬時候才做的衣裳總是好的吧？怎麼就不能穿了呢？」

行昭輕輕一頓，背對著賀太夫人，目光犀利地看著泫然的賀行曉，有些嘲諷再接著說：「六妹是最小的小娘子，七弟又一向身子弱，古有孔融讓梨、黃香暖席，先緊著長輩兄姊是該的，長幼有序、天地孝道是不該變的……」

邊說著，行昭邊轉了身子，望著賀太夫人笑說：「不過姊姊為妹妹出頭這個道理也是不該變的，昨兒針線房才送了四件夾棉大襖來，我瞧著是比往前做工要糙些，大概時間是著實緊了些。母親牽掛著三叔回來的接風宴，總有力有未逮的時候，針線房的人怠慢六姑娘，卻

注：媵嫱，意指隨嫁。

著實可恨。祖母，您看要不要叫針線房的管事嬤嬤往東偏房賠個不是，扣了月錢，再讓她們加緊時間重新做？」

賀太夫人聽了這麼一長席話，哪裡不曉得小孫女話裡的道理——先點出老三回府，大兒媳婦力有未逮，再點六娘不識大體這時候將事給鬧出來，最後讓東偏房把針線房得罪了。臨安侯府裡的奴才都是家生奴，百年來盤根錯節關聯複雜，掌事的嬤嬤雖然是奴才，但背後的關係網又有誰數得清楚，讓針線房吃了個啞巴虧，針線房只會把帳算在六姑娘與萬姨娘身上。

老夫人心下大慰，眼中帶了笑看著堂下言笑晏晏的小孫女，正欲言，卻聽外頭一聲清亮地大喝——

「侯爺、二爺、三爺並大夫人、二夫人、三夫人來嘞——」

繡著雲鳳的門簾子被高高打起，隨著疾行呼嘯帶著雪氣的風，一身形頎長，面白眼亮，著緋色直身常服，牛皮直筒靴的清俊中年男子先行大步跨入了內，這便是現任臨安侯，兼任三公之一太子太保，賀琰。

隨後而入的便是三爺賀現，較之長兄書卷氣更重些，面容也不那麼出眾，眉宇間帶了些肅穆。入了正堂後，卻出人意料之外地直直跪下，俯首向太夫人磕頭，語中有喜氣、有哽咽、有殷切，大聲說：「兒不孝……」

小字輩們皆是忙站了身來，向入了內的賀琰、賀環躬身行禮。

「快快快，老二快將三爺拉起來！」賀太夫人以袖掩面，亦是帶了哭腔，從仙人龜鶴黃楠木靠椅上忙正身了起來，急急指著說。
二爺賀環，年近三十，看著有些體虛浮腫，聞言忙屈身去拉。
又聽立身在賀太夫人身側扶著的賀琰朗聲笑著說：「三弟孝心，昨兒才下船，八燈巷都還沒收拾妥當，今兒一早就趕來問安了。母親心頭明白，你這樣倒反惹得母親傷心了。」
三爺只好搭著賀環，形容激動地起了身。
行昭垂頭端手，恭謹立在尾端，眼神定在了擱在八仙桌旁、來回搖動的自鳴鐘鐘擺尖上。好一番母慈子孝的場面，三叔生母崔姨娘得意了許多年，老侯爺一死，崔氏便在靈堂裡撞棺而亡，三叔心裡不可能沒有疙瘩，若沒擱在心上，又哪裡會在老侯爺一去世，就執意開了祠堂，搬了出去。
如今這番作態看起來，三叔在外三年，磨練出來了，倒真真擔得起前世官宦人家中評價他的那八字——「言辭若懇，屈伸皆宜」。
行昭正有些好笑地想著，卻忽聞身後爽利乾脆一聲。「五日前才送來的信，說是今兒三叔就回來了，母親接著信時，還吃了個大驚！」
說著話兒，一個穿蹙金紋孔雀秋杏色比甲，髻上插了支青石鑲金如意簪的圓臉婦人，同一青碧著衣、長著個瓜子臉、柳葉眉的婦人，攜著一挽了個高髻、箍著個彩線細髮箍，瞧起來明顯年紀輕些的貴婦而來，身後還跟著一著紫少年、一紅衣少女。
說這話的便是那青碧著裝的二夫人，劉氏。
行昭心頭又酸，又歡喜極了，抬起頭癡癡望著那一臉福氣相，笑起來便有個淺渦的圓臉婦人，直想撲上去哭著、抱著喚母親，將上一世的苦痛通通都說與她聽。

二夫人說完這話，太夫人在案首斜倚著，微不可見地挑眉一笑，被人攙著的高髻婦人，三夫人何氏卻心頭一咯噔，若是真心思念親眷，又哪裡會在回來前幾日，才修書回京，敲定行程呢？

「從湖廣到定京，晴姊兒坐船難受，一路上走走停停，三爺怕早早寫信回來，到時候卻沒到，讓大傢伙空歡喜一場……」三夫人瞧著柔柔弱弱的模樣，反應極快，快步向前兩步，哭著半跪半坐在了太夫人身邊，抽搭著說著。「在外面三年……心裡頭想的都是定京、臨安侯府、娘、兩位嫂嫂和侄兒、姪女……在外頭獨門獨戶沒人幫襯著……著實辛苦……」

三夫人見太夫人面色頗為動容，微鬆了口氣，站起身往後招招手，喚道：「昀哥兒、晴姊兒快過來，叩拜祖母！」

紫棠少年牽著紅衣女孩，大大方方跪下行了禮，賀太夫人笑著拉過小女孩的手，眼卻望向那十歲出頭的沈穩男孩，扭過頭同三夫人直笑說：「孩子們都是早上吃晚上便長，不過一晃神的時間，竟長這樣大了！」

又連聲喚張嬤嬤將早已備好的一個織金胡桃什錦荷囊、一個繡著瓶插三戟蹙金絲荷囊拿出來，織金的給了女孩，蹙金的給了男孩，裡面一個裝的是和闐玉如意盒，一個裝的是赤金寶玉鎖，都是極好的寓意。

待兩個孩子謝了賞，老夫人便一手摟一個，指向行昭這一眾行字輩，挨個兒介紹著。

「這是你大伯家的景大哥哥，這是你二伯家的三妹妹明姊兒，這是你四妹妹昭姊兒，七弟時哥兒，你六妹妹曉姊兒……三年時間沒見著，可別生疏了。」

孩子們相互間又是哥哥弟弟、姊姊妹妹的親親熱熱地喚了。

「母親，三弟遠行歸來，總要先去拜了祖宗祠堂，知會一聲。」臨安侯束手在背，瞧這一室的熱熱鬧鬧，再看了眼唱唸做打完，就恢復一臉肅穆的三爺賀現，出聲打斷。

賀太夫人點頭道：「是這個道理。男人們先去拜祠堂，知會祖宗先輩一聲，不管好賴，賀家三爺總是回來了。」

「我們女人家就去暖閣擺箸布菜，好躲風避涼！」二夫人一副歡天喜地的樣子，親熱地挽了大嫂方氏。

方氏瞧了眼太夫人，見老人家正笑呵呵地起了身，行昭與行明忙一左一右地上前去攙，便回挽了二夫人，又扭身溫和招呼著三夫人，一行女眷便往東暖閣去。

大家貴族講究個食不言、寢不語，賀太夫人落了坐後，女眷們依次坐下。待男人們回來後，隔了屏風，淨手漱口，一頓飯倒是吃得其樂融融。

第二章

送走三房一家，行昭攙著賀太夫人走在抄手長廊裡，只留了個張嬤嬤在旁伺候，兩列僕從遠遠地跟在後面，耳畔邊只有雪落到青磚地上，細碎的聲響。

「阿嫵。」賀太夫人沈聲喚道，晨間慈愛安和的老太太模樣已換成了一副沈斂嚴穆的樣子。

行昭極少見這樣的太夫人，一怔，隨後恭謹答應著。「是，祖母。」

「今天軟硬兼施勸下賀行曉，做得很好。」老人家緩緩說著，瞧了眼小孫女垂下的已顯出一點清冽意味的眉眼。「妳是我嫡親孫女，伶俐大氣，又喜妳個性不像妳母親那樣軟懦可欺，不像妳父親那樣苛刻冷性，我便一直縱著妳，卻也一直擔心妳。」

行昭緊抿了唇，前世祖母並沒有掰扯開，明白地同她說過這樣的話，她有些茫然抬頭望著太夫人，不曉得老夫人要說些什麼。

小女孩的眼神清澈澄淨，太夫人終是輕輕扯開了笑。「我擔心著妳，過剛易折，不曉變通。今天六丫頭打的什麼主意，我知道。萬姨娘算著日子要在三房面前撕扯開，逼我不得不給妳娘下重話，妳娘素來懼我，難保不會自己偷偷地傷心難過。」最後一句裡，多少帶了些無奈。

行昭點點頭，見祖母的抹額有些落低了，踮起腳，輕手輕腳地幫著理了理，邊柔聲說：

「我雖變相承認了六妹的衣裳是有問題，卻拿孝道去壓她，又軟和地退了一步讓針線房又賠禮、又返工……」

太夫人眼含欣慰。「另闢蹊徑、口舌伶俐不可貴，難得的是，妳肯讓一步，沒依以前的性子鬧起來，還以此將了萬氏與六丫頭的軍。」

行昭彎了嘴角笑一笑，心裡有些澎湃，卻沒說話，曉得太夫人還有話說。

果然太夫人停了步子，摩挲著食指上的綠松石斷紋戒指，沈吟半晌才轉首說：「三房怨恨臨安侯府，卻願意做小伏低。我雖深惡賀現，卻也樂意與他演一場其樂融融的戲。」

「老侯爺去的時候，賀現還是個涉世未深的少年，執意拉著宗族叔伯開了祠堂要分家。現在的賀現卻能屈能伸，在湖廣三年兢兢業業，政績評的只是個中，等了半年才等來調令，妳可知道這是為何？」

行昭眨著眼搖搖頭，心裡卻想總與臨安侯府有關係。

太夫人一笑，帶了點輕蔑。「因為他鬧得沸沸揚揚分出了府，以為能憑己力入閣拜相，出人頭地，卻不曉得別人以前抬舉他、捧著他，是因為他姓賀，他老子是烜赫的臨安侯！」

「所以三叔現在才要做小伏低，同臨安侯府重新親熱起來？」行昭思維極快，接著話就回答。

太夫人垂了眸，眼神複雜地摸過孫女紮著的小鬏鬏（注）。「審時度勢，莫強求，不是壓抑本性，是為了活得更好啊……」

賀行昭沒說話，伸手去接長廊外簌簌飄下的雪花，看冰落在掌心裡，沒多久便化了，成了一點點水，若是前世她早明白了這個道理，是不是，活得便可以輕鬆些了？

行昭甩甩頭，將思緒甩落出去，高聲說道：「阿嫵知道了！」

又定神望著被冰雪掩埋著的朱瓦飛簷，心頭大嘆，這將是一個嶄新的世間。

是夜，榮壽堂裡燈火闌珊，鏤空雕銀歲寒三友熏爐裡幽幽點著六安香，地龍燒得旺旺的，偶有火星「啪」地一聲蹦炸開來，卻被蓋在上頭的銅絲網罩給擋住。侍立於旁的人兒被燈投射在窗櫺上，顯出五、六個身形婀娜的剪影，很是一片祥和安謐的景象。

行昭披了髮，穿了件貼身常服，外披了大襖，捧了本《莊子》，半倚靠在貴妃榻前，身下墊著厚厚的細白貂絨毯，神情專注地輕聲緩語，誦著。「大知閒閒，小知間間，大言炎炎，小言詹詹……」

賀太夫人半臥在榻上，搭著被子，瞇了眼，已是昏昏欲睡。

到底是五十好幾的人了，早間好一番折騰，現在卻累了。

行昭邊覷著老夫人，漸小了聲量，邊輕手輕腳起了身，將書擱在八仙桌上，同僕從打手勢退出門去，只留了芸香在內閣貼身服侍著。

一出內間，便又是另一方天地，雪下得越發地大了，天寒地凍的，呵出的盡是白霧，連花罩玻璃間裡栽著的劍蘭都被風吹得一顫一顫。

行昭打了個寒噤，連忙裹緊了大襖，又接過蓮蓉遞過來的手爐焐著，見老夫人房裡的素

注：鬏，意指頭髮盤成的結。

青面露焦急，提著盞六角琉璃燈等在廊口處，便低了聲笑說：「今兒怎麼煩勞素青姊姊來打燈？可是下邊的小婢子躲懶？」

素青和芸香一樣，都是老太太房裡的一等大丫頭，行事穩重體面，素青的娘管著老太太的庫房，老子是賀琰身邊得用的管事，妹妹素藍還小，卻也進了大夫人的院子做事，一家子在侯府僕從裡都是得意的。

素青本是焦慮，聽見主子打趣卻不敢不笑。「大夫人在花廳裡，曉得太夫人就寢後，也不讓通傳……」說到這兒停住話頭，遲疑著抬眼看了看行昭。

行昭蹙了眉頭，伸手握了握素青，示意她接著說下去。

「只披了件坎肩，拉著張嬤嬤的手直哭……」素青思量著該怎麼說得體面些。

行昭大惑，前世並沒有這樣的情形，當時母親因賀行曉之事受了祖母斥責，回去便染了風寒，連三叔辦的堂會也沒有去，正是這樣，才給了應邑機會。

行昭沈聲問道：「花廳裡除了母親和張嬤嬤，還有誰？」

素青連忙搖搖頭，急著壓低聲音，道：「還剩個大夫人身邊的月巧，大夫人一哭，奴婢就出來把其他人打發得遠遠的。」

行昭頷首，一顆心這才落下了一半。人多口雜，當家夫人夜闖婆母院子，且哭啼不休，教外人知道了又是一場好戲。

蓮蓉見狀，機巧地接過燈，打燈走在最前面，行昭個頭只及到素青的肩膀，拉著素青往花廳走，輕聲說：「素青姊姊素來穩重，做事教人放心。」

素青被小小的、溫暖的一雙手握著，頓感安寧不少，見行昭沈穩篤定的樣子，大感訝異，這四姑娘自今早起，就像長大了，像變了個人似的。

「素藍同奴婢說，晌午後針線房就去萬姨娘那兒賠禮去了，大夫人往榮壽堂來前，萬姨娘在正院很是鬧了一番，當時侯爺也在……」素青知道，再多的話就不能說了，從奴才口裡聽到主子的私隱，惹人怒。

聽話聽音，行昭哪裡還有不明白的道理，萬姨娘吃了針線房的掛落（注），面子上掛不住，而母親素日又好性、好欺負，卻不曉得今日母親受了多大的委屈，才鼓足氣來向祖母訴苦……

行昭嘆嘆了口氣，花罩間裡受不到冰霜雪凍，心卻慢慢涼下來，事情不會一成不變，自己重生占的便宜，不可能一直占下去。連澆花的水是多了一盅還是少了一盅，花的品貌都是會變，何況是人的內裡換了瓤子。

無論如何，都要打起精神，好好過下去。

「祖母今兒勞累了，妳們不好去打攪，等明日，我去同祖母說。」行昭仰著臉，望著素青說。

素青感激點點頭，大夫人夜裡獨身往榮壽堂來的事瞞不住，主子們失態沒體面的時候遭下人看見了，下人們一個說不好，還會受埋怨、吃排頭，若在主子們心裡落個陰影來，得重用是別想了。

注：掛落，意指名聲受到連累、牽連而損傷。

從內室往花廳不過兩條長廊，行昭心裡有事，素青覷著行昭的神情，也不敢說話，兩人一路無語，將將過了垂拱吊頂，便聽見裡面有哀哀的泣訴——

「我和侯爺夫妻十幾年，我是什麼樣的人，侯爺不知道嗎？他竟然說我擔不起賀家的媳婦兒……說愚婦只會把賀家的兒郎養廢了……」

「夫人，老奴仗著服侍了太夫人幾十年的情分，僭越說句話，您是主母，萬氏只是個妾室、是奴才，您願意怎樣對她都是該的，侯爺惱的是您的態度……」

張嬤嬤伴著太夫人風風雨雨幾十年，忠心耿耿，連賀琰都說得，如今對大夫人說這樣的話，是掏了心窩子。

行昭立在石斑紋垂紫藤花下，聽母親抽抽泣泣的哭，待方氏抽泣聲小了些，行昭緊了緊衣襟，深吸了口氣，踏過了三寸朱紅門檻，一臉驚喜的模樣。「母親可是想阿嫵了？這樣冷的天氣，母親也不曉得好好披件大氅！」

邊說著邊將手爐往大夫人手裡塞，給方氏夜來榮壽堂找了個理由，又搬了個繡墩靠坐著，親親熱熱地拉過她的手。

方氏看著女兒一副孺慕姿態，小小的臉，翹挺的鼻梁，殷紅的小嘴，眉眼像極了賀琰，卻像一朵青澀含羞的茉莉花，眼淚愈加簌簌往下流，摟過女兒的肩，只嚶嚶地哭。

行昭手裡落了方氏一滴淚，涼得入人心脾，行昭心裡酸楚頓生。

眼看著張嬤嬤帶著幾個丫頭退了身，行昭索性將頭埋在母親懷裡，母女倆相擁而泣，一個哭的是今生，一個哭的是前世。

行昭緊緊抱著母親軟軟的身子，芬馥的百合香撲鼻而來，哭得不能自已，軟著癱在母親懷裡，抽抽搭搭說著。「阿嫵哭是因為想母親了……母親哭卻不是因為阿嫵，是為別人……」

大夫人哭過一場，神也回過來了，總不好同女兒抱怨丈夫的妾室與庶女，只好說：「府裡的奴才恃寵而驕，眼裡都沒了主子……」

「哪裡的奴才敢給母親氣受？」行昭明知故問。

方氏抬了頭，眼光閃爍地望著擺在花廳裡的一尊福壽金粉工筆畫青花瓷，吶吶說：「不是給我……是給萬姨娘……針線房今兒來賠罪說了點話……」

「所以萬姨娘就來找母親鬧騰？」行昭坐起身，眼眸極亮望著方氏。「今早賀行曉穿著做舊的襖子，要在三叔面前打您與臨安侯府的臉。是我提的讓針線房去和萬姨娘賠罪，是祖母下的令。針線房管事李嬤嬤再是侯府積年的奴才、再得臉，總是個奴才，不敢來同我鬧，同祖母鬧，卻敢當面給萬姨娘排頭吃，您倒被萬姨娘氣得不行？」

方氏抿了抿唇，爭辯著。「那時候妳父親在旁邊，萬氏又實在是潑得很，我沒辦法……」

行昭心頭苦笑，教養告訴她不該與母親爭論有關父親妾室的道理。方氏比賀琰小整十歲，賀家為了娶到方氏，賀琰等了近五年的時間，將成親就把通房都散了，在嫡子沒知事前，庶子一個也不准蹦出來。賀家的規矩算是極好的了，才將方氏養成這樣一個遇事就軟的性子，賀琰也只是惱方氏內宅的事都管不好、壓不住。

看母親一雙眼哭得都紅了，行昭心下一軟，想了想措辭。「張嬤嬤的那句話說得很好，您是主母，理當是掌內宅的，父親難不成還要越過您去管她們？那父親還要不要在官場上行走了？您且看著吧，父親很長段時間，都會在正院的。」

「萬氏每鬧上一場，侯爺便是不大去東偏房……」大夫人嘴裡唸叨著，心裡細細想著。

行昭加大力度。「您要賢慧，不與萬姨娘計較，這是對的。但是您不能讓她胡鬧，最後損的是您與父親的顏面，祖母與父親也只會怪責您。」

方氏越發覺得女兒說得有道理，又憐又喜看著行昭，憐的是自己不中用倒累得女兒出謀劃策，喜的是放在掌心上的明珠，總算是發出了光，到底是放在太夫人房裡養著的，若是跟著自個兒，只怕又是個只曉得哭的。

方氏將行昭摟在懷裡，一時間不曉得該說什麼。

行昭趴在母親肩頭，小小的人兒語聲堅定。「您呀，就該頂上的時候頂上，該軟和的時候軟和，您有我，有哥哥，腰桿硬實著呢！萬姨娘不懂事，教得賀行曉也不懂事，您是嫡母，教導庶女是千該萬該的。孫嬤嬤是個明理人，又是跟您貼心的，把她指過去，告訴賀行曉行事，最是妥帖不過。」

方氏就著帕子擦拭眼角，直點頭說：「阿嫵才是我的貼心人！」

清晨趕早，連下幾日的雪總算是停了，行道上積著一灘連著一灘的雪水，一輛青篷榆木的雙輪馬車踏著雪氣，往九井胡同駛去，木輪滾動在一塊嵌一塊的青石板上，發出「咕嚕嚕」的聲音。

馬車下廂刻著個隸體的「賀」字，車裡正坐著的是賀家三夫人，如今八燈巷宅子的當家夫人，何氏。

三夫人穿著件百花紋纏枝撒金褙子，昨兒個高高梳起的髻，今兒放了下來低低挽了個垂仙，只在鬢間簪了朵溫潤生意的綠松石蜜蠟珠花。賀太夫人年歲有些大了，不喜冷清，臨安侯府裡連丫頭們都是穿紅著綠，一派新鮮明麗。

三夫人掃了眼身側幾張松木小案上繪著梅香蝶飛的石青色帖子，神情有些晴暗不明。今兒來求人，捨下一張臉面，連髮髻妝容都是想了又想，力求要討嫡母歡心，為的是誰？還不是為了你賀現！被扔在湖廣做那六品通判整整三年，連別人送來給昀哥兒的區區一塊端硯石都不敢要，就為了成全你賀現的清廉名聲。可結果呢?!政績評的是中，連回京聽職的通告都等了整整半年，可到如今，具體的差事都還沒下來，吏部欺負的不就是你賀現不再是臨安侯府的人了嘛！

想至此，三夫人覺得又後悔又心酸，早知道如此，當時賀現書生意氣要和臨安侯府分家出去的時候，自個兒就應該死命攔住，實在攔不住也該勸他軟軟和和的才是。

何嬤嬤是跟了何氏積年的奴僕，覷了眼何氏的神情就知道何氏在想些什麼，只好勸道：「太夫人是個精明的，更是個好面子的，三房從昨兒個回來便一直做小伏低，從湖廣帶回來的行儀，囫圇裝了四車全送到臨安侯府去，伸手不打笑臉人，太夫人明面上總是樂意提攜的……」

「若是只要我低了頭，老爺的仕途、昀哥兒的前程就都有了著落，那叫我跪下去，在地上爬求太夫人，我都樂意！只是早年間，那崔氏和老爺，把臨安侯府得罪狠了。」三夫人苦澀笑著搖搖頭，今兒來求的事說大不大，說小也不小，重要的是臨安侯府願不願意幫。

何嬤嬤急忙說：「我的夫人欸，您可別糊塗，太太寫信來，您都忘了？太太說了，六品到五品是個檻，翻過去了，您就能鳳冠霞帔，成誥命夫人，昀哥兒就能得了恩蔭，前程不愁，連晴姊兒說親事的時候，腰板都能硬點！」

自家母親因為賀現的差事久久沒著落，急得拿著帖子到處找人問，可惜何家撐著門庭的祖父早致了仕，父親擔著個公主府右長史令的虛職，在朝堂裡半分話都說不起。得來的信兒，說是年末，宮裡事雜且冗，讓待命的外放官都先等著。

可自己卻清楚得很，賀現的座師是胡先明，而胡先明的頂頭上司卻是黎令清，黎令清任著吏部侍郎的職，更是臨安侯賀琰從小處到大的至交好友，黎令清要幫好友出口氣，不給賀現放行，誰還敢為了一個賀現捅破了天不成？

是以三房才回京，開個堂會熱鬧熱鬧的幌子，求借臨安侯府的面子，把黎令清和幾位入閣的老爺請到八燈巷來，相互之間見了面，事情還不好從長計議？

怕就怕臨安侯府不肯。

「我知道，我知道，事在人為，我不會糊塗，為了昀哥兒、晴姊兒，我都是要爭一爭的。老爺卻太不疼惜人了，我撕下臉面去圓他娘兒倆造下的孽，他倒好，商量交代一夜，今兒早走也不曉得哄一哄我……」三夫人有些羞惱。

何嬤嬤這才鬆了一口氣，笑著。「夫妻是連枝的藤蘿，扯開誰，另一個都痛。您不幫著圓，誰去圓？老爺連個妾室都沒有，您給他備下的通房，老爺哪回不是頭天去了，第二天就賜下了藥？您捫心自問，哪家的爺們能做到這樣？您還說老爺不疼您！」

三夫人面有羞赧，又帶了點得色說：「所以我才同他一心一意地過……」

主僕二人正在車上閒扯說話，馬車走街串巷，進了九井胡同口，臨安侯府的門子瞧見了，有的抬了杌子接三夫人下馬車，有的駕著青幃小車來迎三夫人進內門，有小丫頭機靈地往裡面跑去通傳，不多時，就有個在府裡有些體面的，穿了件靛藍色官兒襖褙子，插了支亮眼赤金簪子的黃嬸子，帶著個小丫鬟立在青瓦下，在內門候著三夫人了。

「您要來，昨兒也不提前說一聲，倒顯得奴才們沒規矩，怠慢了您。」好容易伺候完主子們，黃嬸子正圍著火坑喝稀飯，卻被拉扯著來迎三夫人，一口氣憋心裡，總要吐出來。

三夫人一窒，搭著她的手，下了代步的青幃小車，也不說話只低了頭理了理衣襟，何嬤嬤知情知趣，塞了個梅花的銀錁子給她，笑說：「瞧妹子說的，我家夫人就是這樣的性子，昨兒個將回來，還多少話沒同太夫人說呢，這不，今兒又來同太夫人請安了。太夫人那兒可有其他主子在？」

黃嬸子暗裡掂了掂分量，倒有幾錢，登時咧嘴笑道：「太夫人正由四姑娘陪著用早膳呢。幾位夫人、姑娘們問完安，便回自個兒院子去了。」

說完便無論何嬤嬤再問，也不肯再說了，何嬤嬤望著那黃嬸子頭上插著的明晃晃的金簪，抿了抿嘴，回頭看了三夫人，不再問了。

這廂正低著頭，閉著嘴，引三夫人過了雙福壁影，又過了二門、九曲迴廊、三進穿堂，往臨安侯府的中心——榮壽堂走近。

那廂，穿了件家常玫紅色挑線裙子的行昭，一面夾了塊胭脂醬鴨胸脯肉，一面偷覷著太夫人的神色，見其神色如常，便有些坐立難安，索性打破食不言、寢不語的規矩，將鴨肉放在太夫人面前的青花甜白瓷盤裡，拖長了聲調，撒著嬌。「祖母，您怎麼都不問我，昨兒夜裡母親來榮壽堂的事？」

太夫人心覺好笑，只繞過鴨肉，挾了張嬤嬤布的翡翠玉米仁用，也不開口，也不看她。

行昭撇了撇嘴，看了侍立在太夫人身後的張嬤嬤，只見張嬤嬤挑了挑眉，手在袖裡擺了擺，看樣子太夫人是知道夜裡的事了。昨兒母親來沒多久，便由張嬤嬤送回了正院去，那時候各個院子的鎖都還沒上，對外也只說是母親想她了，過來瞧瞧。方才母親戰戰兢兢問安的時候，太夫人也是一副面目柔和的樣子啊……

「玲瓏，妳在作什麼怪？」太夫人放箸，神情淡淡地說。

玲瓏是張嬤嬤的閨名。

行昭便也將筷子放在了碧色托臺上，順勢將杌凳拖去挨著太夫人坐，軟軟糯糯說：「您也甭拿張嬤嬤作伐子了。人家張嬤嬤容易嗎？昨兒個被母親折騰得夠嗆了。」

張嬤嬤在後，噗哧一聲，連忙擺擺手，連稱。「可擔不了！」

太夫人拿眼一瞅行昭，七、八歲的女孩唇紅齒白，正拿臉貼著自個兒，磨磨蹭蹭間，再大的火氣都消了。

「我倒還真以為妳是個沈得住氣的，今早過來只一個人的時候，妳沒說；她們都出了院子後，妳沒說。妳倒真以為妳祖母老了，便耳聾眼花了？」

太夫人說得慢條斯理，輕聲緩言，聽得行昭臉紅到了耳朵上，低著頭玩了幾下垂在玉帶上的「喜上眉梢」的廉州玉珮，想了想才抬頭說：「是您教導阿嫵要訥言敏行的……」

太夫人氣極反笑。「妳屬相是狗，倒學會了二師兄倒打一耙的本事了！」

行昭見太夫人笑了，長吁一口氣，索性偎到太夫人懷裡去，笑著說：「今日早上不同您說，是因為母親過會兒便來，怕您在二嬸和六丫頭面前下母親面子。方才用膳前不同您說，是因為醫書上說了，膳前禁氣滯胸悶，若要同您說了，您與阿嫵，總有一個要氣滯胸悶，且那個胸悶得吃不下飯的，多半是阿嫵。」

行昭決意，此生和太夫人說話，說就說得明明白白，半點小心思也不藏。

太夫人忍俊不禁，直掐行昭的臉。「妳且維護妳娘吧。今兒一早，素青說得含含糊糊的，我一想就曉得是妳交代過，怕我一氣，在旁人面前落了妳娘顏面！」

「也是心疼您，既這事兒算是過了，張嬤嬤也將道理和母親說明白了，張嬤嬤您還信不過？您的左右臂膀、您的諸葛亮，張嬤嬤出馬可不一個頂兩個了？您又是慈母心切，恨不得母親立刻跟變個人似的，母親不爭氣，到時候氣的不也是您？」行昭嘟著嘴，揉了揉被掐的臉，將昨兒的事安在張嬤嬤頭上，張嬤嬤夠格且不傷面子。

「妳母親惹我氣，遭殃的是妳！」

祖孫正笑著，聽了門口一聲通報，說是三夫人到了。

第三章

三夫人低垂首，輕提裙裾，素手打開夾棉竹簾，小蹀步緩緩上前。

行昭心頭暗讚一聲，三夫人行止間真真是好家教。又連忙起身，侍立在太夫人身後，看三夫人屈膝斂裙行禮道：「娘金安萬福。」

待其站定身，行昭這才向她問安道：「三嬸安。」

三夫人朝行昭抿嘴一笑，兩個梨渦就被牽了出來。

行昭琢磨不清，今兒三夫人又來這是什麼意思？前世這個時候，行昭正在大夫人那裡侍疾，但能肯定的是，三夫人絕不是僅僅來請安的。

「妳坐吧。八燈巷的宅子收拾妥當了嗎？往前都是一旬來問一次安，昨兒才到，如今正是事多的時候。」太夫人指了面前的杌凳讓三夫人坐，語氣平淡。

行昭卻曉得下面的話不是自個兒該聽的了，退了兩步，朝兩人行禮。「祖母、三嬸，阿嫵的描紅都還沒寫完呢，再拖下去，行課的時候鄭先生便要罰阿嫵了。」

太夫人含笑頷首，行昭牽過芸香的手，往書齋裡走。

行昭剛穿過花廳，就聽見外廂，是三夫人清婉柔和的聲音——

「謝娘掛心，往前是媳婦不懂事，如今獨門獨戶，才曉得有娘幫襯著是多大的福氣。」

行昭一笑，原是來訴苦求情的。搖搖頭，欲往裡走，卻發現前廳緘默了半晌，太夫人並沒有接話，正納悶，就聽見三夫人聲音裡帶了點猶豫，語調拖緩了些，看樣子是想了又想才說的。

「媳婦琢磨著，三爺外放回來，是不是該辦個堂會？昨晚同三爺商量了一宿，也沒拿個章程出來。在哪兒辦？怎麼辦？唱堂會的是請鴻雲社好，還是請綿音社好？下帖子該下給哪些府裡？媳婦是丈二和尚摸不著頭腦，只好來求娘給個主意……」

行昭聽到「堂會」二字，腳下一停，直直盯著糊了層杭綢薄紗糊的內屋窗櫺，三叔辦的堂會！請來應邑長公主的堂會！逼死母親的堂會！

芸香低了身，輕聲喚道：「四姑娘？」

行昭回過神，心中打定主意，向著芸香展顏笑開，大大的眼瞇成一條彎月。「芸香姊姊，咱們就在花廳裡寫可好？鄭先生說行書要有意，書齋裡放的都是佛手和枸櫞，一股子味兒。」

芸香掩著嘴笑，纖纖玉手指了指外頭，眼中帶了幾分戲謔。

行昭有些不好意思，扯了扯芸香的天碧暗紋袖子，眨巴眨巴眼。「不會給祖母知曉的，往常我午睡起來，也是在花廳裡描紅的啊。」

大家貴族素來深諳瞞上不瞞下的道理，下面的奴才們口徑一致，緘口不言，只要不是什麼大事，都樂意賣個面子。

芸香笑著吩咐了幾個小丫頭，搬了個黑漆草卷邊暗金四方桌來，硯臺、筆洗、撒金宣紙、紫毫徽筆都挨個兒整齊地鋪在四方桌上，芸香親去捧了個汝窯五彩金釉，裡面插著剛從花房摘來的幾大朵鮮嫩可人的赤芍，邊擱在案上，邊和已經坐在繡墩上，支著個耳朵往外聽的行昭打趣道——

「牆上嵌了天青釉瓷屏，桌上擺了汝窯的古窯器，連筆洗都是前朝張曹宗用舊了的纏枝蓮青花瓷。奴才是個蠢笨人，眼裡只看到了富貴，文人口裡的意，便只有四姑娘能體會了。」

行昭笑嘻嘻地看著她，耳朵卻是沒閒著，外頭太夫人語氣半分未變，仍是淡淡的。

「賀家三爺辦堂會，要告訴京裡頭的人，他賀現回來了，出的是三爺的鋒頭，自然是要按三爺的意思來。不論綿音社還是鴻雲社，妳喜歡哪個就要哪個。三爺下帖子請的人，自然要是你們三房親近的貴家了。你們夫妻倆一向主意正得很，我一個分了家的嫡母，上哪裡去給妳拿主意？」

行昭趴在窗櫺前，透過縫，看到三夫人臉一時紅、一時白，身子向前探了探，耳朵上墜著的碩大亮碧色貓眼石一顫一顫，有些坐立難安的模樣。

面對嫡母不輕不重的責難，三夫人心裡多少有些準備，陪著笑說下去。「在京裡，娘好風雅是出了名的，每年盛夏六月，賀家辦的流芳宴，定京城裡有些聲譽的人家誰不曉得？媳婦三年沒回定京，京裡的風向好惡，是一點兒頭緒都摸不到，更別說八燈巷的門子連京城大戶貴家的門臉都認不全，下帖子都不好下，想燒香都找不到廟門，便厚著臉皮想求娘提攜提攜……」

話到這裡，行昭有些明白了，想燒香找不到廟門，燒哪炷香？為什麼找不到廟門？又暗恨前世的自己，兩耳不聞窗外事，養成一個什麼也不曉得的嬌小姐，一心只曉得撲到周平甯身上。

行昭皺著眉頭細細想，芸香有些好笑地看著正興致勃勃聽壁角的四姑娘，清了清嗓，壓低聲音。「四姑娘好歹也寫幾個字。」又用手指了指外頭。「仔細過會兒不好交代。」

行昭只好端正坐在小杌子上，接過芸香遞來的紫毫筆，上好的徽墨香，香沈濃郁，直直衝到腦頂，正欲下筆，就聽外廂出現太夫人有些嘲諷的聲音，卻仍帶著一慣的平靜。

「『兒已成家立室，身擔從六品文職，娶有清流淑女，膝下有好兒嬌女，累臨安侯府甚深，父孝已過，生母突逝，兒雖為賀家兒孫，也不願再惹母親眼，今起分家。』我只問妳，這段話，是誰說的？」

這是三叔分家時說的話！

父孝剛過，三爺就執意拉著宗族叔伯開了祠堂，打的是誰的臉？是太夫人的臉，是嫡長兄的臉，是臨安侯嫡支的臉。外人該怎麼想？是不是嫡母、嫡兄虐待了庶子、庶弟，臨安侯府的家教在哪裡，賀太夫人娘家的家教在哪裡？太夫人出身名門，嫁進名門，好強了一輩子，卻遭一個庶子打了臉。

外廂久久沒有聲音了，兩世為人，行昭挺直脊背，沈住了氣，端住手，穩穩下筆，寫下四個大字——「秋後算帳」。行昭習的是顏體，橫平豎直，一筆鵝頭勾是行雲流水，看起來絕不是出自一個七歲女兒家的手。

旁邊翹著素手磨墨的蓮蓉看著這四個字，一個沒忍住，噗哧一笑，卻遭芸香一橫眼。

「老奴說句不好聽的話，三爺到底以為臨安侯府是怎樣沒羞沒臊的東西？厭棄臨安侯府的時候，拖家帶口的分了家產就跑了，想求著臨安侯府的人脈交往時，又拖家帶口地來了。」

這是張嬤嬤的聲音。行昭挑了挑眉，真人不露相，張嬤嬤好利的一張嘴。

外廂「撲通」一聲，行昭一愣，湊往縫隙裡看去，外廳的青磚上可沒有鋪著細絨氈毯，三夫人實打實地跪在了太夫人前頭，紅了眼眶，忍著哭。

「兒知錯……」

三夫人話還沒完，太夫人就擺擺手，目光微斜，有些居高臨下。「旁的也別說了，妳且說說，妳今兒來，是希望我提攜你們什麼？」

三夫人聞言猛地一抬頭，帶了些不可置信，忙說：「黎令清，吏部侍郎黎大人！娘只要派個粗使嬤嬤去給黎大人府上送個堂會帖子便好，您派人送，黎大人一定會來。」

至此，行昭才完全明白了三夫人的用意，再想那日太夫人在抄手遊廊裡說的話，三叔被晾了半年才接到告令，通知他回京述職。三叔回來的時候，用的還是六品官的青色仙鶴紋制式，而他外放出去的時候就是六品官，這說明吏部到現在都還沒下官職調令，三叔是慌了。

「我派人去送，就是以臨安侯府的名義去請，黎令清是我看著長大的，這個面子不會不給我老婆子。你們辦堂會，老大不可能不去，老大去了不可能不在旁邊幫襯著說句話。到時候，見了面，就什麼都好說了……」

太夫人單手拿了茶盅，有一搭沒一搭小啜著，接著說：「老三一直很機靈，可惜不太清醒。離了臨安侯府，那臨安侯府憑什麼再無條件庇護著你們，就憑你們哭求幾句？連下面的僕從走親串巷，都曉得拎著盒點心去，老三沒拿出誠意，恕老婆子不敢相幫。」

人都是短視的，在自身處於絕對地位的時候，很難不會趾高氣揚。太夫人很明白，既然有宿仇，索性就當陌生人處，兩方只是交換的關係，銀貨兩訖，再不相干。只是，臨安侯府被落下的臉面，也要有東西來還。

三夫人一愣，她想過哭求，想過認錯，想過太夫人會一點臉面都不給，卻沒有想過要物物相易。心裡迅速盤算著，有什麼是值得的，突然腦裡靈光一閃，眼眸變得極亮。「景哥兒明年要下場了吧？」

太夫人瞧著下首跪著的人，輕輕頷首。

「大儒明亦方，前朝狀元及第出身，才高八斗，學富五車，可惜因性方直，只在太學院裡撰寫了《亦方紀事》後，就歸隱田園，寄情山水了。娘，您還記得他吧？」三夫人說得極快。

太夫人含著笑，再點點頭。

三夫人看著嫡母嘴角有了笑，像受了激勵樣。「媳婦祖父和明亦方是忘年之交，景哥兒聰慧靈秀，明先生定會答應出山親自教導！」

清流之家，往來無白丁，這點是簪纓勛貴沒有辦法相比的。若要想真去找，也能找到，只是真正有名望、有才學的名士大儒多半不樂意來侯府坐席，太夫人沒想到，這一網竟網來明亦方這樣的大魚。

「三夫人怎麼還跪著？玲瓏，妳也不曉得提醒我，快去把三夫人扶起來。」太夫人笑得斯文，又是那個慈眉善目的老人家。

行昭不禁目瞪口呆，以為兩世為人，是看盡了人世繁華滄桑。哪曾想，卻沒看清人心七竅，竅竅有玄機。

外廳裡，是婆媳倆親親熱熱商量著臘月十五的堂會該怎麼辦；內閣裡，是行昭小兒拿著支紫毫筆，心裡暗嘆嘆，長路漫漫，何時是歸期。

臘月初十過後，定京的天就進入伏冬，越發地冷了，行昭裹了裹身上的貂皮大氅，手裡緊緊焐著一個赤金手爐，指尖仍舊涼得像冰。

一推門，榮壽堂裡是一派紅紅火火，珠翠環縈，二夫人正陪太夫人說著話，見著了行昭，連忙笑盈盈地向她招招手。「快過來、快過來，這滴水成冰的天，妳倒不貪暖，來得這樣早。」

今兒是臘月十五，三房辦堂會的日子，女眷定的是未時初在榮壽堂碰頭，再往八燈巷去，男眷下了衙、下了學就去八燈巷。

如今離未時初還有些時候，二夫人與賀行明一向趕早。

行昭問了安又衝行明笑笑，便乖乖坐在了太夫人身側。看行明上裳是一件蔥綠色綾襖，下面是八幅鵝黃綜裙，外面罩了件水天碧色五福捧壽短衫比甲，腰間綴著幾道褶子，行動間猶如水紋，再挽了個小纂，鬢間插了幾朵掐絲珠花。不再是小女兒的打扮，行動舉止間都是少女的模樣了。

也是了，行明翻過年，就是十一歲了，貴眷世家的女兒，大多都是十一、二歲開始說親，說個三、四年，十五、六歲就該出嫁了。

挑女婿、相媳婦，就是在世家間的庭會禮宴中進行的。

不多時，大夫人帶著賀行曉和昕姊兒，也到了榮壽堂。

賀行曉跟在大夫人後穿了件月白色的襦裙，絞了個齊眉的劉海，腰間垂了一方通透的梅姑獻壽玉璧，垂眸凝眉，溫順恭敬。太夫人滿意點頭，這才是庶女該有的樣子。

再看賀行曉身後跟著孫嬤嬤，太夫人眼裡帶笑，瞥了眼行昭，招手喚來行明，行昭與行明一左一右扶著太夫人，出了門子。

太夫人一輛馬車，大夫人與二夫人一輛，行昭、行明、行曉一輛，僕從嬤嬤們一輛跟在最後。

馬車悠悠然出了九井胡同，過順真門、九井牌坊、雙福大街，再向左拐就近了。

自那日聽太夫人與三夫人交鋒後，行昭便日日盤算，到底該怎麼樣讓母親避開應邑那起禍事。母親是在正月裡去的，大過年裡，紅彤彤的燈籠，應邑前腳穿著大紅色遍地金的雲袖襖從母親房裡笑意盈盈地出來，母親後腳就吞金去了。

母親走那日，她抱著母親軟軟的還帶有體溫的身子，嚎啕大哭，手裡握著把剪子，要衝出去找人拚命。可是找誰償命啊，七、八歲的小娘子壓根兒不懂母親怎麼一夜間就沒了，大紅燈籠閃著搖曳的紅光，那是母親沒來得及流出的血淚。

馬車顛簸，行昭緊咬住牙關，手裡頭死死掐住裙襬，行明只覺驚奇，往旁推了推行昭。「心裡鼓搗啥呢？一路上也不說話。」

行昭被一推，回過神，深吸一口氣，鬆了手順勢將裙襬捋平了，一抬首又是笑得彎了眉眼。「無事無事，心裡算著該快到了。」

話說著，已下了車的蓮玉就隔著簾子說：「三位姑娘，我們到了。」

行昭挽著行明下了車，立在灰牆青磚下，這八燈巷裡三進的宅子是三爺分家時得的家產。在定京一向寸土寸金，更甭說八燈巷背靠千里山，前面是京城地界上頂熱鬧的寶成大街，旁邊住的都是些讀書的清貴人家。憑賀三爺六品的官，想在這兒置出房產，那您請好，在朝堂上再混個幾十年，等入相拜閣了來瞧瞧罷。

太夫人一向捨得，捨的愈大，得的就愈多。

何嬤嬤穿了件水紅色緞金褙子，笑得一臉褶子，大老遠就殷勤地迎了過來，重重請了安，連聲喚著。「太夫人，您可是來了！夫人要陪著眾位太太脫不開身，可從晌午就派奴才來門口候著您呢。」

太夫人也不同她客氣，搭在她手上，便過了影壁往裡走，問：「幾個爺們可都來了？」

「侯爺、二爺、三爺在外院和老爺們說著話，景大少爺、昀少爺在旁邊作陪，時七爺和小郎君們在花廳裡玩。」何嬤嬤躬身領著，還沒等太夫人問就搭話。「託您的福，黎夫人是方才來的，內眷們大多來齊了，應邑長公主賞臉說是午憩之後過來，算著時候也該到了。」

說話間，將到了暖房，三夫人眼尖，連忙喜氣洋洋地迎了過來，挽過太夫人胳膊，就招呼著。「娘，您可算是來了，您不來，媳婦可都快慌了手腳了。」

三夫人今兒個是主人家，打扮的是富貴逼人的模樣，撒金遍地玫紅的襖子，泛著碧藍亮色的蜜蠟點翠，襟口的盤扣都是一顆一顆晶瑩圓潤的珍珠，不像是六品文官的家眷，倒有些像哪家侯府的當家太太。

眾夫人聽了聲，便圍了上來，互相又是一番恭維行禮。

太夫人笑著只頷著首，撿了幾家問候。

黎令清的夫人最後過來，卻最熟絡，後頭跟著個粉雕玉琢的小娘子，一手摟著行昭，一手挽著行明，眼神落在行曉身上，直笑說：「到底是老太君會調教人，幾個姑娘養得跟花骨朵兒似的，襯得我們家七娘灰頭撲臉的。」

太夫人將胳膊從三夫人手裡不著痕跡地抽開，笑呵呵地摟過那小娘子。「七娘可是我的心肝寶貝，妳渾便渾了，只不許說我們七娘。」

黎夫人笑得更歡了，直讓七娘去找行昭玩，攬著太夫人就往裡間去坐。

三夫人見狀，笑了笑，招呼著大夫人與二夫人，又讓行晴去牽七娘的手。

行明湊著行昭的耳朵悄悄說：「我瞧著那尊官窯玉青花斛，有點像以前我們家放著的那個。」

行昭心裡有事，只抿了抿嘴，沒搭腔。重來一世，才發現人情練達皆文章。三房辦堂會，請的多是清流讀書人家，應往簡約質樸上走，才好叫別人忘了你出身顯貴的事。擺著臨安侯府的舊瓷，用著撒金碟碗，周身上下琳琅珠翠，別這邊將勛貴家得罪了，清流那邊也挨不上好。

嫡女有嫡女的圈子，庶女有庶女的圈子。七娘性子不同她娘那樣的長袖善舞，是個訥言的。行明倒是個會說的，可惜行昭心頭有事，七娘說話也只是笑一笑，行晴身子弱很少說話，難免有些氣餒，又想著今兒個母親交代的事，不禁面色發紅，也坐得端端正正的。

倒是賀行曉和幾家的庶出娘子打得火熱。

約是未時三刻了，才聽外頭傳來一聲——

「應邑長公主到！」

不多時，便有一穿著石榴紅明凰紋十六幅月華裙，頭上插著三支景泰藍白玉古雕金簪，高高梳了望仙髻，手上墜著個碧璽雲紋手釧，妝容精緻，眉如青黛，口如絳珠的三十出頭婦人形容端莊地進來了，兩列人撩開簾子，忽地一陣寒風撲面，讓行昭的一顆心涼透了。

「見過應邑長公主。」一眾人皆是行叩拜禮，口中說著。

「您可快起了吧！」應邑上前兩步，彎下身將太夫人扶起來，這才向眾人掃去，眼神在大夫人方氏身上定了定，才說：「都免禮。」

行昭冷冷地看著應邑，忽然想起，若是前世自己當真拿著剪子，把應邑的心口狠狠剁開，她的心究竟是紅的呢，還是黑的？

應邑一來，氣氛便冷了下來，三夫人見狀，忙招呼著人向聽音堂去。

幾個小娘子落在了後頭，行明拿眼瞧著走在最前面的應邑，嘴裡嘟囔著。「不是說長公主新寡嗎？怎麼就敢出來應酬，還穿紅，一點也看不出來是剛死了……」

七娘連忙捂住行明的嘴，不叫她說下去。

行昭昂著頭，挺直腰板，將手交疊在腹間，粉桃色綜裙裹著一圈繡萬字福紋的斕邊隨風而起，眉眼堅定地落在大夫人的身上。母親既長了張福氣相的圓臉，那就不該受這樣的苦難，只要母親不死，應邑就算是有再大的能耐，也入不了賀家！

第四章

聽音堂在宅子的東北邊，定京官宦人家的房屋格局多是主宅居西北面，中庭是當家夫人或是太夫人的住處，因定京人好聽京戲，富貴人家都樂意在宅子裡闢個地方當作親眷宴請聽戲的廂房，癡迷的人家甚至還會在家裡養個專門的戲班子。

一行人穿過西廂房和花園子，青磚朱漆，蒼柏盡染，又有碧湖微漾，綠波逐流。一炷香的工夫，便到了聽音堂。聽音堂是夫人、奶奶們來聽戲安置的廂房，幾張黑漆楠木卷邊八仙桌，桌上供著幾支梅花，壁角放著的銅盆裡燒著紅螺炭，出廊欄杆上垂了厚厚的夾棉竹簾，以作避寒。丫頭捲上簾子，便有暖香撲鼻，一派富貴天成。

隔著碧湖，那頭搭著個戲臺子。

按尊卑輩分落座，應邑長公主理應坐在上首，她卻硬拉著賀太夫人並排落坐，笑說：「您是和母后一輩的人，輩分重著呢，應邑可不敢不尊重！」

太夫人也不甚推託，笑著握了握應邑的手，便由大夫人與二夫人扶著落了座。

各家夫人、奶奶們才依次坐下了，未出嫁的姑娘們圍著自家長輩坐，丫鬟們上茶來。

行昭坐在太夫人身邊，一抬頭便正好看到大夫人的側面，大夫人正在同黎夫人說著話，見母親微微低了頭，眸動含笑，露出一截玉白的頸脖，如同一彎明月般美好，行昭便嘴角自然地往上勾了幾分，心頭有難言的安寧與平靜。

戲班子班主垂頭恭謹地捧著戲單入內堂，行了個禮，喜氣洋洋地十分熟絡。「夫人們安好！請夫人們點戲。」

三夫人接過戲單遞給了應邑長公主，笑著解釋。「就煩勞您點第一折戲罷。娘親自點的鴻雲社來唱戲，說是鴻雲社新捧了個名角，叫柳什麼來著……」

「柳文憐！擅唱青衣，身段眼神，水袖一拋，嘖嘖嘖，那才叫個惹人憐咧。」二夫人是戲迷，這就接上了話。

三夫人就著明錦絲帕笑，忙點著頭，又和堂裡的夫人、奶奶們笑著說：「對對對，還是二嫂曉得行情！我在湖廣這麼三年啊，聽的是川劇，看的是變臉，京戲是個什麼味兒，也就只能在夢裡品上一品了。昨兒個我饞冰糖肘子不行，託人去老秦記買，誰曉得老秦記早關門大吉了！」

「妳且饞吧妳，下回聚會，專門訂一席的冰糖肘子叫妳吃，吃不完可不許走！」湊趣的是賀三爺同科黃家夫人，話音未落，夫人們便笑了起來。

三言兩語，就完成了女眷間的拉近關係與裙帶之交。

行昭端坐在錦杌上，目不斜視，餘光裡卻有應邑低頭耐心看著戲單的樣子，同樣是側臉，應邑卻像一朵開得極盛的牡丹，鼻梁高挺，嘴唇抿得薄薄的，便顯得下巴極尖，眉頭已微不可見地蹙了起來，應邑有些不耐煩了。是了，當今太后的嫡出么女，真正的天潢貴胄，如果今兒賀琰不來，縱然憑三夫人何氏父親做她長公主長史官的顏面也是請不來她的。

果然，應邑抬頭輕咳一聲，內堂裡瞬間靜了下來，將戲單放在了桌上，說：「柳文憐唱功長於細膩，情真意切，點一折【紅豆傳】吧。」

【紅豆傳】講的是官家娘子陳紅豆，豆蔻年華時戀上府中西席尹先生，兩情相悅間，卻遭紅豆父親拆散，尹先生獨身往北，苦讀功名，陳紅豆卻在父親安排下成親生子。尹先生高中歸來之時，陳紅豆已撒手人寰，化作一縷芳魂，獨留尹先生含恨人間。

內堂裡帶了小娘子來的夫人們，不禁面面相覷，又不敢直言，只好將眼神落在了賀太夫人身上。在有未出閣娘子的場合，約定俗成，這些摺子都是不樂意點的，就怕帶壞了涉世未深的女兒家。

「歡歡喜喜好過年，這齣戲哭哭啼啼的，有些寓意太不好了。要不換齣武戲來？敲敲打打的，鑼鼓喧天，我這老太婆就喜歡熱鬧些。」賀太夫人啜了口清茶，放下了天青碧甜釉瓷茶盅，笑盈盈地和應邑打著商量。

應邑面容一紅，恍若被戳穿了心事，掩飾般又翻了翻戲單，嘴裡邊唸著。「【巾幗英雄傳】、【梨花演義】、【訓子】，都是柳文憐的好戲，太夫人您看點哪齣好？」

太夫人瞧了眼正襟危坐在下首的三夫人何氏，笑著說：「點齣【梨花演義】，再點齣【訓子】。【梨花演義】叫女兒家們學學英氣和正派；【訓子】嘛，孝悌和尊重大家都得好好學。長公主，您看可好？」

應邑哪有說不好的，將戲單遞給婢子，婢子才走了幾步遞還給了班主。

三夫人一聽，面色頓時有些不好，甚至覺得耳邊都有些嘲諷的輕笑聲。

【訓子】裡有庶子忤逆，有嫡母寬厚，嫡母辛辛苦苦供庶子考科舉得高中，庶子心懷不軌，最後嫡支落得個家破人亡的境地，連天庭都看不下去了，派了金星下凡來訓子。

三夫人強顏歡笑同那班主吩咐。「拿了單子下去吧，好好唱，唱得好，有賞。」

班主高聲說了個喏，便回了戲臺後的廂房，不一會兒，便有幾個伶人拿著銅鑼、嗩吶、古琴、花鼓出了來，戲臺後的背景也撤換了個淺棕色榆木雕五子登科花樣的屏風來。

一聲清脆的鑼響，好戲正式開始。

第一齣唱的是【梨花演義】，柳文憐演的主角兒芳娘，穿著一身桃杏色戲服，眉眼勾得彎彎的，眼波百轉千回，就似那碧湖青波，一唱一打之間，帶出無盡風流，引人入勝。

如同二夫人那樣的戲癡看得都呆了，眼神跟著戲臺上的角兒動。

行昭本也樂意看戲，戲中人生，唱唸做打，倒比現實來得更真。

只是今日行昭心裡揣著大事，時刻注意著應邑的一舉一動，便覺耳邊韻意綿長的京腔顯得有些吵嚷。

應邑點齣【紅豆傳】，其中寓意昭然若揭，有情之人分離天涯，飽受相思之苦，可她如何知道她不是神女有意，襄王無情！

行昭輕啜口茶，眼神落在應邑身上，見她神情專注看著戲臺，一顰一笑皆隨情節而變。

茶是上好的雨前龍井，甫入口是清洌，再品是回甘，行昭輕輕瞇了眼，前世的記憶就如走馬燈似的浮現，如今再回憶，顯得有些朦朧與迷離。

再睜開眼，正好是第二場開鑼，芳娘代父從軍，已換了一身鐵甲頭盔，英氣逼人，後執紅纓槍，前策千里馬，決勝於戰場之巔，花鼓打得急促而短促。

行昭習慣性地再往東側一瞥，應邑已經不在位子上了！不禁大驚，忙推身旁的行明，壓低聲音問：「應邑長公主這就走了？」

行明眼神都沒動，直直盯著戲臺上，卻佝了身子，亦輕聲回道：「哪能啊，總要聽完一齣戲才能走，這是規矩。估摸著看累了在廂房歇著呢。」

行昭沈住口氣，衝行明點點頭，又起了身湊在太夫人耳邊輕聲說道：「祖母，阿嫵想出恭……」

太夫人轉頭看看孫女，招手喚過身後的素青，正要吩咐素青帶行昭出去。行昭直扯著太夫人的衣角，愈加低了聲，笑纏道：「素青姊姊看得正起興呢，阿嫵又不是沒來過三叔家，帶著蓮玉就好了，難不成還有妖怪把阿嫵抓去吃了？」

「好好好，不許往水邊去，不許往假山上去，不許離了蓮玉。」太夫人拗不過小孫女，挨個兒條條吩咐著，行昭笑著一一應下。

將撩開簾子，踏出內堂，便覺那沸反盈天的熱鬧與自己無關了，雪下了這麼多天，今兒個竟出人意料地停了，行昭望著天際，層巒聳翠間隱約可見的澄澈黃光，微微垂了眸，帶著蓮玉快步向前行。

再往左拐，有五間緊閉的廂房，每隔十步就有穿著丁香色素紋小襖的侍女站立在側，行昭問了身旁的一個侍女。「廂房裡可還有歇息的夫人？」

那侍女搖搖頭，又想了想說：「方才應邑長公主來歇了會兒，沒多久，就往外走了。」

行昭笑著點點頭，讓蓮玉打賞了一貫錢，便裹裹大氅，將手袖在貂毛暖袖中，順著走廊往西邊走。

再往西走，就是外院了。

行昭心頭大惑，難不成應邑果真往外院去找賀琰了？也太過大膽了，若是真心想來湊面，會往哪裡去？內院通外院有門子，出入需要人開鎖放行，外院肯定不可能。內院女眷們在聽音堂聽戲，大半的僕從也在宅子的東北邊伺候。女眷往外院去沒有道理，那若是老爺們多喝了，要進內院來歇息呢?!

行昭緩緩踱步，蓮玉沈穩地緊隨其後，穿過垂拱花門，眼前豁然出現一個緊鎖的院落，許是久無人居，青石地上積著一灘厚厚的冰水，蜿蜒淌下，柵欄裡的雜草葉上有層薄薄的白霜，廂房的窗戶緊掩，被風吹得一動一顫。

行昭心頭一動，斂起裙袂，便欲向前，卻被蓮玉拉住。「姑娘，如今可不是淘氣的時候，濕了鞋襪事小，磕著碰著可怎麼辦？」

行昭轉了身，握著蓮玉的手，鄭重出言。「我必須去，不是淘氣、不是任性，不去……我心難安。」

話到最後，含了些哽咽，蓮玉驚詫於行昭的鄭重和堅定，索性心一橫扶著行昭往裡走。將穿過圓門，地上極滑，主僕二人扶著圓柱慢慢走，忽然聽見有一帶著明顯壓抑，卻仍舊尖利的女聲。

「阿琰，那病癆鬼拖了我十年，我念了你十年，你卻連一個承諾也不肯給我？」

是應邑的聲音，語聲有怒氣、有酸楚，隱隱約約從前頭的小閣裡傳來，話到後頭，鼻音濃重。

行昭愣在原地，面色晦暗不明，緊咬住唇，眉眼半分未動，心卻兀地沈沈落下，原有百種猜測、千種準備、萬種設想。真的到了那一天，親耳所聞後，竟還是不敢相信，更沒料想到自己竟猜對了、賭對了。

果然不是如同前一世定京傳言那樣——臨安侯賀琰風姿綽約，人如挺竹，應邑長公主新寡後一見傾心，非君不嫁。

行昭連忙回首，卻見蓮玉捂住嘴，瞪圓了眼。向其安撫一笑，又輕拍她手，示意她不要慌。

蓮玉哪裡還不知道發生了什麼？頭一回親耳聽到天大的秘密，心裡像堵了塊大石頭，又如同置身在正月的冰窖裡，渾身凍得不敢動彈。

又感到手被人輕拍，帶著不可言明的安定，惶然抬頭，卻看行昭展眉一笑，更覺行昭的笑裡，有苦有怪異，更多的是難以置信的平靜。

主僕二人心懷各異，躲在紅漆寶柱後，小閣裡的兩人渾然不知。

小閣裡，幾扇窗櫺緊閉，內室只有透過窗櫺縫隙直射而下的光，顯得陰暗潮濕。有光斑駁在應邑長公主的臉上，應邑撐在蒙塵的半桌上，身往前傾，眉角高挑，方才那句與其說是質問，不如說是哀求。

「妳到底要我給妳什麼承諾？娶妳？」前方是一著青竹滾雲紋鑲邊斕衫，背手立於窗前，面容清俊，卻眉頭緊鎖、沈聲緩言的臨安侯賀琰。

「你讓我等你的！我卻等到你穿吉服娶那方氏！方氏有什麼好？她到底有什麼好！」應邑本來還壓抑著的語氣，陡然揚高，怨毒得極似伺機而動的毒蛇。

賀琰轉身扶住應邑的肩膀，眼前女人情緒幾欲失控，只好溫聲安撫。「妳我相識於少年，方氏木訥笨拙，到底比不過妳我情分。張君意累妳甚深，妳曉得我一直牽掛著妳的。張君意一死，妳便遣人給我送花箋，讓我來，我不顧前程家室，不也來了？」

行昭靜靜地聽，面容半分未動，倒是蓮玉在旁邊顫得如同抖篩，大約怕多於氣。

當事實以其原貌出現在面前時，哪怕真相能如同刀割一樣讓人鈍痛，也要咬牙沈住氣——這是歷經苦難之後的領悟。

應邑聞言，登時紅了眼，軟了心。在年少時靜好時光裡，他是侯府颯爽英姿少年郎，別人都將自己當珊瑚珍寶一樣，敬著、供著。只有他，明明是著青衫戴方巾的風流男兒，卻敢一揮馬鞭，揚塵而去，策馬贏她後，再回頭衝她挑眉一笑。這一笑，這個人，便直直撞進心裡，永生難忘。

「阿琰……」這一聲喚得極纏綿悱惻。「你的玉簫，我還收著。我給你繡的扇套，卻不見你再帶了。」

賀琰伸手攬過應邑，擁她入懷，輕輕說：「我細細藏著呢。是我的錯，方氏是母親費了心力求娶的，那個時候……」

「我知道！」應邑急急打斷。「那個時候臨安侯府風雨飄搖，老侯爺一病經年，你需要一個臂膀極硬的外家。我雖是公主，若你娶了我，就要另闢公主府出來住，臨安侯府算是真斷根了……」

行昭的手心已經被指甲摳出了血，扶著柱子，慢慢抬起頭，望著簷下百子戲嬰的雕甍，幾乎想嚎啕大哭，大約世間的男人們都一個德性，審時度勢，只取所需，心裡藏一個，身邊放一個，哪個有用娶哪個，沒用的時候便棄之如敝屣，再尋真心。

周平甯如是，賀琰亦如是。

只是母親何辜啊，她又何辜啊，世間遇人不淑的女人們，何辜啊！

賀琰見女人溫和如初，放下了心，繼續溫聲說：「妳能理解便好。那日大婚，我喝得醉醺醺地挑開方氏的喜帕，天知道，我有多希望一挑開，便能看到妳的臉。」

應邑極歡喜地一仰頭，便急急說道：「張君意已經死了，你娶我罷！我去向母后求，讓我做賀家的宗婦，你還是臨安侯，不用搬到長公主府去，到時候我為你生兒育女，我為你肅清後宅，我們白頭到老……」

說到最後，話裡的甜意滿得幾乎要溢出來了。

行昭一顆心攥得緊緊的，屏住呼吸，提起裙襬，躬身沿著牆垣往裡走，卻聽裡面一管清朗的聲音，略帶了些遲疑說著——

「方氏到底是結髮元妻，也無犯七出之罪，停妻另娶，就是方皇后那裡也說不過去呀。」

應邑一聲嬌喝。「方皇后？聖上早厭了方家了！方家遠在西北，擁兵自重，哥哥話裡話外多有責難，聽母后說，最近連鳳儀宮也不大去了。」

又聽應邑略帶了些得意繼續說：「方皇后無子，又失了寵，如今在宮裡都要夾著尾巴做人，自身都難保了，哪裡管得了方氏。」

行昭大驚，前世她只是深閨娘子，母親正月裡自盡後，朝堂似乎是有大的動盪。母親死後，臨安侯府哪裡又會有人來同她說方家的事，白白惹她傷心呢。只是，到最後方皇后也並未被廢啊！

行昭趕忙將耳朵貼在青磚上，卻聽賀琰難得語聲激昂地說：「此事可屬實？方家……方家經營西北多年，在西北根深柢固，近年確是有幾個御史連續彈劾方家，但聖上皆留中不發，不像是要下力整治。」

應邑一撇嘴，眉角高高挑起。「我不懂你們男人們前朝的事，但是我曉得權力有時候是面鏡子，照得真真的。」復而又高興起來，從賀琰懷裡抬頭，歡喜地說：「等方家倒臺了，方氏死了，我就嫁到賀家了，給你生個白白胖胖的嫡子。看方氏那樣子，生出的孩子能有幾個好的？」

蓮玉杵在柱子邊，不敢大口喘氣，抖得越發大了。又想跟上前面的行昭，顫顫巍巍舉了步子，卻沒注意腳下，踢著個破磚，低低驚呼了一聲。

裡頭反應極其靈敏，立馬安靜下來，只有男人低沈警覺一喝。「誰?!」

行昭一把拉過蓮玉，反身往牆角躲。

賀琰幾步上前拉開門，虛掩一半，探身出來看，眼神極犀利，舉步就往牆角邊走來。

行昭捂住蓮玉的嘴蹲在階下，透過橫欄眼看著那雙牛皮直筒靴一步一步愈靠愈近，心也愈跳愈快，藏在喉嚨裡的尖叫幾欲破口而出。

「侯爺？您在這兒做什麼呢？」是何嬤嬤在小閣那頭喚，一瞬間行昭幾乎喜極而泣。

賀琰聽聲亦是一驚，卻迅速平靜下來，扶著腦袋轉過身，邊說邊疾步走過去，不著痕跡地將門拉上。「我還到處找人來伺候，三爺呢？」

行昭看那雙直筒靴轉了邊，反應極快，拉著蓮玉就往小徑裡跑，一路快步地跑，疾風打在臉上，也不覺得痛，卻覺有雪蒙住了眼睛，不然怎麼會霧濛濛的一片呢？

主僕二人鑽過側門，離小院愈遠了，蓮玉這才敢帶著哭腔，拖慢了步調。「姑娘——」

行昭沒有停下步子，只轉過頭，一臉平靜地喘著氣說：「我們要比應邑先到聽音堂，把濕了的鞋襪都換了，應邑才不會起疑。」

「姑娘，您——」怎麼哭了！蓮玉卻不敢說下去，心頭更覺心酸，親耳聽到生父與情人密謀著怎麼把生母休棄，姑娘到底該怎麼辦？

蓮玉拿手一抹臉上的水，也不曉得是淚是雪，神情帶了幾分壯士斷腕。「蓮玉是姑娘的人，吃的是姑娘的飯，姑娘……」

行昭這才慢了步調，淚眼朦朧地看著蓮玉，想張口，卻不曉得說什麼，終是帶著淚扯開一絲笑。「我知道，我知道……我還有妳們……我更要堅強起來……」

主僕二人相攜到了聽音堂，聽太夫人唸叨外邊冷不冷後，又去內廳換了鞋襪。

一出來，戲臺上正是二胡在咿呀呀地低吟，九轉纏綿，極盡悲傷。

柳文憐演的芳娘，重新對鏡貼花黃，換回女兒裝回到故鄉，家鄉的老父卻已經駕鶴西歸，獨留下一座墳塚。

賀行昭眼神從應邑的空位上一晃而過，定在戲臺上。她知道，從此她的父親在她的心裡，也只留下了一座墳塚。

戲臺上，芳娘一襲紅妝，髻上斜插一支金簪，形容哀戚，掩面悲啼。「戎裝一生，到頭來落得個東流逝水，再不回來——」水袖揚天一甩，幾經折轉，哀哀落在地上。

聽音堂裡有嚶嚶的哭聲，行明聳著肩膀拿帕子擦眼角，二夫人也紅了眼眶，大夫人揪著帕子，一向訥言的七娘也靠在黎夫人身上。

「可見世事都圓滿不了，芳娘至情至性，在前方，以女兒身克敵衛國，老父卻……唉……」太夫人面色如常，老人家見慣了悲歡，戲臺上的做作，還入不了眼，同身旁的三夫人說著。

「芳娘代父出征，滿腔孝心、忠心，她老父是個知恥明理的人，也算是含笑而終，算不得太大的悲劇。」三夫人面容雖有悲戚，卻不深。

太夫人點點頭，深望了三夫人一眼，又指著行昭笑。「這倒是個鎮定的。」

行昭僵著臉，而後慢慢緩過來，兩世為人，經受的苦難多了，便也不那麼在意了。撞破內情，傷透心過後，更多的是鬆了一口氣，知己知彼，方能百戰不殆。

聽太夫人這麼說，行昭扯開一笑，神情裡帶了無奈。「三姊姊和七娘一直哭，我哄了這邊，哄那邊，就忘了自己也是要哭的了。」

一句話逗得夫人、奶奶們都笑了起來，行明有些不好意思，抽泣著紅了臉，拖著錦杌便往七娘那邊靠，嘴裡嘟囔。「阿嫵是個壞心的，我倆再不同她好了。」

聽音堂裡又是一陣笑。

這廂正說著話，那廂戲臺又敲敲打打著，【訓子】開鑼了。

臺上將唱了一句，便有人撩了簾子進來，灌進來一股寒風，三夫人連忙迎上去。「長公主可趕得巧了，新戲這才開始。」

行昭渾身一僵，聽得一個極是興高采烈的聲音。

「是嗎？倒是我的運氣了，前一齣戲唱得怎麼樣啊？」

縱然臺上已經是唱上了，應邑的聲量也半分未降，邊說邊落坐，面容光潔，眼神明麗，同方才那個拿著戲單有些不耐煩的樣子，判若兩人。

三夫人還沒來得及說話，便有人趕著奉承了。「長公主點的角兒，能有不好的？柳文憐唱得著實好，聽哭了多少人呢！」

應邑雙手放在黃花木扶手椅椅背上，抿嘴一笑，再沒有答話。眼神掃過大夫人，落在行昭與行明身上，衝她倆招招手，側首同太夫人明豔一笑。「這兩個小娘子就是您的孫女兒？臨安侯的掌珠？」

行昭與行明都站了起來，立在太夫人身後，長輩間說話，小輩不許輕易答話。

太夫人搖搖頭，向縮在角落裡的賀行曉招了手喚過來，壓低了聲音。「行明是老二的女兒，那個才是侯爺的么女，曉姊兒。」

應邑眼神在行昭與行曉身上打著旋兒，一個脊梁挺直，明眸皓齒，眉眼之間毫不閃躲。

一個絞了長長的劉海，遮住大半的神情，很標準的庶女模樣。

行昭心裡極厭惡應邑那毫不掩飾的打量，她憑什麼做出一副運籌帷幄的樣子?!卻還是壓低了聲音，與賀行曉一道恭謹行禮問好。

應邑笑盈盈地褪了腕上的兩只赤金鑲青石鐲子下來，一人一個地套在行昭與行曉手上，又拍了拍行曉的手，眼神從行昭身上一閃而過，同太夫人說：「真是兩個好孩子。太夫人好福氣。」

太夫人心下疑惑，應邑並不是好相處的主，連幾位王爺家的郡主都沒得過這樣的親近，旁邊還站著行明、三房的行晴，黎家的七娘也在，還有幾家的姑娘在，這樣特別對待行昭與行曉，是什麼道理？這個時候卻容不得人細想，太夫人亦是自矜回笑道：「哪裡又有多出挑？兩個小丫頭還差著遠呢！定京城裡多的是頂好的小娘子。」

正巧，太夫人話音將落，臺上就響起了叮叮咚咚的鑼鼓聲，太夫人笑著朝戲臺方向抬抬手，示意臺上正唱著戲呢！

應邑微斂了笑意，輕輕頷首，餘光掃過行昭，瞬間變得極黯。

行昭摸了摸腕上，明顯大了一圈的鐲子，青石冰涼沁人，她若有所思地再看了看賀行曉，賀行曉雖垂著頭，唇角抿得緊緊的，眼神裡卻有不敢置信的激動。

戲臺上演到第二折，戲中老母蔡文氏正面向看官們哭訴。「我那兒，狼心狗肺，我予他吃、予他穿，助他高中皇榜。他卻叫我老來無依，老婦人有冤有怨，只好撞頭去向那閻王訴！」

三夫人這廂正支著耳朵聽應邑長公主與太夫人在說什麼，那廂支愣一下，就聽到了這樣的詞，面色一下垮下來，似平復心情般，單手執了茶盅喝。

二夫人心頭正暗怨應邑長公主厚此薄彼，叫行明出了大洋相，這邊一瞥三夫人作態，不禁大快，作勢輕嘆。「這蔡恭少當真狼心狗肺，就是叫老天爺下三道雷來，立馬劈死這等不孝子，也不為過。三夫人，您說可是這個道理？」

三夫人正喝著茶，被一嗆，滿臉通紅，半晌也沒說出來話。

再看太夫人正拿手打著拍子，神情專注地看著戲臺，恍若未聞。二夫人那一聲嘆嘆說大不大，說小，這聽音堂大概也是能聽全的。

行昭心頭暗笑，二夫人這樣的性子，左横右横，卻獨獨在二爺面前横不起來。

行明忍著笑湊過身來，同行昭使眼色。

行昭一看，大夫人面含輕嗔，推了推二夫人，二夫人這才收了眼神，不再為難了。

行明同行昭咬著耳朵，輕輕說：「我最敬重妳母親。大伯母總是和事佬，卻不曉得祖母都沒說話，就是看著三房落面子的意思了嘛，大伯母卻看不下去別人為難。」

行昭側身聽行明說，眼裡看著母親，如同在這盛冬裡看到了溫暖，母親是這樣良善溫和的女子。

這齣戲是很典型的京戲，誇張了的京白，定京腔抑揚頓挫，聲調嘹亮，伶人們行止敏捷，聽音堂裡終於都看起戲來。

行昭端坐在小杌上，眼裡在看戲，手袖在寬袖中，摩挲著那鐲子，心裡細細揣測起來，應邑回來極高興的樣子，是賀琰最後答應了她什麼，還是她十拿九穩方家會倒臺？

賀琰是個很典型的家族族長，一切以賀家權益與自身前程為重。他可以為了賀家和自我前程娶方氏，也可以為賀家娶應邑，更何況，應邑是他少時的情人。皇位已穩，賀家為公卿之家鼇頭，權勢烜赫，這個時候娶到聖上的胞妹，又有忠誠之意，助力也不會小。若這時候方家已經不是助力，而是阻力，賀琰絕對會捨棄。

行昭嘴裡發苦，如今看來，這已經不僅僅是應邑與母親的戰爭了。

前世的真相，如同臺上這折戲，抽絲剝繭般，漸漸清晰起來。

戲中的蔡恭少跪在仙人面前，痛哭流涕，悔不當初。

鑼鼓之聲變得愈加鏗鏘有力，蔡恭少革職除家，流放千里，嫡母誥命加身，重享榮華。是大團圓的結局，聽音堂裡太夫人率先拍掌，讚了聲好。班主攜柳文憐，與其他幾個角兒出來叩頭謝恩。

三夫人一抬手，就有個小丫鬟捧著纏枝填金托盤端上戲臺，裡面有十錠紋銀，賞了鴻雲社一百兩。在定京權貴簪纓之家裡，也不算寒酸了，主家賞銀占大頭，其他的隨禮就好。

太夫人聽【訓子】聽得心情舒坦，吩咐素青取了十錠銀子去賞。應邑見狀，也賞了一百兩下去。

廂房裡的黃夫人、黎夫人都各有賞。

那班主捧著托盤，愈加喜氣，隔著碧湖揚了聲調。「鴻雲社在此恭祝諸位夫人，福壽安康，少艾永保！給您磕頭了。」

謝了又謝後，笑盈盈帶著社員退下了戲臺。

天色漸晚，屋簷下已有高高掛起的大紅燈籠，僕從們恭謹侍立。

定京城裡的習俗是下午唱堂會，留下來用晚宴，再各家訴各情。三房請來的多是清流人家，在朝任官，如同百年老松藤蔓交纏，臨安侯府雖是勛貴，賀琰在朝堂上卻任有重權實職，此時有機會，自都是攀附套交。

三夫人招呼著眾位。「羊湯鍋子可都暖好了，諸位往花廳裡請吧。」

眾人笑盈盈地應了，便簇擁著應邑長公主與太夫人往花廳去。

走在抄手遊廊裡，天際處有已停在山腰的夕陽，透過暖洋洋的紅燈籠看去，血色殘陽。

到了花廳，霧氣縈繞，羊湯銅鍋子都燙在了桌上，冷盤、熱盤、燙菜都拼在一塊，花團錦簇，瞧上去十分熱鬧。

幾位夫人坐在上席，未出閣的小娘子們坐在下首，男人們在外院擺桌。

將開宴，三夫人便斟滿了一盞酒，起了身先敬。「謝過諸位今兒個賞臉來。我們一家才從湖廣回定京，各門各路都顯得生疏了，萬望各位姊姊、妹妹們提攜相助。」話音一落，便甚是豪爽地將滿杯酒一飲而盡，倒杯示意。

夫人們紛紛起身舉杯相迎，小娘子們卻只能抿抿身前的甜果酒。

行明嚐過一口，便衝行昭擠著眉毛，一副被辣到的樣子。

行昭捂著嘴笑，湊近她說：「端莊賢淑啊，想想二嬸今兒出來囑咐妳的話——」

行明一挑眉，看上席的二夫人正同黃夫人說得火熱，又想到黃夫人家裡還有個考上廩生的郎君，更怕自己母親把她說到這黃家去，雖面上不以為然，身子卻坐直了，嘴邊一撇向行昭耳語。「那黃夫人奉承不了上邊那幾個，就來哄我娘罷。」雖是耳語，但邊桌能隱約聽個全。

行昭一聽，便曉得不好了。

黃家是寒門出身，總共才富貴了兩代，這一代考中兩榜進士，和賀三爺走得近，就想巴著縫攀上頭來。讀書人家看重名聲，以聲譽立家，行明這話說得過了。

果然，邊桌坐著的黃三娘，十一、二歲的年紀，將銀筷子往桌上一掇，就扭頭過來，滿面通紅。「賀三姑娘這是什麼話！」

行明心裡愈想愈不過味，方才應邑長公主嘴裡說臨安侯的女兒，把其他的賀家姑娘放在哪裡了，倒顯得自個兒站起身像是不要臉地往上湊，火氣正大，放下筷子就要回過去。

行昭連忙拿手按下行明，語氣婉和地往黃三娘那頭說：「不過說三嬸家的黃花魚新鮮這些話罷了，黃姊姊莫惱、莫惱。」

那頭黃三娘也不是個省油燈，嘴角一挑，就拿眼瞥行明。「俗話說得好，半罐水響叮噹，李逵也姓李，唐太祖也姓李，可惜啊，一個只能當衝鋒去送死，一個卻是英明果決的聖上。」

這話戳在行明心尖兒上了，父親是庶出又不爭氣，靠嫡兄活，連她在與行昭交往中，母親都要教導她，要捧著行昭、要讓著行昭。

一樣的姓賀，別人看，卻還是有尊卑秩序、三六九等。

行明一抹臉，把眼角的淚擦乾淨，父親爭不來的氣，她來爭。正要還嘴，卻聽行昭慢條斯理，一本正經的話。

行昭一手玩著掐絲琺瑯松竹梅酒盞，一邊笑吟吟地看著黃三娘說：「黃姊姊姓黃，黃花魚也姓黃，可惜一個是清流世家的小娘子，一個是遭人飲食的畜生，是大不相同的，黃姊姊可是想說這樣的道理？」

話音將落，七娘便笑出了聲，難得說句話。「一個是清流，一個是在水裡游，隨波逐流的，都是水裡的貨色，區別也不太大。」黎七娘向來不鳴則已，一鳴驚人。

那一桌的小娘子們面色瞬間就不好了，有一個七品官出身的秦娘子，擱了筷子便輕聲嚷著。「什麼叫隨波逐流，什麼叫水裡的貨色，妳說清楚。」

大周朝重文輕武，文人酸腐氣十足十，頭懸梁錐刺股讀出來的，大抵都看不起勛貴世家躺在祖先功勞簿上的高傲模樣。勛貴人家又看不上那些讀書人在朝堂上一副自視甚高的模樣，特別是那些御史逮著什麼、參什麼，生怕不能一頭撞死在太極殿的柱子上。

行昭出身勛貴，甚是覺得清流一副高高在上的樣子，看見對自己有利的便腆著一張臉，那時候就忘了讀書人的意氣了，著實討人厭。明明就是吃不著葡萄說葡萄酸，有時候投胎也是項運氣，怨不得誰。

垂了眼，拉過行明轉身坐過來，又給七娘挾了塊黃花魚，同她笑稱。「妳嚐嚐，方才三姊就是在和我說，今兒個的黃花魚可新鮮了，嫩著呢。」

黎七娘抿嘴一笑，還是一副訥言敏行的模樣，嘴裡嚼著黃花魚，聽身後還在不依不饒，淡淡說了句——

「妳若不曉得，就去上頭問問賀太夫人和妳娘，長輩們見多識廣，定能和妳細細說出一二三四五。」

身後一時間緘默無聲了，行明拿著銀箸將盤裡布的羊肉，有一下、沒一下地戳爛了，同行昭與七娘小聲喃喃說：「是我言辭無狀，倒連累妳們兩個來幫我收拾場面。」

行曉這時候倒站出來了，幫著行明斟了盞梨汁糖水。「三姊姊本也沒說錯啊。」

行昭輕笑一聲，推了推行明。行明沒理賀行曉，繞過梨汁糖水，又拿起了甜果酒來，這次一口而盡。小娘子沒飲過酒，強忍下咳嗽和嗆口，面臉通紅，眼眸卻亮得像繁星。

行昭習慣性地抬頭看上首，下面有動靜，上席選擇恍若未聞。一抬頭，卻對上了應邑長公主的眼睛，應邑彎了絳唇，微微歪了頭，一派天真，舉杯向行昭遙遙致意。

行昭同樣端起酒盞，皓腕向前一伸，露出腕間的那方赤金嵌青石鐲子，向應邑笑得甜，仰頭將酒盞中的甜杏果酒一飲而盡。果酒偏酸濃厚，流芳唇齒之間，久久不散。

屏風後的天際已是昏黑一片，花廳裡也酒酣饜足，夫人、奶奶們起了身，準備告辭了。

行昭去扶太夫人，太夫人卻向大夫人一努嘴。「去扶妳母親，她今兒個被灌了幾杯酒，這會兒正難受呢。」

大夫人手裡掐著帕子，蹙眉扶著額頭，靠在黎夫人身上，左邊是二夫人攙著，二夫人笑道：「弟妹新釀的酒，後勁足，大嫂平時酒量也不差啊，被長公主灌了幾杯，這就扶不住了。」

行昭心頭一動，沒答話，扶過大夫人，大夫人面色酡紅，滿身是清冽的酒氣，這哪是才被灌了幾杯酒啊？應邑是個極天真且喜怒形於色的人，現在的手段也盡於此了。

「賀大夫人將門虎女，極豪爽，敬酒就喝，應邑自嘆弗如啊！」應邑在後手裡焐著暖爐，嬌笑說著，在紅燈籠映照下愈顯嬌豔，如同一朵牡丹花。

說著話，還衝行昭眨了眨眼睛，笑不露齒。

行昭抿嘴一笑，同其也眨了眨眼，又湊近大夫人，溫聲輕言。「母親，您可難受？」

大夫人皺著眉搖搖頭，復而又點頭，眼神迷離像在尋找什麼。

行昭又是一笑，也不說話了，一行人便往外門去，還好大夫人只是難受，神智還清醒著，行昭人小扶不動，大夫人還是靠在二夫人身上居多。

將踏過三寸朱紅門檻，賀家的馬車就等著了，賀琰與賀二爺，騎著馬候於前，見女眷也出來了，就下馬來扶太夫人。

太夫人看著兒孫，高興問：「景哥兒呢？時哥兒身板小，這冰天雪地的我也不叫他再騎馬回去，景哥兒可是練著的呢。」

「景哥兒喝趴了，在馬車裡呢，您快上車吧。」二爺弓著身子扶太夫人上馬車。

一聽，全笑起來，二夫人快人快語。「兒肖母，這句話可真沒錯！這不，母子倆像商量好似的，醉在一塊兒了！」

行昭人矮身小，藏在大夫人身後，看到賀琰的眼眸，迅速黯了下來，也不知是失望還是厭惡。

行昭挽著行明也上了馬車，賀行曉也在後面跟著，行昭挑開馬車簾子，露出一條縫。馬車吆喝著往前跑，她看到，應邑立在灰牆綠瓦下，眼神灼灼地望著賀家的馬車漸行漸遠，她的眼神卻像一隻已獵到兔子的狼。

第五章

馬車拐過順真門，臨安侯府就近了。不多時，就聽到外面喧喧嚷嚷，各房各院的婆子、丫鬟都等在門口，扶著主子回去。

賀琰、賀二爺和太夫人告了安，便一個回正院，一個回東跨院。

太夫人倒是拉著賀琰交代。「你媳婦喝多了，是應邑淘氣給硬灌的，你可不許衝她吹鬍子瞪眼。」

賀琰聽後，面色晴暗不明，只好點頭應了。

行昭神情淡漠，斂過裙袂蹲身行禮。「父親母親、二叔二嬸走好。」便轉身扶過太夫人，往榮壽堂走。

前面兩個小丫鬟打著羊皮角燈，影子被拉得長長的，投在地上。或聽風嘯聲，又聞樹葉簌簌聲音，一靜下來，行昭便心如亂麻，低著頭數步子，一步兩步，離正堂愈近，眼前的光亮就愈刺眼。

「阿嫵，妳從聽音堂出來就不對勁，我讓素青問蓮玉，蓮玉咬死不說，只說妳受了凍。」靜謐中，老夫人的聲音有種不急不緩的安撫感。

行昭低著頭，聽太夫人話，先是一愣，將眼神直直盯在青磚上，先搖搖頭，又點點頭，便不言語了。

太夫人也不追問，將踏進正堂，太夫人一揮手，丫頭們頷首退去，蓮玉頗為憂慮地看了眼行昭，行昭衝她點點頭。

丫頭們一退出門，素青便拉過蓮玉，正要開口問，卻見蓮玉忍著淚偷偷往裡面張望，素青心裡兀地一痛，吞下了嘴裡的話。

正堂裡只餘行昭與太夫人二人。

太夫人解下大氅，行昭接過踮著腳掛在花架上，太夫人斜靠在炕上，端起茶盅。「是因為妳母親？」

行昭緊抿了唇，端了個錦杌坐在跟前。

老人家什麼風浪沒見過，眼毒著呢，行昭自詡兩世為人，很肯定今日行事為人仍在竭力沈穩周到，沒想到賀太夫人竟也看出來了。

太夫人見狀，笑著道：「妳是誰帶大的？妳是什麼性子誰最清楚？妳回了聽音堂後，端茶盅的時候，手就一直抖。聽完一折戲，妳便去看妳母親，雖是一直在笑。」太夫人一邊說，一邊拿手指了指眼睛。「那笑沒有達到這裡頭。」

行昭在馬車上便一直在想，要不要同賀太夫人說。說了，老人家將如何自處？兒子與媳婦孰輕孰重，將事情一說，老人家萬一受不住該怎麼辦？

行昭攥著手，閉了眼，難以抉擇。再一睜眼，似下了狠心，眉眼堅定地看著太夫人，語聲婉和地說：「祖母，這世上阿嫵最願意相信的人只有您。今日您也累了，上回沒歇息好都難受了一天，明日一早，阿嫵鐵定同您一五一十全說了。」

太夫人看著眼前的小孫女，握了握行昭的手，小娘子一雙手沁涼到了指尖，再將她散在鬢間的髮挽過耳後，輕輕說：「阿嫵，妳記得就好，無論發生了什麼，妳總還有祖母。」

榮壽堂終是熄燈安謐下來，二爺的東跨院裡卻將鬧開。

月華閣裡，行明正哭得上氣不接下氣，邊將揪在手上的帕子扔在地上，邊哭說：「我不嫁到黃家去，誰愛嫁誰去嫁！黃家能是個好的嗎？祖上是個貨郎擔，這兩代才有了出息就開始不得了了，什麼東西！」

「看妳這撒潑的模樣，又像個大家娘子了?!親事從來都是父母之命，哪裡輪得到個小娘子來說嘴！還不是父母讓妳嫁誰，妳不就得嫁誰……」二夫人扶著額頭，扳著指頭和行明細細數。「妳看，我們賀家是門楣高，但妳爹是個什麼官啊？是封爵了還是入閣了？好點的人家憑什麼不要賀行昭來要妳？黃家是根基淺，根基淺也有根基淺的好處，只要賀家在一天，他們就一天不敢怠慢妳……」

旁邊的劉嬤嬤撿起帕子放在黃梨木小案上，又擰乾了帕子邊給行明擦著臉，邊說：「我的姑娘欸，您見過哪家的太太、夫人還和小娘子商量親事的？這是夫人心疼您呢！」

行明語塞，溫水擦在臉上，氣卻堵在心裡頭，深感黃家不是個好去處，又不好將宴上黃三娘的話說出來，一抬手將劉嬤嬤的手打落，哭成個淚人兒。「母親哪兒是心疼我，是將我往火坑裡推！行昭若是平嫁，嫁的也是勛貴世家，若是高嫁就嫁成皇室媳婦兒了，這我不敢肖想，可是我也不嫁個自以為是的貨郎擔！」

二夫人怒極反笑，站起了身，踱步邊說：「好好好，我是那壞心的後娘，竟將女兒嫁到那火坑裡去！」

劉嬤嬤勸完這邊勸那邊，嘆口氣。「三姑娘這是拿話戳您娘的心窩子！何況說親、說親，不到處看看說說，親事哪裡來啊？」

行明聽話聽音，趕忙抬頭問：「那和黃家的事還做不得準？」

「現在肯定做不了準啊！是黃夫人開的頭，約定過兩日就和二夫人去定國寺上香，順道相看、相看，相看不行，還不是做不得數。」劉嬤嬤向行明使著眼色，示意她哄哄二夫人。

行明卻從話裡聽出了其他的意思，冷笑一聲。「黃家起的頭，我便知道他們家不懷好意，攀不上大房就來攀我們二房，沒有魚，蝦也好，他們倒是打的一手好算盤！」

二夫人輕嘆一聲，想起來賀二爺賀環的不著調，又想起將才她不過是和賀環商量著說，黃家隱隱約約有個想結親的意思。賀環倒是喜笑顏開地一口應允，誰不曉得，他不過是看在黃大爺身在戶部，又善鑽營，這幾年的官運亨通，黃老爺子又會投機，家財不少。

「妳沒有親生兄弟，往後也沒個人幫妳出頭撐腰，大房雖然親，終究是隔了一層。我幫妳說親事的時候，就往下面看看，妳低嫁過去，別人好歹不敢怠慢妳。女人娘家硬，在夫家也能說上話。」二夫人頗有心力交瘁之感，賀環無子，說話間常常怪到她身上來。她在外人面前做出蠻橫精幹的樣子，遇上賀環，也總是覺得自己理虧。

行明抽泣著擦乾了淚，二房的情況她也不是不曉得，搖著二夫人的手。「我惱的不是低嫁不低嫁的。是不樂意嫁到黃家去，門楣低的人家多了去，哪裡一定要和黃家相看。」

「黃家哪裡不好？是讀書人家裡難得又有經商的，嫁人嫁人吃飯穿衣。黃家家底厚，不用一家人跟狼似的盯著妳嫁妝。黃家小郎是嫡出長子，又是麋生，現在在國子監讀書，前途不可限量。黃夫人瞧著又會做人，是個和氣人，不像是會拿捏媳婦的婆婆。算過來算過去，黃家是今兒個堂會裡最合適的人家了。」二夫人愈想愈覺得好，喝了口清茶，將天青色舊窯茶盅輕擱下，剛準備啟唇又說，卻聽得紅燭「蹦」的一聲響，不禁笑逐顏開。「燈花爆，好事到！」

行明聽母親說得愈加興起，心頭一急，也顧不得那麼多了。「您把婆婆好不好算到了，郎君好不好也算到了，怎麼就沒算到黃家有個刻薄勢利的小姑子呢？」

二夫人頓時一愣，倒是劉嬤嬤邊拿銀籤子去挑燈花，邊問：「三姑娘這是個什麼說法？」

行明一撇嘴，看著燭火往東一閃，又往西一回，冷聲說：「黃三娘今兒個在宴上說我雖然是姓賀的，卻不比正經的賀家人有體面，人家瞧不上咱，咱們又何必那熱臉去……去……哼！」

終是臨安侯府養大的，教養讓她不能說下去了，只輕哼一聲，轉過頭不再看那燭火。

二夫人這才聽明白，一邊捨不得因為一個要嫁出去的小姑子壞了這門好親事，一邊又嚥不下黃三娘的話，蹙著眉頭，久久不語。

行明等了半晌才聽到二夫人說：「罷了罷了，累了一天先睡了，明兒個一早就去給太夫人問安，太夫人總能拿個主意。」

晨鐘朝露，秋鴻春燕，隨時光閒過遣。

清早，天剛濛濛亮，臨安侯府中的僕從丫鬟們已躡手躡腳地忙活開了。

行昭輾轉反側一夜，臨近四更天才睡著，這會兒就又醒了，心裡有事，哪裡能睡得踏實。

輕輕一嗅，東廂房裡已經燃起了沈水香混著松針凝露的香，便喚來蓮玉。

一陣洗漱梳妝後，用過一小碗紅棗薏米粥，吃了兩個魚卷，便從東廂房往正堂去，將到門口，張嬤嬤便迎了過來，引行昭入了內閣，邊笑著。「太夫人果真沒說錯，今兒個四姑娘來得最早，竟比過二夫人與三姑娘了。太夫人剛起，用了早膳，這會兒正梳妝打扮呢。」

行昭朝她笑笑，反常地沒了言語，一撩簾子，就瞧著太夫人正坐在宋安銅花鏡前面篦頭髮，見行昭過來，笑著朝她招手。「蜂蜜梨汁喝了沒？冬日裡不將息好，妳又有咳疾，等春天到了，仔細嗆著。」

行昭連聲應了。「喝了喝了，整整一盅。」起身接過芸香手裡的犀牛角篦子，有一搭沒一搭地幫太夫人梳頭，就等著太夫人屏退眾人，好叫她細細說來。

太夫人見孫女一副心不在焉的樣子，心裡明白，卻仰著頭、瞇著眼，嘴裡也有一搭沒一搭說著話。「妳說，今兒我是穿絳紅色的那身褙子好呢，還是穿靛藍色夾棉杭綢小襖好？」

張嬤嬤不曉得太夫人是同誰說話，又瞧了瞧行昭沒開口的意思，只好笑著接話。「穿絳紅的好，您穿著顯貴氣。」

太夫人沒接話，依舊是閉著眼。

「穿絳紅的褙子，裡面穿件秋杏色的綜裙，再把我給您打的那條絡子給戴上，這才叫十全十美呢。」行昭這才算是體味出太夫人的意思來了，這是在磨她的性子呢！心裡揣著再天大的事兒，面上也得鎮定著，言語間該附和的附和，不能露了怯。

聽見孫女的聲音，太夫人這才笑著坐起身。「今兒就照著四姑娘說的這麼穿，梳矮髻，戴那支皇后娘娘賞下來的點翠步搖。阿嫵妳去將羊奶子喝了，我讓下面的人把沫子打得乾乾淨淨，沒膻味。」

張嬤嬤見勢，趕忙從箱籠裡翻出了褙子和綜裙，伺候太夫人換上，又從梨木匣子裡拿了支虞美人點翠燒珐瑯步搖出來。

行昭將篦子還給芸香，坐在小杌上，捧著羊奶小口小口地喝，見芸香手腳麻利地兩三下就填了個矮髻出來，口裡讚道：「祖母果真是會調教人，個頂個都是好的。」

太夫人看著銅花鏡，用手扶正了步搖，戲謔道：「妳房裡個頂個也是好的，數蓮玉最忠心了。」

行昭面色一紅，曉得太夫人這是在打趣昨晚蓮玉嘴硬心強，又見蓮玉立在旁邊，一時間站也不是、跪也不是，正要拿話去回，就聽見打簾的人說，二夫人和三姑娘來了。

一陣風樣，人未到，聲先行——

「剛剛從東跨院過來，看見花房裡種的迎春花都起了苞了，阿彌陀佛，這隆冬可算是要完了。」二夫人與行明緊緊焐了手爐，帶著雪氣與寒風入了內堂。

太夫人笑著賞了座，又讓人端上兩碗羊奶子來。「妳和行明也喝碗，春冬交際的天，最凍人。」

二夫人喜氣洋洋謝了接過，小啜了口，將碗放在几桌上，往後張望了下，笑著寒暄。「大嫂今兒個來得晚，娘可得罰她給您做雙鞋襪。」

太夫人從妝檯下來，扶著張嬤嬤的手，坐靠在了正堂上首的八仙凳上，輕描淡寫地說：「她酒醒了，腦仁疼，我讓她今兒早就甭來請安了，自個兒補補覺去，晚上再帶著孩子們來問安。」

二夫人一副放下心來的模樣，笑意盈盈。「定京城裡，誰不曉得臨安侯府裡的太夫人疼媳婦，嫁進來就跟跌進福窩窩裡似的。」

行昭在旁聽著，也覺得太夫人為人精明中亦有溫善祥德，不用媳婦立規矩，連請安都是各房用完早膳再過來。用太夫人的話說，府裡頭上上下下僕從丫頭幾百口，不讓奴才服侍，讓自家媳婦服侍這是什麼道理？

簪纓貴家裡的女人，哪個不是多年媳婦熬成婆，被婆母整治後就越發狠地折磨自己的媳婦，立規矩，搶孩子來養。有狠的，連媳婦懷著孕都要站在婆婆身邊，服侍婆婆布菜吃水。前世，周平甯是平陽王府庶出，又憑自個兒本事另闢府衙，別人說起她來，不是羨慕她是王妃夫人，而是豔羨她上頭沒有個正經婆婆壓著。

行昭躬身立在旁，忽地發現如今她想起周平甯竟然能夠心淡無波，正巧一抬頭，就見行明衝她齜牙咧嘴地作怪，行昭一愣，復又抿嘴一笑。

「這丫頭半刻也閒不住，娘，索性打發這兩丫頭去暖閣繡花，咱娘倆好好說說話。」二夫人探出身子來，帶了詢問。

太夫人瞅了眼行昭，又看看行明，曉得二夫人這是有話要說，吩咐素青。「給姑娘們備上果脯蜜餞，煮兩碗杏仁酪茶端進去。」

行昭、行明屈膝斂裙袂，便躲到內間去了。

將上炕落坐，還沒拿上繡花繃子，行明便憋不住了，面帶青色，一把將繡籠推開，一副皺眉癟嘴的模樣。

行昭看著好笑，把繡籠拉近身，選了副水天碧的銀絲線，邊垂了頭就著牡丹花邊繡，邊問：「三姊這是怎麼了？吃誰炮仗了？」

行明一癟嘴，低了聲湊近說：「那黃家──」話到嗓子眼，說不下去了，一個未出閣的小娘子怎麼好意思說得出自己看不上的人家來提親的話。

行昭卻瞬間想起了前世的一件事，賀太夫人帶著一家子女眷去定國寺添香油的時候，碰巧遇見了黃家，這不奇怪，奇怪的是黃家還帶著他們家的小郎君一道去，這就有兩廂相看的意思了，可行明最後嫁的也不是黃家，而是個家無恆產的舉人相公啊！

行昭也停了針線，將繃子歇在手上，看著行明，有些納悶。「黃家怎麼了？難不成黃三娘對晚宴上的事還不依不饒了？」

素青捧著廣彩描金花鳥人物四方碟進來，裡頭盛著鹽津梅肉乾和棗乾，笑得溫婉。

行明朝行昭搖搖頭，一副不好說的模樣，見素青進來了，趕忙撐起小臉問：「前頭講到哪兒了？」

素青捂著嘴吃吃笑。「這我哪知道啊，二夫人與老夫人說話，難不成做奴才的還能貼著耳朵去聽？」

行明失望垂頭，行昭看得分明，若真是為了黃、賀兩家聯姻相看這事，行明打死不說也屬正常，左右往後也都會知道，黃三娘是這個德性，看孫看老，她家長輩能好到哪裡去？只是行明不說，自己總也不好率先提出，只好勸慰。「二嬸與祖母總不會對妳壞吧，靜待著就是了唄。」

行明亦是輾轉一夜，想著黃三娘得理不饒人的樣子，又想著若真嫁到黃家，自個兒沒個過硬的夫家，母親更是舉步維艱，又隱約閃過黎家二郎舒朗的眉眼，心頭一驚，似掩飾般喝了口杏仁酪茶，半晌才吐出句話。「這茶可真苦。」

行昭笑著搖搖頭，捧了蜜餞說：「總有甜的，三姊妳嚐嚐梅肉乾。」

少年不識愁滋味，比起生死性命攸關，世間的所有情事都屬尚能挽回的狀況。

前廳裡，瑞腦銷金獸，有煙裊繞，二夫人爽脆清麗的聲音在空蕩的大堂裡，似有綿音回轉繞樑。

「媳婦拿不定主意，只好來求娘。女子嫁人猶如第二次投胎轉世，一旦嫁不好，那可真是叫天天不應，叫地地不靈。媳婦嫁到賀家來，娘待媳婦就像親女兒似的，這便是媳婦的福氣。」二夫人極會說話，奉承得潤物無聲。

太夫人心忖，黃家如今的形勢也不差，一家人都是會做人的，否則哪有這麼容易能和臨安侯府攀上交情，只是用賀家庶子的嫡女去套黃家，會不會虧了？

太夫人手撫在光滑的黑漆楠木几桌上，是石榴簇百子戲嬰的圖案。

如今的賀家綿延百年，兒孫旁支在九井胡同裡都住不完，人一多，事就繁雜，就更要步步為營。

「妳先說說，妳看中黃家什麼了？我眼裡頭，黃夫人眼皮子有些淺，她家姑娘行事眼神我也不喜歡，黃太夫人娘家是揚州鹽商，出身也太低了。」太夫人緩緩說著，將黃家的女人們分析個遍，卻絕口不提黃小郎與黃老爺。

二夫人心裡有些不以為然，臨安侯太夫人，能看上誰？恐怕看宮裡的皇后娘娘，都能嫌棄她方家行伍武夫，看誰都小家子氣。面上卻也只有賠著笑說：「怪說呢，娘的眼睛真毒，黃三娘就是黃太夫人養大的，學了一身的臭毛病，昨兒個把我們行昭和行明氣得夠嗆。」

太夫人瞇了眼，晚宴上的事，在馬車上張嬤嬤就一五一十地說了個全，行明先挑釁，到二夫人嘴裡就全成了黃家娘子的臭毛病了。老二媳婦劉氏出身中山侯府，旁支嫡出，難免眼界就薄些，光曉得要讓女兒低嫁，好仗娘家的勢不受欺負，卻不曉得結親結的是兩姓之好，結了親就像有了條線將兩個陌生的家族拴在一起。

「既然都結下梁子了，還硬拉生拽在一塊兒做什麼？小心結親不成結成仇。」太夫人接著就說。

二夫人一時語塞，支吾說道：「行明嫁的是黃小郎，黃家娘子隔不了幾年就出嫁了。黃小郎是黃家長房嫡長子，行明一嫁過去就是宗婦……」

嫁過去就是宗婦，主持中饋，又有賀家撐腰，這日子想過不好都難。二夫人的著眼點只有行明，唯一的女兒過好了，比什麼都強。

太夫人卻不這麼想，笑著把串在腕上的檀香木佛珠摘下來，「砰」地一聲扣在案上，說：「黃夫人瞧起來不過三十出頭的模樣，連黃太夫人都中氣十足，前些日子才和娘家打了場嫁妝官司，定京城裡誰不曉得？行明熬呀熬呀，總算能主持中饋說上話了，我這老太婆估摸著也瞧不見了。」

「您可千萬甭這麼說！您可是要活百壽齊福的人。」二夫人趕忙嗔道，見老人家連這樣的話都說出來，心頭一灰，估摸著黃家這親事是成不了了。

面上有些犯愁，端起茶盅心不在焉啜了兩口。賀家門楣夠高，臨安侯權勢夠烜赫，可她們二房連點邊都挨不上啊，這些年勝在聽話，又有三房這樣忤逆的作襯，老夫人也樂得抬舉二房。可三房如今瞧明白了，也肯伏低做小了，二房可怎麼活啊？

行明難嫁，她心裡是知道的，好點的人家別人看不上，更不能娶回家當宗婦，差點的人家自個兒都看不上，老夫人那關更過不了。黃家這樣的不是正好嗎？誰家沒幾個難纏的主啊？還不是看自個兒怎麼過。

太夫人見二夫人不說話了，開口道：「妻好夫禍少，黃太夫人不是省油的燈，商賈沒什麼，只是這麼大年紀了還和娘家的子侄扯錢幣官司，這就有點擰不清了，從黃家娘子身上就能看出她家長輩的品性。黃小郎若不是黃太夫人帶大的，都還好說，就怕是一脈相承下來的。」

二夫人聽太夫人有鬆口的跡象了，不由自主地往前傾，連聲說：「黃小郎是在黃老爺跟前養大的，黃夫人是泰安名門出身，小郎君將滿十三歲，就已經是廩生了，在國子監唸書。黃老爺官在五品，蔭封也好，自己要下場考也好，前途是不愁了。」

「蔭封？他們家能恩蔭到什麼職？讀書人家三代之內無人在朝堂任實職，家族就算沒落了。」太夫人不留情面地嗤道，看了眼有些重燃希望的二兒媳婦，又言道：「你們既定下定國寺一行，就去吧，正好也卡著點，去把明年的香油錢捐了。到時候叫黃小郎君和黃夫人來和我請個安，我好好看看。」

二夫人聽前面，頭有些耷拉，又聞後言不禁喜出望外，連忙站起身躬身行禮，太夫人親去，這是給行明做顏面啊。

「方才說媳婦是跌進了福窩窩裡，果真是沒說錯！」二夫人笑彎了眼，連聲喚門外的劉嬤嬤，邊說：「一定要叫行明來和祖母磕頭，連皇后娘娘都免了太夫人的問年禮，現下還要為行明這樣奔波。」

太夫人看著有些好笑。

老大媳婦木訥怕事，卻勝在忠厚溫良。老二媳婦精明知機，卻子嗣艱難，在丈夫面前得不了好。總的瞧起來，就只有賀現的媳婦，前堂後院一把抓，端的是賢良能幹的當家主母，老侯爺為老三當真是殫精竭慮。

太夫人念及此，笑顏微斂，抿了抿嘴，朝二夫人擺擺手，說：「要是黃小郎君是個扶不起的阿斗，或者黃夫人是個沒道理的，我照樣不答應這樁婚事。賀家的子嗣不豐，統共就只有兩個嫡女，貴重著呢。」

推門進來的劉嬤嬤，聽到這話，邊應下，邊轉身往外走。不由心下一咯噔，兩個嫡女，太夫人這是沒將三房算到賀家裡去啊。

二夫人現下正得意，有賀太夫人過問行明的婚事，不怕嫁不好。是太夫人親掌的眼、過的目，就連嫁妝也能豐厚些。

劉嬤嬤拐過抄手遊廊，石紋柵欄裡種著的青草，在暖爐薰染下，青草香混著松凝清露，沁人心脾。

暖閣裡行昭低著頭，撐著繡花繃子做針線。

行明或執起茶盅又放下，或湊攏過來看看行昭的針線，或拿本《左氏春秋》來看，抬頭一看，是劉嬤嬤來了，不禁眼神一亮，趕忙下炕躋上繡鞋，連聲問：「可是祖母讓我們過去？」

行昭一抬頭，將繃子輕擱在繡籠裡，看劉嬤嬤笑著點頭，也忙下炕套上鞋子，和行明一道往正堂去。

一進去，就看到二夫人站在太夫人跟前，一臉喜氣洋洋，行明暗道不好，來不及多想，就聽二夫人笑盈盈說：「過些日子，咱們一大家子都去定國寺祈福，讓行明給您做個抹額可好？」

抹額，做工簡單，兩日就能做完，又是戴在外面的，別人一眼就能看到。二夫人無論是為了展示行明手藝也好，顯示太夫人對行明上心也好，太夫人都樂意順水推舟。

果然，太夫人樂呵呵地說：「好啊，做個兔毛鶴紋樣式的，人老了就想把頭髮給箍得緊緊的，顯得精神。」

二夫人一聽笑得更歡了，從行昭這個角度看過去，可以看到行明垂著頭，手縮在袖裡。行昭心裡一嘆，黃家有什麼不好呢？最少能得安穩一生，歲月靜好。

二夫人拉著行明規規矩矩行了個禮，告了安，便歡天喜地往外走，行昭去送，回來後，顯得有些悶悶不樂。

太夫人靠在西番蓮紋八福軟墊上，看行昭眉眼鬱氣，笑說：「怎麼了？不樂意去定國寺？」

行昭長吁出一口氣，看坐在上首的賀太夫人，一笑眼角已有幾縷紋路了，罷了罷了，先解決前一樁事吧。

行昭出人意料地「撲通」一聲跪在氈毯上。

第六章

「四姑娘這是做什麼！仔細膝蓋疼！」張嬤嬤一聲驚呼，趕忙下來扶，卻被太夫人攔住。

只聽太夫人沈聲地吩咐道：「所有的人出去，玲瓏妳留下，蓮玉留下。」

太夫人是如何睿智的人，行昭一跪，就知道她這是要將堂會的事原原本本說出來了。

雕葫蘆萬福楠木朱門「嘎吱」被關上，一時間廂房內，只留下了四個人，與滿室的靜謐。

行昭在安靜中，率先開口，小娘子的嗓音還很清脆稚軟，卻還在力求肅穆端嚴。「堂會上，應邑長公主離開了近一個時辰……」

太夫人邊聽邊點頭，示意行昭繼續說下去。

行昭抿了抿嘴，想了想，繼續說道：「但在這一個時辰裡，應邑長公主並沒有在偏廂休憩，而是在一個久無人居的院落裡，和一個男人在一起。」

太夫人蹙著眉頭，直覺這個男人和臨安侯府有關係，沒開口問，沈住了氣，頷了下頷，繼續聽行昭說。

行昭說到這裡，抬起頭，眼眸如星般光耀，她看到太夫人面色漸漸嚴肅起來，掩了眸，輕輕卻一字一頓地說出聲。「阿嫵，聽到的是爹爹的聲音，應邑長公主讓爹爹休掉母親，母親被休回方家後，她就能嫁到賀家了，和爹爹白首偕老。」

清亮乾脆的破瓷聲陡然而起，圓口青花繪纏枝蓮的舊瓷茶盅被一下拂落到了地上，青黃的茶水順著缺口流到氍毹上，細絨的白毯瞬間被染成了茶色一樣的污濁。

滿室噤聲，茶盅是太夫人一怒之下拂落的，賀琰年少時的情事她隱約知道些，那時賀琰出入宮闈甚繁，去的時候笑逐顏開，回來的時候喜氣洋洋。大周民風開放，在貴家士族裡尤勝，年紀輕輕的小娘子與小郎君暗生情愫也沒什麼了不得，只是都明白家族比天大，終會順應長輩安排，嫁娶於家族有益的對象，再斬斷前塵情緣，好好經營一生。

只是沒想到，賀琰鍾情的是應邑。更沒想到，事到如今，塵埃落定了，兩人竟然還密會相商要剷除擋路石，再續前緣。

這會給賀家帶來多大的震盪，會給賀、方兩家的關係帶來多大的影響，會給景哥兒的前程帶來多大變數，他們想過嗎?!

太夫人心知未完，沈聲問：「侯爺是怎麼說的？」

「父親說，母親未犯七出之罪，貿然休棄，怕方家不會善罷甘休。」行昭語聲很平靜，再抬首，眼裡卻有淚光，殷殷看著太夫人，繼續說：「應邑長公主卻說，方家如今惹了聖上的眼，就算是母親死在賀家，方家自顧不暇，又怎麼會管呢？爹爹聽了，語氣變得高興極了，連聲詢問細況。後來，有人來了，阿嫵就回聽音堂了，再後來，應邑長公主也回聽音堂了。」

行昭不知道朝堂上究竟會發生什麼，卻記得在前世，大夫人方氏自盡而亡後，賀家將此事壓下不提，對外只說大夫人是暴斃，方舅爺遠赴定京提槍來問，是太夫人出面以賀家全族作保，方家才肯就此甘休。到後來太夫人抵死攔著，不許應邑進門，是太后出面，太夫人妥協，卻帶著賀行景避到莊子上去，賀琰穿著素服揹著木荊去接，她沒有回去，應邑抱著新生兒子去接，她也沒有回去。

行昭暗忖，前世裡，太夫人應當是知道事情的前因後果的，但也是母親死後才知道的。勸退方家，是不得已時必須保全賀家的顏面。不許應邑進門和帶著行景避到莊子上，這是在內疚中，保全自己的良心。

行昭在賭，賭自己的猜測是否正確，賭注太大了，禁不起輸。

當這件事還能夠挽救的時候，太夫人絕不會因為方家的暫時動盪而袖手旁觀。

屋內的四個人都沒說話了，好像安靜得連呼吸都會嫌重，行昭穩穩地跪在地上，她並不打算繼續說了。

靜默半晌，知子莫若母，聽太夫人冷哼一聲。「看起來應邑長公主知侯爺甚深啊，句句話都撓在癢處。臨安侯這個位置坐穩了，方家的助力不需要了。這個時候，應邑就來了，既成全了少時的情懷，又能為今後的仕途保駕護航。怪道他成親這麼些年，還瞧方氏不順眼，連看景哥兒也不親近。」

張嬤嬤在一旁聽得惶惶然，她是太夫人身旁服侍了幾十年的心腹，太夫人曾不止一次地說，侯爺完完全全是賀家的種，將老侯爺身上的自私與自負繼承得丁點不剩。

太夫人說完，見小娘子強忍著淚，卻還能在這樣的情形下，一句賀琰的壞話都不說。太夫人心頭一陣疼，賀家的女人艱難，是因為攤上了賀家這樣薄情寡義的男兒漢，連聲喚。

「阿嫵，妳快起來。妳有何錯，要跪天跪地啊。」

行昭仰著臉，搖搖頭，梗直了頸脖說：「阿嫵昨日偷聽，應邑長公主言之鑿鑿，似有勝券在握。心下惶恐，既恐應邑長公主仗勢欺人，謀害母親，又恐父親受人蒙蔽，背棄母親，還恐阿嫵無錯卻要眼看慈母被休，哥哥無錯卻要與親父相悖，母親無錯卻要變成飄零浮萍。阿嫵只求祖母庇護。」

最後一句話說完，行了一個叩首大禮，俯身在地上，久久不起。

一旁的蓮玉哭得泣不成聲，也一同跪在地上，連聲哭說：「萬望太夫人庇護！四姑娘昨兒個翻覆一夜，又想去看大夫人，又怕露了話出來，連遇見侯爺，都不敢看侯爺眼睛。」

張嬤嬤抹了抹淚，腦子裡卻無端地想起了老侯爺還在的時候，賀琰的學業他是半點不問，卻天天在崔氏房裡考校賀現。賀琰五、六歲的時候，被一幫壞心的奴才慫恿，把書都給撕了，那時候的太夫人也是這樣一邊梗直脖子忍著哭，一邊狠狠地打賀琰的手板心。

太夫人走下堂，將行昭扶起，摟在懷裡，一下一下拍著她的背，溫聲安慰。「祖母庇護，祖母庇護。我們賀家是承有太祖皇帝下發的丹書鐵券（注）的大家貴族，妳母親是賀家的宗婦，應邑不敢堂而皇之地來謀害她。妳母親是應父母之命、媒妁之言，八抬大轎嫁進賀家的。妳爹沒道理，更不能將她休棄，若妳爹有這個念頭，我頭一個不答應。」

行昭貼在太夫人懷裡，心裡有句話，卻不敢說，應邑是外人她自然不敢三番兩次地來賀府害人。而賀琰可是賀家人，和大夫人一起吃、一起住的枕邊人啊，他想說個什麼、做個什麼，易如反掌。

「您知道的，母親性儒，禁不起風雨，連萬姨娘都能惹得她只曉得哭。哥哥又搬到外院去住，阿嫵想搬到正院陪陪母親。」行昭悶聲說。

太夫人點點頭，這樣也好，搬到正院去，挨著方氏住。若是賀琰說露了嘴或是應邑按捺不住了，行昭好歹能警覺些，勸勸方氏，不怕鑄成了大禍。

「好好好，今兒個就收拾箱籠，本來按照規矩是滿八歲再出去單獨住，現在出去也說得通。正院裡有個小苑，離妳母親的正堂近，離榮壽堂也近。等下讓張嬤嬤去開庫房，選點好東西去擺著。」太夫人連聲應諾著，不經意間餘光瞥到了還跪著的蓮玉，目光一凜，繼而說：「這丫頭跟了妳也有些年頭了，這次就不跟著過去了，在榮壽堂留下吧。」

行昭一驚，忙脫開身來，她能理解太夫人這樣做的用意，蓮玉不是張嬤嬤，沒有歲月積澱下來的情分在，一個奴才曉得了這麼隱密的事，主家有千萬種辦法讓妳說不出來話。她不能讓蓮玉又受牽連，扯著太夫人的雲袖，急忙說：「昨兒個您派素青姊姊去問她，她都沒說。可見她是忠心護著阿嫵和賀家的，這樣的奴才，阿嫵身旁除了她可再沒有別人了。」

張嬤嬤也勸。「您安知蓮玉就不是另一個玲瓏了呢？」

玲瓏就是張嬤嬤的閨名。

太夫人看了看，伏在地上瑟瑟發抖的蓮玉，又聽張嬤嬤的話，心頭一軟，語聲硬氣卻到

注：丹書鐵券，天子須發給功臣、重臣的一種帶有獎賞和盟約性質的憑證，類似於現代普遍流行的動章獎章。

底溫和了許多地朝蓮玉說：「妳主子信妳，那我也信妳。張嬷嬷在我身邊是怎樣的體面，妳是看到了的。忠心為主，不搬弄口舌，遲早妳也會有張嬷嬷的那分體面。」

蓮玉淚都顧不得擦，連忙又磕了幾個頭，嘴裡說著。「蓮玉不敢，四姑娘一直都是蓮玉的主子，四姑娘護著蓮玉的心，蓮玉永生不忘。」

行昭仰臉向太夫人抿嘴一笑，又貼了過去，緊緊回抱住太夫人的腰，喃喃地說：「幸好還有祖母，爹爹一定也會憐憫我們的……」

過了一炷香的時間，正堂四人的情緒都平靜了很多。太夫人揚聲喚進來丫頭們，素青領在前面，小丫頭們或端著裝了溫水的喜鵲陽紋銅盆，或端著裝了妝粉帕子的黑漆描金托盤，一溜地小碎步進來，行昭和蓮玉重新梳洗抹面。

太夫人又吩咐了兩個小丫頭去東廂房收拾歸置，又給了對牌讓張嬷嬷帶著素青和蓮玉去庫房選東西。斜斜靠在榻上，手裡翻著一本日曆冊，鼻梁上架著一副玳瑁眼鏡，嘴裡在唸叨著。「大後天就是個好日子，宜遷居破土。和黃家約定的是臘月二十五去定國寺上香，正好搬了就去。明天就把小苑收拾好，再通通風，要搬就儘量在年前搬完。」

行昭靜靜地聽，靠在太夫人身上，連連點頭。

太夫人扳著指頭算。「今兒是臘月十六，讓僕從們收拾到臘月十九，就搬過去。大東西就不用搬了，往後妳總還要來榮壽堂住。姑娘房裡應有兩個大丫鬟、四個二等丫鬟、一個管事嬷嬷。妳往前在榮壽堂住，和我房裡的丫鬟們都是混著用的，除了蓮玉、蓮蓉和王嬷嬷，就沒個得用的二等丫鬟，也要再選一選。」

話說到這兒，太夫人嘆了口氣，摟了摟行昭，說：「按道理，哪兒能這樣急的搬家啊，總要請人來算算，還要改一改小苑的格局才好。我是曉得妳的，出了這樣大的事，妳哪裡坐得住。早點搬過去也好，安妳母親的心，也安妳的心。只一點，妳得牢記著侯爺總歸還是妳父親。」

話到最後陡顯嚴厲，行昭心裡莫名抖了一抖，再鄭重地點點頭，大周以孝治天下，允許父弒子，卻不許兒女有半分忤逆，無論長輩對與不對。

祖孫倆正說著話，就見張嬤嬤帶著人撩簾子進來，手裡拿了本冊子，邊翻邊說。「小苑裡本就家具是齊全的，就在庫裡翻了點東西去把八寶格填滿。一對廣彩青花撒金官窯方斛，一個密金仙人青銅香爐，一個掐絲琺瑯羅漢……」

太夫人聽得極認真，時不時點點頭，等張嬤嬤唸完，又吩咐。「把庫裡那檯十二幅紅珊瑚碧玉楠木屏風抬過去給四姑娘鎮宅，再把陳雲之的那幅『窠石早春圖』帶過去，還有我房裡那檯白玉紅瑪瑙蓮紋水珠的擺件也別忘了，都登在冊子上，四姑娘一向喜歡那擺件。再去問問管人事的，府裡各家還有沒有十二、三歲的小娘子，四姑娘房裡還缺幾個小丫鬟。」

楠木性屬陽，又細膩溫潤，擺楠木掛件在內屋裡鎮宅，是大周的規矩，可一檯十二幅的楠木屏風就有些太貴重了，更甭說還貼了一簇二尺高的紅珊瑚樹，就這一簇珊瑚樹都能當成貢品呈上去。

「我瞧了瞧那小苑，正屋不太大，就怕屏風擱進去放不下……」其他的都還好辦，就這屏風讓張嬤嬤有些為難。

太夫人聽了，臉沈了沈，就說：「那就換個院子，正院裡還有個水榭，我記得挺寬敞。」

行昭曉得太夫人的意思，如今不明不白突然搬回正院，不明白的人還以為賀家四姑娘失了寵。流水的東西搬過去，賀太夫人這是在向賀府昭示四姑娘分量還重著。

行昭不由心裡暖暖的，一向大局為重、理性自持的太夫人，在這樣的時刻，還能在小事上記得護著她。

「祖母，您也別為難了，哪裡就非要屏風不可了呢，您屋裡還有個楠木雕纏枝紋的掛件，阿嫵也喜歡。帶著您的味道，掛在床前正好鎮著，叫那幫小妖小魔，輕易入不了阿嫵的夢。」行昭輕聲說。

太夫人本來早間聽了這糟心事，自小養在身邊的小孫女又要搬走，正壓著火卻聽行昭這樣一句話，連聲說：「對對對，讓那幫魑魅魍魎近不了身。」

張嬤嬤聽著笑起來，邊拿筆在冊子上勾勾寫寫，邊說：「那就換成掛件了。方才過來，東廂房裡只有王嬤嬤和蓮蓉在，兩個丫頭過去說要收拾箱籠，把她們倆嚇了個大跳，也不曉得隆冬的大氅還收拾不收拾了，就託我來求主意呢。」

太夫人一聽就明白了，突然搬院，把東廂房的人嚇得夠嗆，開口道：「阿嫵先回去定定神，給下人們拿個主意。晚上妳母親來問安的時候，我再把妳提早搬家的事給她說，她只有高興的分。」

行昭笑著點點頭，起身告退，將帶著蓮玉跨出正堂，就聽內屋裡太夫人語氣不明的話。

「玲瓏，侯爺身邊伺候的德喜是妳的侄兒吧？我記得他的差事還是妳給通的路子。叫他今晚來榮壽堂一趟，我有話交代他。是榮壽堂大，還是侯爺大，他分得清楚。」

行昭垂眸看了眼身後將掩上的門，終於彎了嘴角。

把事情原原本本給太夫人說，這本就是一場豪賭。

幸好，她賭對了。

太夫人就算不喜母親，也更不想應邑以這樣的方式嫁進來，而太夫人的力量比她可大多了。

於情於理，於公於私，太夫人都不會喜歡應邑。應邑要嫁進來，那大夫人怎麼辦？要嘛被休、要嘛去世。

於情，大夫人是賀行景與行昭的生母，太夫人看重嫡孫，喜愛行昭；於理，賀家長房嫡孫，未來的臨安侯的生母不可能是個被家族休離的棄婦；於公，賀、方兩家結為姻親，這段關係更要延續下去；於私，應邑一嫁衛國公世子，上不侍公婆，下無子綿延，世子亡逝後，便迅速與情人勾結，這樣的女人，誰敢要?!

蓮玉忽然想到什麼，壓低聲音問：「要是侯爺知道了是您給太夫人說的，這父女親眷之間，該如何相處啊？」

行昭語氣有些淡淡的，緩聲慢言。「所以祖母只會讓貼身的人跟緊父親的行蹤，而沒有貿貿然地去質詢。一個人去了哪兒、做了什麼，總會有跡可循，到時候祖母一問，父親答不上來，便是戳破真相的時候。這就與妳與我，毫不相干了。」

如今的情形終於有了實質的變化了，太夫人知道了，她要搬去正院守著母親了，是不是意味著努力後結局一定會有不同呢？

行昭捏了捏蓮玉的手，眉眼間終有了些雀躍，笑著說：「蓮玉，太夫人是不會讓她如願的。」

話裡的「她」自然指的是應邑，蓮玉重重地點點頭，嘴裡唸著。「等咱們去了正院，見天的守著大夫人。」

東廂房與正堂離得近，不過一條遊廊的距離，主僕二人說著話間就到了。

王嬤嬤和蓮蓉正在廂房裡忙活著，蓮蓉眼睛尖，見行昭回來了，連忙出來迎。「怎麼今兒請了個安，就要搬院子了呢？教我嚇一跳！」

行昭一擺手，說得模模糊糊。「反正八歲也要搬，現在搬與過些日子搬也沒什麼不同啊，正好年末要清庫裡，話趕話的，索性現在就搬了。」

邊說著，邊看就早晨這幾個時辰就收了一個箱籠了，歸置得整整齊齊的，她放下心來，同王嬤嬤說：「妳和蓮蓉領著收拾吧。日常能用上的都帶著走了，擺件裝飾就別搬了，留幾件衣物在外面。」

王嬤嬤這才明白過來，原來這就算行昭完全搬進自個兒的小院了啊，連聲應了，卻見蓮蓉瞇著眼睛看蓮玉，招呼著。「還愣著做什麼！」又讓行昭去暖閣裡歇著。「我一瞧姑娘昨兒個就沒睡好，趕緊去補補瞌睡，暖閣裡聽不見外頭吵吵嚷嚷的。」

行昭這麼一番折騰，著實有些精疲力竭，想起來對蓮玉說：「妳也去歇一歇吧，暖閣就不要妳伺候了。」

蓮玉連聲應了，卻還是先給行昭鋪好軟緞，墊好湯婆子，守著行昭沈沈睡去了，才出了暖閣。

一出暖閣就被蓮蓉一把拉到了牆角去，聽蓮蓉壓了聲量問：「妳和四姑娘這是在搗什麼鬼呢？」

蓮玉探頭看看暖閣裡，索性把蓮蓉拉進旁邊的小隔間，邊親給她斟了杯茶，邊說：「能有什麼鬼？只是把日子提前罷了，原先景大少爺不也是六歲就搬到外院去了？」

蓮蓉接過茶盞，喝了口茶，再看看蓮玉青著一張臉，眼下烏黑一片，越發覺得不對勁，姑娘卻寧願和蓮玉說，也不給她露聲，心裡不忿。「哼，妳且就瞞著我罷。景大少爺是小郎君，提早是應當。姑娘卻是太夫人的心頭寶，哪兒捨得放！連王嬷嬷都覺得不對頭，別以為這偌大個東廂房就妳一個人忠心！」

蓮玉給自己也倒了杯茶，一時間也不曉得該怎麼答，她本就不擅言語，這件事又大過天了，連大夫人都瞞著。蓮蓉性烈，自小服侍姑娘，又是太夫人給的，而自己卻是後來大夫人派過來的。

蓮蓉見她不說話，心頭越發生氣，認定了蓮玉這是在作張作喬，將茶盞重重磕在桌上，騰地一下起身，扭身就要走。

蓮玉連忙上前兩步，拉住蓮蓉，嘴裡直說：「沒想瞞著妳！是實在沒事，大不了的事就是大夫人想姑娘了，姑娘這才搬到正院裡去。」

蓮蓉哪裡肯信，一甩手將蓮玉甩開，蓮玉的手「砰」地一聲磕在了方桌邊的角上，蓮蓉被一驚，卻仍硬撐著。「妳也別敷衍我。去聽八燈巷的堂會，姑娘選的就是妳陪著。今兒去正堂問安露臉，也是讓妳陪著。如今有了事還是給妳說，還讓妳瞞著這一屋子的人……」邊說邊傷心，愈想愈委屈，抹了把臉扭身坐在凳上，背過蓮玉，抽泣著說：「妳憑什麼啊妳？明明是我陪著姑娘更久，明明妳連自己老子娘都剋死了，我才是府裡長大見識廣的，姑娘往前喜歡聽我說話，到現在姑娘卻愈來愈喜歡妳……」

蓮玉被砸，趕忙縮著手，十指連心，虎口都已經瘀青一片了。她卻顧不得這麼多，這才聽出來，原來蓮蓉是在爭寵。

蓮蓉的老子是外院的採辦管事，娘在太夫人院子裡當差，而自己卻是莊戶上的孤兒苦出身，被大夫人看上了才帶進府裡的。

不過蓮蓉這番話也太傷人了，蓮玉有些生氣，卻壓抑著怒氣，舉步就往外走，不想再扯下去了，邊走邊說：「妳我同屋四、五年，除了王嬤嬤，妳一直是東廂房裡的第一人。姑娘又一向一視同仁，說不上更喜歡誰。退一步說就算姑娘有偏好些，難不成另一個就要心忖怨懟，不用好好辦差了嗎？」

蓮蓉背身坐，咬著唇，聽到東廂房第一人那裡，氣本來消了一半，卻被後面的話又勾起了一半，提起裙就追出去。

追到正廂房，見蓮玉已經拿起了冊子在對物什，她衝上去一把搶過來，眉頭高挑說：「這種粗重的差事是姑娘吩咐給我們的，自然是我們要好好當差。蓮玉姊姊是精細人，快去歇著吧。」

王嬤嬤一聽就知道這兩人有了齟齬，雖不知道發生了什麼，心裡卻無條件的偏向從小看到大的蓮蓉，便說：「姑娘叫妳去歇著，妳還杵在這兒做什麼？過會兒，姑娘就要用午膳了，也離不得妳。」

蓮玉咬咬唇，望了王嬤嬤一眼沒說話，看著王嬤嬤與蓮蓉指使著小丫鬟們幹得起勁，心頭有委屈、有傷心，站了一會兒，便捧著手往偏廂去。

兩個大丫鬟引起的風波不大，熟睡中的行昭自然不知道，當她醒過來搖鈴喚來人時，看是蓮蓉在身旁麻溜地挽帳點香，微怔，問：「蓮玉還沒起來？」

蓮蓉一撇嘴，眼神有些躲閃，卻說：「嗯，估摸著是真累著了，我已經讓荷心提了飯去偏廂了。」

行昭屋裡的丫頭，一等大丫鬟是蓮字輩兒，二等是荷字當頭。

行昭正迷迷糊糊的，點點頭，梳洗過後，就在炕上用過午膳。

午後初霽，這幾日的雪總是在晌午時分停了，取而代之的是澄黃的暖陽。

行昭靠在炕上拿著本《孟子》打發辰光，在安寧的時光裡，心裡就如同三伏天喝下冰水般熨貼。

臨近晚膳時，張嬤嬤過來了。

照舊寒暄屏退左右後，張嬤嬤就直入主題了。「太夫人想了想，這樣無緣無故地搬，怕是眾人心裡都要各種猜忌，如今不好再起事端了。午間，太夫人特地請來順天真人來問了一卦，說明年是庚子年，四姑娘最好居坤位，這樣才好避邪魅。」

順天真人是勤於行走在定京城裡大戶人家的出家人，哪家出了個什麼事都叫順天真人來問問。

行昭一聽就懂了，帶了些赧色說：「所以我才要趕在翻年前，搬到處在坤位的正院去。到底是祖母思慮周到，這樣府裡的言辭也就統一了。」

張嬤嬤笑了笑，又說：「大夫人過會兒來問晚安的時候，就把這事正經說下去。太夫人讓我來問四姑娘，過會兒去正堂還是不去？不去呢，也好在屋裡趕緊收拾箱籠，畢竟時間不寬鬆。」

行昭點點頭，聽張嬤嬤話裡只說了不去的好處，自然明白太夫人是不想她去的，便順著她話說：「那我就不去問晚安了。今兒晚上祖母房裡是誰貼身伺候呢？」

「是芸香。」張嬤嬤笑得愈深，甚是覺得這四姑娘七、八歲的年紀，處事為人卻老道而沈穩，從早上話裡話外沒說任何人的半句不是，卻把後果說得明明白白、悲悲戚戚的，讓太夫人一心為了她打算，繼而又加了一句。「太夫人向來不拘著丫頭們，晚上讓蓮玉去找芸香說說話、繡繡花也可以。」話說完，就起身，話帶到了就告退了。

行昭見張嬤嬤明白自己的意思了，揚聲喚來蓮蓉送張嬤嬤出去。

天際漸晚，正堂裡僕從們把高高吊起的燈籠扯著線放下來，點了燈油，又升上去，青瓦紅光，相映生趣，一片燈火輝煌。

將用過晚膳，便有一行人浩浩蕩蕩地入了正堂。又過了近一個時辰，便又浩浩蕩蕩地出了正堂。

聽蓮蓉在耳邊說，大夫人走了。行昭抬了頭，輕聲吩咐她。「讓蓮玉去找芸香，問問祖母同母親說了什麼。」

蓮蓉眼中閃過一絲不易察覺的生澀，點了點頭，就轉身往外走。

過了三刻，蓮玉一手捧著托盤，裡面裝了兩碟點心，一手撩開簾子進來了，將托盤放在了窗櫺邊的小案上，和行昭交代說著。「太夫人先是吩咐大夫人記得要讓花房的來把小苑旁邊都種上芍藥，大夫人看上去很高興的樣子。太夫人接著就在囑咐大夫人還要照顧好侯爺的生活……」

說到後面，蓮玉帶了些疑惑，卻還是照實說著。「太夫人還說今兒個順天真人總算是把算好的卦拿來了，您這次提早搬到正院是去避禍的，要大夫人約束好萬姨娘和侯爺其他的妾室，別讓她們不長眼驚了您。」

果然，這些話太夫人不好當著她的面交代大夫人。太夫人的言下之意不過是——妳女兒都搬去和妳住了，為母則強，可千萬別出現了像以前那樣，被萬氏逼得哭哭啼啼跑來榮壽堂的情形了。

行昭邊聽邊點頭，這樣就算是名正言順，餘光卻瞥到蓮玉的右手虎口烏青一片，蹙了眉頭，問她：「這是怎麼了？」

蓮玉趕忙將手藏在了袖裡，搖搖頭，只說：「將才做噩夢，手一揮，就撞到了床頭的匣子上，不礙事。」

行昭聞言，便仰頭看她，小娘子神色不像是精神不好的，但眼下卻是又有團烏青，這幾日的事兒，讓這個沈穩內斂的女孩心力交瘁，不禁有些心疼，說：「去拿一匣安神香點著吧，點著能睡好些，等二十五日咱們去定國寺，再去求求符來鎮鎮，會好的。」

蓮玉點點頭，卻暗地裡瞥蓮蓉的神色一下子變得極差，不禁一嘆，心想總要找個時機和姑娘說說。

第二天，和太夫人定下了四個二等丫鬟，一邊麻溜地將小苑收拾了，一邊將東廂房收拾完了。

大夫人一連幾天都是笑逐顏開地跑上跑下，連小苑裡的柵欄用藤木還是青竹，都要來榮壽堂與行昭商量。

幾處的人，幾天的工夫，緊緊擰成一條心，總算是拾掇妥當了。

第七章

到了臘月十九日，一大早晨難得的放了晴，卯時一過，天際邊就有半輪明日羞答答地露出頭來，洋洋灑灑飄落下的，從鵝毛大雪換成了梅花瓣兒一樣的細密雪花。

王嬤嬤從暖閣出來，望著天歡喜極了，連說：「好兆頭、好兆頭，一連幾日都沒出太陽，今兒可真難得。」

行昭牽著蓮蓉的手，跨過門檻，扶著門欄，回首一一掃過，暖閣裡擺置得整整齊齊的幾個大黑漆箱籠，床帳前掛著的還沒來得及收下來的石榴紅如意結，牆角長得鬱鬱蔥蔥的冬青樹，還有隔間上小時的玩物，幾個神情生動的唐代木製仕女玩偶。

行昭仰頭看著蓮玉，笑了起來，從醒來到現在事情終於有了質的變化了，軌跡正在慢慢地改變。

蓮玉一頷下頷，便看到小娘子烏溜溜的一雙眼睛裡有歡喜與期望，如同盛夏的天裡被雨刷洗過的碧玉珠子一樣，也發自內心地彎了嘴角。

蓮蓉一側身就擋在了二人中間，蹲下身笑說：「咱們快走吧，耽誤了吉時就不好了。」順天真人又算了掛楠木和放鞭炮的時辰，放過鞭炮後，各家各房才好來向主人家串門問禮。

行昭笑一笑，穿過遊廊，見太夫人穿了一件深絳紅色七珍紋杭綢褙子，額上箍著墨綠色兔絨抹額，正由張嬤嬤扶著樂呵呵地向外走，太夫人說她要親去給行昭掛上楠木鎮宅。

行昭趕忙上前去扶，和太夫人一前一後坐上輦轎往小苑去，後面跟著一行或抬箱籠，或提著包袱的僕從，還有四個十歲出頭的小姑娘，統一穿著秋香色小襖，低著頭跟在後頭。這就是新來的四個二等丫鬟，行昭的眼神落在其中一個眼睛大大，鼻梁挺直的小娘子身上——她的哥哥在賀琰身邊做小僮子，雖不是要職，卻日日不離賀琰。

太夫人能掌住賀琰身邊的管事，她沒這個能耐，只能從不打眼的人身上入手。

臨安侯府大約有八十畝地，太夫人喜好清淨，榮壽堂和祠堂在最北端，正院在全府的正中地方，另有東跨院與西跨院。二房住在東跨院，如今西跨院沒有人住。

過九里長汀和碧波湖，就到了正院了。

行昭的小苑喚作懷善苑，在正院的東北角，原是賀琰的胞妹、賀太夫人的嫡長女賀琉的住所，共有上房五間，偏廂三間，另有圍著籬笆精巧別致的小花園一處。

到時，大夫人已經候在了門口了，行昭先行下輦，眼見自家母親穿著一裳鮮桃紅萬字連紋比甲笑意盈盈地去攙太夫人，便乖巧跟在後頭，邊走邊聽前面說話。

「……備了五大串鞭炮也不曉得夠不夠放……中午讓廚房特地整治了一桌席面，也把府裡的孩子們都請來了，孩子們都漸大了，能聚一次是一次……咱們就在正院吃，備了您愛吃的燴八珍……」

太夫人聽得連連頷首，這時候也不願意再去挑兒媳婦的錯處，自打曉得了賀琰與應邑的事兒後，她便對大兒媳婦寬容了很多。又見這懷善苑煥然一新，葉子都沒沾上昨夜的雪粒，心裡勾起了對遠嫁女兒的思念，直說：「好好好，咱們去掛楠木、點鞭炮。」

是太夫人掐線點火，火舌纏上那麻線，鞭炮跟著「噼哩啪啦」地炸開，大夫人佝身跟行昭歡快地說著。「今兒個妳父親答應早些下衙，就為了來給妳坐屋。」

坐屋子，也是大周的習俗，讓男性長輩在小輩房裡鎮一鎮，與掛楠木、點鞭炮一樣的道理。

行昭一聽，笑容一僵，卻很快反應過來，笑得燦然，連聲答應。「好！用過午膳我就去將龍井給父親備上！」

府裡四通八達的消息傳得極快，將點完鞭炮，二夫人就帶著行明過來了，行昭行過禮後，懷裡就被塞了一個錦囊，二夫人柳葉眉一彎，笑著說：「恭賀遷居之喜！我們四姑娘長大了，也分院了，快帶著行明四處轉轉，好好行地主之誼。」

行昭捂嘴謝過後，二夫人便纏著大夫人與太夫人要去正院烤火，讓小輩們自個兒處。行昭挽著行明進了正房，裡頭薰染的是清淡雅致的茉莉香，几桌上擺著原先太夫人房裡的碧玉紅瑪瑙水珠，青磚光亮映人，紅螺炭摞在地龍裡，暖烘烘的一片。

幾日不見行明，臉瘦了一圈，雖在笑卻能發現笑得極勉強，行昭詫異，莫不是還因為那黃家，攙著她坐下就說：「一個抹額怎麼就累成這個樣子？這幾天做不出來，難不成祖母還沒抹額戴了？」

行明低了頭，再抬頭卻是雙眼含淚，搖著頭說：「我知道……今兒是妳的好日子……我本不該說這些的，只是我想了又想，實在不曉得該和誰說了……」

行昭坐近了些，看了看屋裡要嘛是她的心腹，要嘛是行明的貼身，便握了握她手說：「還是因為黃家？」

這回輪到行明大驚。「妳怎麼知道?!」

行昭一怔，按道理她確實不應當知道。這幾日的事事順遂，她的警惕竟弱了下來，心下後悔，咂咂嘴，敷衍過去。「在堂會上，黃三娘與我們鬥嘴，二嬸教訓妳了吧？」

行明一聽，有些落寞地垂了頭，說：「不是這件事……」

話還未完，就有人鬧騰著撩簾子進屋來了，是行景和行時兩兄弟來了。

「阿嫵！」行景性子急，又有少年人心性，幾個大跨步進來，把包袱一甩給了蓮蓉，就一臉期待地啞著嗓子說：「給妳尋了一管白玉簫，妳快看看喜歡不喜歡！」

行時才五歲，前面牽著他的大哥哥走得快，他跟不上，就弱氣地先停住了，給姊姊哥哥們請安，又說：「我姨娘給四姊姊繡了一方帕子……」邊說邊從懷裡抽出一方絲帕來。

行昭接了，笑盈盈地拍拍行時，又看看帕子，上面繡著纏枝西番蓮紋，配色鮮豔又做工精細，說：「好漂亮！時哥兒，記得替我謝謝姨娘！」又轉了頭，笑著起身向行景問安。

「喜歡喜歡！哥哥送的東西，阿嫵都喜歡！」

「妳就曉得敷衍我。連時哥兒的帕子都看了，我的白玉簫卻不看，可見妳是個喜新厭舊的……」行景頗有些委屈地說。

大家一聽都笑了起來，行昭心裡如破冰般，再活一世，看到是行景的率直性情，行明的明朗歡快，行時的守禮溫和。

為什麼，在前一世清傲自負的自己心裡，行景是衝動蠢鈍，行明是刻薄傻氣，行時是畏縮孱弱呢？

或許有時候只有改變自己，才能改變世間。

廂房裡正說著話，一個穿著什樣錦夾棉衣大襖的丫鬟撩了簾子進來行禮，邊說：「六姑娘前日著了風寒，就不便來了，特遣了奴婢來送上賀禮。」邊從袖裡掏出了一個荷包，呈了上來。

行昭笑著讓蓮玉收了，又囑照了幾句，讓行曉她自個兒好好歇著。

賀行曉的缺席並沒有帶來遺憾與惋惜，四個孩子圍坐一塊兒，熱熱鬧鬧地用過了午膳，行景與行時就不捨地告了辭，兩個小郎君下午還有學要上。二夫人也派人來接行明，姊妹倆想說的話沒來得及說出來，行昭憋在心裡的安慰也只能化作一個溫暖的握手，化作一句溫暖的話，湊在行明耳邊說：「妳別急，凡事要從長計議。」

行明愣然相看，瞪圓了眼睛，想要說什麼但劉嬤嬤催著走，卻一步三回首。

太夫人用過午膳後來瞧了瞧行昭，看廂房裡什麼也不缺，便囑咐了個沒完。「妳別去管萬氏，有人收拾她。」、「缺什麼要說，妳母親要不來的東西，就來找祖母。」、「過會兒妳父親專門要來給妳坐屋，要沈住氣，別說岔了。」、「丫頭婆子不聽話，就打發出去，千萬別委屈了自個兒。」

行昭只窩在軟墊團子裡點頭，有些想哭，卻也曉得不能勾起太夫人更深的思緒。「曉得了、曉得了，您就別嘮叨了，我總日日還要同您請安呢。父親無論怎樣也是我父親，行昭心裡都明白。」

太夫人這才勉強點點頭，行昭性子原先也烈又傲氣，可如今變得愈來愈沈穩和明白了，孩子原本都是在種種磨難中成長，她卻有些遲疑，讓小娘子一個人來面對薄情的父親與軟弱的母親真的好嗎？

太夫人蹙著眉頭一抬頭，卻看見行昭眉眼間一派風光霽月與從容大氣，又將心放下了。這整件事就像一塊磨刀石，直面苦難與風波，比什麼都強。左右還有她攔著，應邑能翻起什麼浪來？想了想，帶著人走了。

曲終人散，懷善苑裡終於恢復了安寧與靜謐，午後的冬日，有風徐徐而來。

行昭盤腿坐在炕上，又點了一炷茉莉香，邊照著顏真卿的帖子描紅，邊等著賀琰來坐屋。午睡都等過去了，也沒等來賀琰，卻等來了白管事，白管事是賀琰身邊的第一人，只聽他躬著身子抱歉。「侯爺今兒個著實早回不了屋，晚上是信中侯擺宴，也推不掉。小的在這兒恭賀四姑娘喬居之喜了！您喜歡玉器，侯爺特別吩咐了老王記給您送來了一盞白玉嵌夜明珠的花壁宮燈來，您瞧瞧喜歡不喜歡？」

行昭心頭冷笑，明曉得賀琰的慈愛是水中月，鏡中花，自己竟然還心有期待。

面上不顯出來，仰著臉，稚聲稚氣說：「不礙事的，祖母已經點了鞭炮了，鎮邪了。您記得讓爹別喝多了。」

白管事應過後又躬身一行禮，這才抹了抹額頭出了門子，心卻想著坐屋本來就是父親應當做的，侯爺這明明都答應了，卻為了約給推了，赴的誰的約，他可不曉得。可他知道，肯定不是信中侯擺的宴，人家信中侯才死了房寵妾，哪有這個心思啊？

白管事走後，蓮玉捧了盞山楂水進來，她也曉得賀琰今兒不來了，把方才收的荷包拿了出來，有意逗行昭歡喜起來。「這還是六姑娘頭一回給姑娘送禮，姑娘您快看看，裡頭是什麼？」

行昭接過荷包，打開一看，臉卻僵住了。

裡頭赫然是堂會上，應邑給行曉與行昭一人一只的，那個赤金鑲青石鐲子。

接連幾日，賀行曉都以風寒為由，臥病在床，早晚問安都告了假。大夫人拿著帖子先是請來年紀尚輕的鄭太醫，賀行曉仍舊每日昏睡不醒，後來又請來了太醫院院判張太醫，開了長長的一大張藥方子，吃了幾天這才稍有好轉。

到了臘月二十五日，賀行曉仍舊纏綿病榻，自然也去不了定國寺。

大夫人帶著行昭，二夫人帶著行明，先後在榮壽堂碰了頭。在不長的寒暄時候裡，太夫人卻連看了行明好幾眼。

等外頭的雪落得小點了，眾人這才出了內院上了青幃小車。

行昭與行明仍舊坐一車，馬車輪子咕嚕嚕地直轉，行昭斜靠在大紅繡麻姑獻壽的墊子上，一截碧玉樣的手腕從袖裡露了出來，腕上直直墜著那對實旺的赤金鑲青石鐲子。

行明日日來懷善苑，自然是曉得行曉將另一只鐲子給了行昭，邊轉了眼挑開簾子往外看，邊說著。「妳怎麼還給戴了出來？她不過就是想送妳個刻薄庶妹的罪名罷了。」

行昭垂眸看了看那只鐲子，不在意地把袖子重新攏住了。她連想了幾日，總覺得這件事不像表面那麼簡單，前世賀行曉並沒有生病，更沒有將鐲子送來，這是個預兆，或者說得更模糊，這是一個轉折和未知的偏差，可這條路引向何方，她卻琢磨不透。

行昭卻抬了眼，打量了行明好幾眼，梳的是平髻，她前額寬廣，本不適合梳平髻，平日裡都是梳的雙螺髻，意在蓋住前額一些。穿的是秋月色平襟小襖，裡面卻套了件青白色的綜裙，加上髻上垂著的朱粉色流蘇，整個人顯得安靜有餘，靈動不足。

「過會兒下車，三姊姊披上我的玫瑰紅灰鼠毛披風吧，太夫人方才可是看了三姊姊好久呢。」行昭笑著拿話岔過了。

行明不以為然，今日的相看她本來就是十萬個不樂意，二夫人忍著沒說話，生怕讓她再去換身衣服後，她就不耐煩去了。馬車已經駛過兩條大街了，行明放下簾子，婉拒好意。「我穿了，妳穿什麼？曉姊兒的病還沒好，妳就想染風寒了？」

行昭見行明沒聽明白，把話掰扯開了說，說的就不只有提醒衣飾的意思了。「定國寺素來是定京城裡世家官宦女眷去得勤的地方，定雲師太又不是個正經的、不打誑語的出家人，三姊姊仔細一面定終生，叫那老尼姑四處亂說。」

行明一怔，明白過來了，深閨娘子的名聲本就是靠家眷世家相互傳頌的，要是定京城真落下個賀三姑娘呆板滯訥的名聲，那真是得不償失，躲過了黃家，也難找更好地人家了。

「今日咱們無論遇到誰，撞見誰，三姊姊都要牢牢記得，要恪守本分，否則牽一髮而動全身啊。」行昭意有所指，前一世行明嫁得落魄，難保不是因為今日之事。

行明登時有些神情恍惚，眼神掃過車帳上掛著的正紅如意結，這幾日的盤算被行昭的幾句話摧毀得分崩離析，而後兩人一路無語。

定國寺位於定京城的西北角，背靠益山，前擁蒼林，是太祖為潛心修佛的先太后修建的，綿延幾百年，到如今已經成為了世家大族供奉香油的必進寺廟了。

現任主持定雲師太，五十來歲的樣子，瞇著眼睛瞧起來慈眉善目，早早地立在山門前候著。離她幾丈遠的地方，站著的是一個穿著雙福字八字暈靛青色比甲的矮胖婦人，左下首是一個站得筆挺，下頷揚得高高的清俊郎君，右下首站著的是一個撇著嘴，或低頭玩腰間纓絡，或四處張望的小娘子。

「怎麼還沒來？娘——阿元腳都站凍住了……」撒著嬌的便是黃家三娘。

黃夫人還沒來得及喝斥，就看見不遠處幾輛榆木精緻的青幃馬車穩穩地停在了廟前的空地上。

只見定雲師太面容一喜，快步上前，又喚來小沙彌去給賀家人撐傘，太夫人踏在小板凳上，一下車，定雲師太就大聲說了句阿彌陀佛。「瑞雪兆豐年，您一來，益山的雪都落得大些了似的。」

太夫人握著佛珠，雙手合十，回禮。「阿彌陀佛，多日未見，定國寺越發巍峨雄壯了，是師太您的功績。」

前面的兩人你來我往間，後頭的人也挨個兒下了車，行昭搭著蓮玉的手先一步踏在了雪地上，轉頭一瞧。

雪白如玉，青傘似蓋，背後有遠山覆雪似眉黛有霜，近前有伊人紅衣如烈焰綻放。

行明到底是披了那件玫瑰紅的披風，側扶門欄輕提裙裾，行止進退間盡是世家娘子的風儀與規矩。明眸皓齒的人，再一抬眸，眼神便如七夕夜晚間最亮的那顆織女星。

行昭一笑，上前牽過行明的手，往太夫人身後站住了。

「出家人不打誑語，賀家的小娘子果真是一個賽一個的教養好。」定雲師太笑著側過身，正好能看見黃家一行人正往這邊走，又聽她帶了些歉意向太夫人說：「您來祈福，本該早早封了山門。黃夫人心甚誠，貧尼也只好放行了。」

太夫人笑著擺擺手，連說道：「不礙不礙，拜佛祈福本來是好事，要是因為我來，別人就來不成了，那不就成了壞事了嗎？」

大概權勢人家都有說黑成白，順水推舟的本事，連出家人都能裝作自個兒什麼也不知道。

說話間，黃家已然走近。行昭明顯感到手被行明緊緊一握，行昭仰頭，行明向來是個喜怒形於色的，如今的神情，緊張不安相雜。

最先入人眼簾的不是最前頭的胖墩墩的黃夫人，也不是穿著一襲紫衣的黃三娘子，而是一個抿著唇，眉間緊鎖的，瞧上去不過十二、三歲，卻已有些風範的小郎君。

行昭心中暗道，難怪黃夫人敢提這門親事。

先是小輩們互相告了安，到了黃小郎君，只聽他沈聲垂首，十分恭謹地作揖朗聲道：

「後生黃沛給賀太夫人、臨安侯夫人、賀二夫人請安。今日風大雪急，夫人們切記注意腳下。家父囑告晚輩，今日前行的皆是婦孺幼女，沛就理當擔起男兒漢的職責來。」

太夫人連聲說好，眼卻瞥向二夫人。

二夫人是丈母娘看女婿，愈看愈得意，眉梢飄飛，她不曾想到黃夫人身寬體胖，生出的兒郎無論樣貌與談吐，都是這樣的出色。

「不過幾日沒見您，這心裡就像貓撓撓似的，直難受。今兒一見太夫人就好了！」輪到長輩這頭，黃夫人先是同太夫人規規矩矩地問了安，又轉首直衝大夫人與二夫人笑，同大夫人寒暄後，又同二夫人說話，語氣卻明顯帶了親暱。「看起來臘月二十五果真是好日子呢！您們快往裡間兒請吧，外面站著涼。聽賀太夫人要來，我們家老太太拄著楞也非要來，又受不得涼，正在裡間兒等呢。」

太夫人樂呵呵地應了，一行人便走上了定國寺前那一百零八步青磚階梯。

行昭能感覺到有目光直直注視著這邊，她原以為是黃小郎君，一抬頭回望過去，卻看見黃三娘眼帶挑釁地看著行明，而出人意料之外的是，黃小郎君一步一步走得認真極了，眼神專注地落在面前的臺階上，半分餘光都沒往行明這處撒。

這是在為他選擇相伴終生的正房妻室，行明雖萬分不樂意，但也垂著頭紅了一張臉，他卻恍若無事，連正常的羞赧與無措都沒有。這樣的郎君，胸有成竹，勝券在握，性格冷靜自持，卻不免薄情寡義，冷心冷腸。

一陣風吹過，行昭不由自主地打了個寒顫，她彷彿在黃沛身上，看到了賀琰的影子。

行明今日穿的綜裙長得委地，上階梯時堪堪踩在了裙角上，不由驚呼一聲。她身後的金梅眼明手快，一把將她扶住。

黃三娘噗哧一聲笑，惹得前頭正說著話的二夫人轉了頭來，帶了些嗔怪地問了聲。「怎麼也不小心點！」

行明紅著臉沒出聲，倒是黃夫人笑著開口解了圍。「我們年輕的時候也樂意穿長襦裙，寬衣水袖的，是好看。」

二夫人見黃夫人說這樣的話，登時笑得越發真心，親親熱熱地挽過黃夫人，二夫人身形瘦削又高，黃夫人有些矮胖，見二夫人彎著身子也不知和黃夫人說了些什麼，兩人俱是十分歡喜地笑出聲。

行昭卻注意到黃小郎君的眼落在黃夫人身上久久沒移開，小郎君原先篤定沈穩的神情終於有了破裂，取而代之的是不解與委屈。

一百零八步階梯說長不長，說短不短，一炷香的工夫，一行人終於爬上了寶殿。

定雲師太領著女眷先是在大殿裡上了香，太夫人讓人取來二十兩金子當作明年的香火錢，定雲師太笑著接了，又帶眾人往內裡的廂房去，邊說：「黃老夫人怕是等了有些時候了。」

黃夫人登時面有赧色，她家婆母做事向來隨心所欲，本來是讓她一道在下面等等賀家人，她偏不，還十分執拗直說：「是我們家相看媳婦，哪有讓太婆婆在下面等著的道理。這是還沒嫁呢，要嫁進來了，是不是還要我去給她請安啊？」她也不想想，是他們黃家相看媳婦沒錯，可賀家是什麼門楣，黃家是什麼門第，姿態做足些有什麼不好呢！賀太夫人今兒個都來了，算是萬分給黃家面子了，叫賀太夫人去廂房見她，這是什麼道理？

果然，聽太夫人應了句。「剛剛聽說黃老夫人今兒還是拄著枴來的，怕是被前些日子的那場官司折騰得夠嗆吧？」

後一句話是在問黃夫人，黃老夫人前段時間和娘家子侄打的那場錢財官司，怕是定京城裡沒有幾戶人家不知道。黃夫人臉上一陣火辣辣的，像被人當面搧了個巴掌，太夫人問話卻不敢不答。「娘家子侄不孝……母親更多的是傷心……」

太夫人不置可否地笑笑，沒再說話了，眾人也不接話，只有個黃三娘忿忿不平想開口說話，卻被黃小郎君一把拉住了。

青燈鳴鐘，藤蔓幽青，拐進寺廟深處，內裡的廂房統一是青藍的顏色，定雲師太停在了第二間廂房門口，合掌告了退。「阿彌陀佛，外頭冰天雪地的，廂房裡暖和。黃小郎君若是閒來無事，去和靜一師太手談一局，也未嘗不可。」

到底是有兩個未出閣的小娘子在，已有十二、三歲的黃小郎再與之同處一室，就顯得有些不合適了。

靜一師太是定國寺頂有名的高僧，精曉佛學、玄學與論理。黃沛一聽，登時喜出望外，與身後女眷告辭後，便跟著定雲師太往佛寺後廂去。

定雲師太與黃沛走後，黃夫人親上前去踮腳打簾。一入內，暖氣盈人，能嗅到醇厚的檀木佛香。有一穿著葡萄紫銷金平襖，白胖眼小，五十出頭的老夫人斜倚在老木太師凳，見有人來，便拄了枴慢慢騰騰地起身。

「您腿腳不好，就歇在炕上吧，不礙的。」太夫人先出言。

黃太夫人一笑，見過禮後沒回話，眼神卻定在了站在最後的兩個小娘子身上，大的那一個十、十一歲的樣子，杏眼長睫，膚白唇紅，站在那裡背挺得直直的，長輩望過去也不曉得將眼神避讓一點，黃太夫人心裡有些不喜。又轉眼看了看旁邊的那個七、八歲模樣的小娘子，生得極好，圓圓的一張小臉，嘴角含笑，最重要的是眸色清亮，態度夠收斂，眼神輕斂落在矮几上的劍蘭葉子上。

「這兩位就是賀家的小娘子吧？誰是三娘，誰是四娘？」

黃太夫人在明知故問，聽長輩提到自己，行昭與行明卻不好不上前行禮答話。

「見黃太夫人安，晚輩是賀三娘賀行明，這是行明四妹。」

兩人間，由行明代為回話。

黃太夫人讓人將二人扶起，又一人給了一個翡翠嵌寶纓絡，一對老銀裹白玉手鐲，行昭與行明謝過後，又聽她問讀書讀到哪裡了啊？女紅上可會繡屏風了啊？琴棋書畫精哪一樣啊？

都是由行明一一回了。「……行明讀到四書，四妹將啟蒙還在描紅唸《孟子》……能繡小手絹了，還在學平金針法……」

話還沒答完，黃太夫人就輕笑一聲說：「才學到平金針法？我們三娘和妳差不多的年紀，如今都能繡盤條紋夾金絲枕巾了。」

黃三娘跟著黃夫人身後，聽完便不由自主地往前傾了身，眉梢間有得色。

行明不曉得該如何接話了，轉頭向二夫人望去，二夫人正要啟唇，就聽太夫人緩緩說：「秉德朝的賀皇后曾經給我們家留下過四字家訓，明善端遜。最後一個字，遜字，是『危行言遜』的意思，講究行為正直、言談謙遜。黃家以詩書傳家，在老姊姊身上卻半點瞧不出來。」

黃太夫人將楞杖「砰」的一聲杵在地上。黃夫人渾身一顫，心下悔恨，生怕失了這麼一樁好親事，更怕沛哥兒被婆母作主配給她娘家的姪女，連忙跳出來圓場，拉住黃太夫人，笑著向大夫人與二夫人打岔。「說到秉德朝的賀皇后，就不能不提這定國寺的素齋了，聽人說賀皇后最喜歡吃的就是定國寺裡的素三珍，也不曉得是真是假。」

二夫人心下有氣，甚是佩服太夫人老人老練，還沒見過這黃太夫人，就能鐵口直斷，扭過身對黃夫人置若罔聞。大夫人是個好性的，幫著打圓場。「賀皇后都是我們這輩的祖姑母了，祖姑母喜不喜好吃素三珍，我是不曉得。我卻曉得二夫人是喜歡吃的。」

黃夫人便笑，看了眼扭身專心看牆角那棵菩提樹的二夫人，嘴裡發澀，一想到黃太夫人娘家的姪女嫁進來的場面，便心裡發慌，放低姿態去哄二夫人。「那可真是瞎子撞到福字，運氣來了呢，正好，今兒裡就點了素三珍。兩位老太太、大夫人、二夫人往隔間兒請吧。」

說著便去挽二夫人，二夫人覷著太夫人的神色如常，也不好再作態了。

一行人圍坐了一桌，點的是定國寺聞名的素齋，雖無葷腥，但也鮮香撲鼻。

太夫人是個鎮定的，出口嗆了人，還能神色從容的說笑談天。黃太夫人卻只吃面前布的菜，也不出聲、不回應。一頓飯靠著黃夫人活躍，大夫人時而湊個趣，倒還吃得不算沈悶。

用完午膳，黃三娘想去看佛像壁畫，黃夫人拗不過，便讓貼身嬤嬤跟著，又喚來行昭與行明問要不要一道去，行昭不大樂意去，行明卻是個畫癡，有些躍躍欲試。

太夫人見狀，笑著囑咐。「想去看看就去吧，今兒個佛寺裡沒多少外人，帶上幃帽就行了。」

行明笑盈盈地應了，拉著行昭便往外走。

將竹林長廊，便碰上了迎面而來的黃小郎君，黃三娘走在前面，快步就往長兄身邊湊，便嗔說著。「阿兄，將才怎麼不和我們一道吃素齋啊？」

黃小郎君見帶著幃帽的行明與行昭跟在後面，微微一怔，便躬身作揖。「靜一師太佛法玄妙，沛與之相談，一時便忘了時候了，萬望兩位小娘子勿怪沛怠慢之禮。」

行明沒想到黃小郎君竟會向她作揖賠罪，忙側開身避開這個禮，連忙擺手。「不礙不礙，您用過午膳了嗎？」

「未曾。聽過師太一席話，就如同飲下瓊枝甘露，一點也不覺得餓。」黃小郎君站得筆直，溫聲出言。

行昭在旁邊冷眼瞧著，這黃沛未必沒有存想娶行明的心，避開女眷在靜一師太處躲著可以說成知機明趣，向行明作揖賠罪卻是明顯地在博好感了。他對行明可能沒有好感，卻擺明了不反對這樁婚事。

行明透過幃帽前的青紗，能夠隱約看見少年挺直的鼻梁和入鬢的劍眉，腦中無端想起了黎小郎的形容，心頭一悸，緊接著就說：「那您快去廂房用飯吧。」

黃沛笑著點點頭，看面前的小娘子富貴天成，手裡捧著暖爐，戴著青幃帽，看不清臉卻香馥撲鼻，又想起來母親的囑託——「阿沛，就算賀行明只是賀家的庶子嫡女，但她出身在賀家，臨安侯能不管她？賀家長房兒女娶嫁後能不管她？這能給你、給黃家帶來無限助力。」

黃沛眼眸一暗，溫言清朗說：「轉過角亭，就能看見柳樹林了，可惜冬天裡柳樹葉子掉光了，能看到紅瓦青牆，青牆外面有小販子在賣熱氣騰騰的豆腐腦，也有賣黃豆糯米糕的，讓丫鬟去買來嚐嚐也是可以的。若是丫鬟不方便離身，沛也可……」

「阿兄——」黃三娘出言打斷，扯著黃沛的衣角撒嬌，眼角瞥了眼行明，催著黃沛。「阿兄快去用飯吧，將才祖母還在問你呢。」

黃沛面帶歉意看了行明一眼，退了一步，出言告辭。

待得黃沛轉過遊廊拐角，行明與行昭舉步往前走，聽黃三娘語有得色地說：「我阿兄是真正的謙謙君子，妳說是吧？」

行明身形微頓，沒有答話，牽著行昭便進了小塔裡，塔閣裡沒有人，兩人就將幃帽摘下了，閣壁上繪著的有彩帶飄飛的仙女，有坐蓮掐指的觀音菩薩，有慈眉善目的笑羅漢，精細的工筆劃一條線一條線的勾，一寸一寸的染色，做得栩栩如生，顏色明麗，行明看得直咋舌。

行昭跟在後面，手裡緊緊焐著暖爐，看著前面那個披著玫瑰紅披風的小娘子，披風讓行明穿有些短，堪堪打在膝蓋處，玫瑰鮮紅的顏色下露出裡頭秋月色的垂裾，倒也好看。她前世裡嫌外面過涼，又嫌沒話同行明說，並沒有出來，而是守在了太夫人身邊，等回來的是哭得梨花帶雨的賀行明。

黃三娘見行明沒接話，頓感挫敗，三步兩步追進來，也將幃帽摘了，邊說：「賀行明！」

行明有些不耐煩了，轉身便問：「妳到底要做什麼？」

黃三娘將頭高高一揚，嘴角一翹。「那日妳們說黃家與那黃花魚是一樣的貨色，隨波逐流，見利起早，今兒個還不是同我們一道來定國寺。世事無常，因果輪迴，可真真是好笑，妳賀行明神氣啊神氣，現在看妳還神氣個什麼勁！」

「妳叫住我們，就為了說這個？看起來你們家不僅不知道遜字是什麼意思，連最起碼的儀德二字都不認識。老的是這樣，小的也是這樣，真是家學淵源。」行明冷哼一聲，立馬反唇相稽。

行昭在旁邊一聽，頓時有些焦頭爛額，行明性子好強，氣極了常常口不擇言。黃三娘再出言無狀，也只是指摘的平輩。行明最後一句話卻將對方長輩都牽扯進來了，這番嘴仗怕是不好善了了。

「妳說誰家老的小的都這樣呢！」黃三娘瞪大眼睛，直直朝這頭衝過來，黃夫人身邊的嬤嬤連忙將她攔住，身子衝不過來，嘴上卻沒有停。「賀行明，妳要不是姓賀，我阿兄才不會答應娶妳！妳除了姓賀，品貌才學哪點兒比得過魏大表姊？阿兄明明喜歡的也是魏大表姊！」

話說到最後，那個嬤嬤嚇得不行，又不敢去捂黃三娘的嘴，只能連聲喚著。「三姑娘且想想夫人的囑咐啊！」

行明氣急，張口就來。「你們自己家自甘墮落，大道不走，只曉得攀附權貴想走捷徑，現在倒還怪起來我姓賀了。天下的讀書人若都像你們家這樣，孔聖人能氣得從棺材裡跳起來！」

行明沒能抓住重點，行昭卻恍然大悟，黃沛今日從開頭到剛才的舉止都能解釋通了，說黃沛像賀琰，真真是沒錯怪他。

行昭一把將還想說些什麼的行明拉住，行明比同齡的女兒家都要高，黃三娘竟然也與她差不多的個子，行昭站直了堪堪在黃三娘的耳朵處，只好仰起臉看她，咧開嘴一笑。「魏大表姊？是黃夫人娘家的姪女？和黃家阿兄很親熱嗎？怎麼今兒不將幾位姊姊也叫上呢？」

黃三娘被問得一結舌，自知失言，又想起了母親的囑咐，半天沒說話。旁邊那個三十出頭的嬤嬤佝著腰桿賠笑說：「哪兒能啊，是太夫人娘家的姪女兒，自幼失怙，是我們太夫人好心，把那三姊妹都接到府裡來養著，大郎君也是來請安時偶爾見一面。」

行明反應過來了，一聲冷笑，斜挑了眉梢。「原來是青梅竹馬的戲碼啊，說你們黃家下賤還真是坐實了，家裡養著幾個不明不白的東西，也敢來招惹我們賀家。黃沛喜歡那個表姊表妹的，有本事他就把她娶了啊，別看著碗裡的還盯著鍋裡頭，妳說你們黃家怎麼這麼不要臉啊，什麼玩意兒！」

行昭登時有些瞠目結舌，她壓根兒就沒有想過行明竟會說得這麼露骨，她前世是完完全全的恣意放縱，哪曾想她身邊的小娘子個頂個都不是什麼省油的燈，竟以行明為最。

黃三娘張牙舞爪地掙開那嬤嬤，幾步就氣勢洶洶地衝到了跟前來，行昭站在行明前面。大約人到了氣急敗壞的時候，力氣就特別大。黃三娘一把就將行昭推開，行昭一個沒站穩，就勢坐在了地上。

行明還沒來得及彎腰扶起妹妹，就聽黃三娘在耳邊惡狠狠說：「我們下賤妳就不下賤?!你們賀家？妳撐死了也就是隻癩蛤蟆，還想裝青蛙？妳爹可是臨安侯？妳爹是誰?!妳爹不過是個下賤奴才生的種！妳娘也是個庶女，連個兒子都生不出來，還不許別人生，誰知道妳是不是隨了妳娘，成親後兒子都蹦不出來！我們黃家是可憐妳，願意娶妳進門，等娶了妳，阿兄就納魏大表姊為貴妾。妳要不願意，妳且看看定京城裡哪個稍好一點的人家願意要妳！妳就等著被賀家賣到那些商賈家裡去吧，妳倒還是能賣個好價——」

「啪——」清脆的一聲響打斷了黃三娘的話。

第八章

這些話每一句都戳到了行明的痛處，母親無子，父親無能，身分低微。行明氣得發抖，紅著眼，揚手又給了黃三娘一巴掌。黃三娘本來膚色偏黑，原先被打的右臉騰地一下變成了紫紅色，過後被打的左臉也慢慢腫了起來。

突然安靜下來，一行人皆是愣在了原地，黃三娘捂著臉，一臉不可置信地看著行明。貴家娘子間再不和，也沒見過當場就動手打臉的，還一打就是兩巴掌。

「阿彌陀佛，幾位小娘子這是在……」外頭響起一聲帶了些遲疑的聲音。

行昭側身一望隔間外面，是定雲師太，身後還跟著幾個小尼姑。行明一見來人頓時手足無措。

行昭還坐在地上，千思百轉中，眸光瞥到黃三娘捂著臉正要哭，便反應極快地拿手捂著腰，搶在黃三娘前頭「哇」地一聲就哭了出來，邊哭，邊嚎。「師太……黃家姊姊打我還推了我……」

定雲師太一聽，趕忙進來，將行昭扶起來，連聲問，疼不疼，要不要揉揉。

行昭淚眼矇矓，癱在定雲師太身上，向行明微不可見地一頷首，接著就放聲哭了起來。

「行昭可疼！行昭不過就問了句，怎麼今日不把住在黃家的幾位表姊姊也一道帶出來祈福，黃家姊姊就生氣了，衝過來就把行昭摺倒在了地上。三姊姊就像戲臺上的俠女，看不得行昭被欺負，就打了黃家姊姊一下。師太，我們錯了，我們不該動手打人。」

行明受了示意，也上前哭得停不住，邊扶住行昭，嘴裡邊哭訴。「我是不該打黃家姊姊，可她也不該將行昭推成這樣啊！」

定雲師太哄了行昭，又要去哄行明。

黃三娘捂著臉，呆在原處，好容易聽明白了，這兩姊妹竟然將賀行明打人，三言兩語間，就轉化成了賀行明是護妹心切，自己才是率先出手傷人的那個。頓時氣得一佛升天，二佛出竅，臉也來不及捂了，探身就要去捉定雲師太懷裡的行昭。「死蹄子，妳給我起來，年紀不大，就慣會顛倒是非。我就那麼輕輕一推，妳能被撞得癱在地上這麼久？賀家果然沒一個好種！」

行昭往定雲師太懷裡躲，哭得更凶了。「師太，您聽黃家姊姊說的話！我要娘！我要祖母！行昭和姊姊快被黃家姊姊欺負死了，行昭腰疼！」

定雲師太受賀家供奉，今日進來又著實看到賀行昭是癱在了地上，定京城裡誰不曉得賀家四姑娘是賀太夫人心尖兒上的人物。更蠢的是，這黃娘子還敢在人前說這樣的話，她不禁蹙了眉頭。「阿彌陀佛。黃娘子切記謹言慎行，這是佛堂清淨地。」

言罷，又讓小尼姑去請賀、黃兩家的人過來，又拿手揉按了行昭的腰，行昭連聲呼痛，行昭一哭，行明也跟著哭。

黃三娘被人喝退，心裡覺得外頭像六月在下雪，明明是賀行明先惡言相向，明明是自己白生生地受了兩個巴掌，愈想愈委屈，也縮在牆角裡嚶嚶哭起來。

等幾個夫人慌裡慌張地來了這塔閣，看到的就是三個小娘子哭成一團的場面。

黃三娘見黃太夫人拄著枴顫顫巍巍地走在最前頭，心裡如同一塊幾丈大石頭落了地，心頭的酸楚和委屈又如波濤般翻湧直上，頓時放聲大哭，邊叫邊往黃太夫人身上撲。「賀家欺負人！賀家欺負人！」

黃太夫人捂著孫女直哄，帶著怒氣地詰問定雲。「不是說賀家四娘被撞了嗎？我們家娘子怎麼哭成這個模樣？你們定國寺怎麼看護的！」

行昭在定雲師太懷裡，抽了抽鼻子，會哭的孩兒有奶吃，前世裡她不懂，橫衝直撞地就算心頭委屈到了極點，面上也硬氣得很。今生她懂了，該哭便哭，該委屈就委屈，該聲東擊西就聲東擊西。金剛石是硬，可在火裡不也要被燒成一堆炭，能夠把火滅了的還是水。

行明見賀太夫人由大夫人、二夫人攙著，神色從容，步履沈穩地進來了，臉一下子變得蒼白。行昭見狀輕輕捏了捏她的手，行明掌心被軟軟一握，不禁淚盈於睫，要是沒有行昭方才的機敏，就那一怒之下的兩個巴掌，能叫她在定京城裡聲譽盡毀。

定雲師太被黃家娘子一鬧，本就帶了怒氣，又聽黃太夫人強橫地不分青紅皂白地訓斥，好容易忍下氣，雙手合十地稱了句佛。「阿彌陀佛，貧尼一進來就看到四姑娘倒在地上，說是黃娘子推的。黃娘子就衝上來掐四姑娘，邊掐邊罵四姑娘。」

賀太夫人站定了，置若罔聞的一副樣子，招招手讓行昭與行明過來。「快過來，祖母瞧瞧，傷著哪兒了沒？」

又想起將才那小尼姑來請時結結巴巴地稟告，說是賀四姑娘被推搡在了地上，如今腰正疼，賀三姑娘與黃娘子也哭得不行。按住心下疑慮，見行明哭得一張臉通紅，行昭正抽泣著忍著哭，一人一邊地擁在了懷裡，輕聲安慰著。

黃太夫人聽了定雲的話，怒氣更甚，咄咄逼人。「出家人不打誑語，定雲師太您可別瞧著對方勢大，就是非混淆啊。照妳這樣說，還是我們家娘子欺負了賀家姑娘了?!」

黃夫人雲裡霧裡，只好先按住氣頭上的黃太夫人，將黃三娘拉了出來，溫聲問：「阿元，妳說到底是怎麼回事？可是妳將賀四娘推下的？」

「是！可是過後賀行明打了我兩巴掌！」黃三娘哭得一雙眼睇成條縫，嘴都咧到了耳朵邊，臉又一片紫紅。

行昭縮在太夫人懷裡，看得只想笑，想她兩世為人，還要用先聲奪人的伎倆對付不過十一、二歲的黃三娘。

老太太身後的二夫人一聽，一雙杏眼瞪圓了，但看太夫人都還沒說話，只好忍下。行明心頭一急，卻看行昭朝她眨了眨眼，將一顆心放回了肚子裡，她竟然無比地信任著這個小她三歲的堂妹。

黃太夫人勃然大怒，拿著枴就指向賀太夫人，氣得直哆嗦。「老婆子活了大半輩子，第一次聽小娘子張手就是給人兩巴掌的，貴府好教養！」

賀太夫人沒說話，卻聽懷裡的小孫女嫩嫩的一聲。「祖母，死蹄子是什麼？黃家姊姊說二嬸嬸生不出兒子，三姊姊也生不出來嗎？三姊姊會被我們賣到商賈家嗎？黃家姊姊還說我們賀家沒一個好種……」

二夫人一聽，眼眶登時紅了，也顧不得太夫人了。「你們黃家又是什麼好家教！年紀小小的小娘子竟然說得出來這樣誅心的話——」

賀太夫人聽明白了，摸了摸行昭仰著的小臉，笑了笑，一抬手止住了二夫人的話，又抬了頭望著黃夫人，帶著笑溫和說：「我們家的家教是兄友弟恭，姊妹間誰受了欺負，都要站出來，別人都欺負到頭上了，難道還等著別人在我們頭上撒尿不成？忍無可忍便無須再忍了。」

定雲師太手裡轉著佛珠，眯著眼，輕嘆一聲說：「阿彌陀佛。貧尼方才幫賀四姑娘推揉幾下，四姑娘連聲嚷著疼，小娘子骨頭軟，被這麼一推，怕是要拿紅花祛瘀，好好養幾天了。」

大夫人是泥人一樣的性子，聽到這裡也有些忍不了了。「我們行明張手打人是不對。可放在外頭去說，誰不誇一句行明是性子果決，長姊護妹。你們黃家姑娘小小的年紀卻又先出手傷人，又口出惡言……」

黃三娘一聲尖叫，企圖將話掩過去，吊著嗓子直嚷嚷。「她先說我們家自甘下賤，家學淵博的！她先說的，我只不過是還嘴而已！」

行昭見勢不妙，若要牽扯出前面的嘴仗，那行明壓根兒不占理，看了看黃太夫人像抓到根救命稻草一樣的神情，就扯了扯行明，下面的話她不好說，行明卻好說。行明沒懂，行昭只好做了一個口型，行明恍然大悟。

「祖母，黃家姊姊污行明清譽，她說等行明一嫁到黃家，就要納自小養在她們府裡的魏大表姊為貴妾。行明年將十一，是大姑娘了，禁不起這樣的攀誣，否則，行明只好斬斷三千煩惱絲，就在這定國寺裡古佛青燈、了卻殘生了。」行明往後一步，騰地一下就跪在了地上，頭磕在磚上，沒有起。

「黃家姊姊還說黃阿兄與那位表姊兩情相悅，互定終身。行昭也只在話本子裡聽過這兩個詞，是好詞嗎？」行昭出言。

二夫人氣得發笑，原來外表光鮮的這樁親事背後還有這麼一個故事。「阿嫵，把耳朵捂住，醃漬話以後都別聽。黃沛好本事啊，一個是風流小郎君，一個是飄零俏娘子，未娶妻室，先定妾室，可不是話本子裡講的嗎？」

黃夫人登時僵在那裡，手腳冰涼，這樣的話傳出去，定京城裡還有哪家願意嫁給黃沛？難道果真要娶那黃太夫人的姪女魏氏了嗎？她一想起魏氏那嬌弱扶柳，說話時哭哭啼啼的模樣，便渾身打了個寒顫，不行！絕不可能！

黃夫人親將行明扶起，軟了調。「今日之事是我們家娘子不對，可魏娘子和沛郎何其無辜，便不要攀扯他們了。小娘子清清白白的名聲還要不要了？沛郎還要下場考試，千萬禁不起這樣的流言啊！」

黃太夫人本就青睞自家姪女，正想說話，卻聽賀太夫人一笑，一手牽著行昭，一手牽著行明，向黃夫人說：「黃小郎與那個小娘子無辜不無辜，我們不知道，也再不關我們賀家的事了。我只知道，我們家的姑娘才是真無辜。今兒個是來拜佛的，我們就不怪罪黃娘子出言無狀了，也算是功德一件。也請黃家諒解我們行明的護妹心切。」

黃夫人聽得心如死灰，太夫人沒有說得很明白，明眼人卻能瞧清楚——黃小郎與魏氏的事賀家就不出去說了，連帶黃娘子的失態賀家也諒解了，行明的那兩巴掌你們黃家也別追究了，親事是甭想了，別出去瞎說，否則誰也饒不過誰。

再側身看了眼被黃太夫人捂得緊緊的黃娘子，心頭陡升悲涼，難不成這黃家都要毀在她魏氏身上了嗎?!

太夫人說完話，又同瞇著眼置身事外的定雲師太行禮笑言。「今日煩勞師太護著這兩個小丫頭了。年節時，我們家還要請師太幫著誦經呢。」

定雲師太一笑，睜開眼看了下，那個眼睛睜得大大的，正規規矩矩行禮告辭的小娘子。這賀家四娘最厲害的一點，就是從一開始就給賀三娘打人定了性——是氣急護妹，再仗著年紀小要喚來賀、兩二家，再借她之口說出黃娘子惡語，最後扯出黃小郎與魏氏之事壓軸，環環相扣，話雖不多，卻總能在要緊處形成轉折。

定雲師太摸了摸行昭的頭，笑言。「是，定記得給您備下開過光的經書，四姑娘也要記得每日搽藥酒。」

行昭乖巧點點頭。

太夫人往後望了眼黃太夫人，看她正捂著黃三娘像捂了個紅珊瑚寶貝似的模樣，心頭一嗤，妻賢夫禍少，黃家這幾個孩子怕都要敗在她手頭。正回首欲離，餘光裡卻看到大夫人方氏勸慰二夫人的模樣，白白圓圓的臉，溫溫柔柔的眸。又想起了德喜稟報的行昭喬居那日，賀琰並沒有去信中侯家，而是拐去了一個青巷酒棧裡，不禁心下一暗，牽過行昭，沈聲道：

「走吧，咱們回家去。」

從定國寺回來，二夫人就直說心悸腦仁疼，太醫來看過後，開了副益氣補虛、養脾健胃的藥。行明一連幾日都守在床邊侍疾，偶爾來懷善苑一趟，便偷偷和行昭抱怨。「母親哪裡是病了，分明是覺得臉上過不去，又怕太夫人來說。」

行昭就邊做著針線，邊捂著嘴笑。自從黃家的事了了後，行明就萬般放心起來。太夫人罰她抄佛經一百遍，以靜靜心，也歡天喜地的領了罰。「抄佛經一百遍換來打那可恨的黃三娘兩巴掌，不算虧。」

太夫人知道了，氣得反笑，又讓她多抄一百遍，怕是能將過年給抄過去。

年節愈近，臨安侯府內早早就開始布置了，各家廂房的窗戶上都貼著各式各樣的窗花，大紅燈籠高高掛，連遊廊裡走得急急匆匆的僕從們都換上了喜上眉梢或百子延福的綢子衣服。

大夫人忙得團團轉，各地的莊子和賀家的通家之好接連送來了年禮，能分攤的都分發到了各房各戶去，貴重的不能分的就歸到侯府的公中庫裡。

行昭正襟危坐在楠木書桌前，端著紫毫筆，邊聽大夫人說邊記。「河北的莊子上送來了十大筐芸豆，五大袋涿州玉米，還有一尊一丈高的壽星公冀州玉雕。我看芸豆就一房一筐，榮壽堂兩筐，黎家半筐，信中侯家半筐。涿州的米，太夫人一向喜歡吃，榮壽堂三袋，我們大房與二房一個一袋。」

行昭挨個兒記下，忽而心頭一動，說：「不用給皇后娘娘備年禮嗎？」

大夫人一笑沒說話，倒是領著小丫鬟在炕上剪窗花的黃嬤嬤笑起來。「送進宮裡的年禮，要由侯爺拍板定釘。夫人要想送皇后禮，就私底裡備下，等正月裡覲見時送出去就好。這些家常東西，就別拿上檯面了。」

行昭一怔，便接著問道：「那母親準備送姨母什麼禮呢？」

稱謂從皇后娘娘變成了姨母，大夫人並沒有太夫人的聞音知雅，邊翻著冊子對物件，邊沒在意地說：「準備了一對珍珠米粒白玉如意，那個意頭好，皇后娘娘一向喜歡米粒珍珠。」

行昭知道那對如意，是梧州提督呈給賀琰的，用一樣大小的幾百顆米粒珍珠串成手柄，再嵌上戈壁白玉，做工很精細，也拿得出手。但是大夫人與方皇后是什麼關係，是嫡親姊妹。行昭做了十年的晉王妃，隆化朝的陳皇后不管事，管事的是閔賢妃，她又一向與閔賢妃交好，送年禮時，常常送的都是平日裡時時用著的，比如貂絨大氅，再比如一個嵌著琉璃瑪瑙的精巧手爐，這些家常的東西才能顯出親疏。

「母親，要不再加一方顧宛之刻的漢磚硯吧？阿嫵搬家的時候，祖母賞了多少好東西。姨母又素來喜書畫，平日裡還能時時用著。如意擺在那兒，便不動了。」行昭擱下筆，向大夫人眨眨眼，認真說道。

大夫人笑起來，將冊子擱下，單手摟了摟小女兒，十分歡喜的樣子。「好好好，就說是阿嫵送的，是阿嫵的心意。」

「侯爺平平順順，景大郎君來年下場考過了，姑娘懂事穩重了，我們家就算過得越來越好了！」黃嬤嬤拿著銅剪子三下兩下就剪出了一張步步高陞，邊拿漿糊貼上了牆，邊說著。她是大夫人的陪嫁，跟著大夫人從西北嫁到定京來，在正院裡就像是張嬤嬤在榮壽堂的角色。榮壽堂一向如同佛寺般安寧，正堂裡卻常常暖烘烘地說著話。

裡頭正熱鬧著，有人一撩簾子進來了，聲色清朗乾淨。「這麼高興，是在說什麼呢？」

大夫人神色一斂，在炕上說說笑笑的小丫鬟們也噤了聲，行昭趕忙起身，端莊行禮。「阿嫵給父親問安。」

來人正是賀琰，將下了衙已換了身褐色常服，頭髮只用了一支木簪束起，動作從容，神色含笑地將行昭扶起，又探身看了看行昭將才寫的那本冊子，笑著說：「不練顏真卿，改寫柳公權了？」

行昭一抬頭正好能望到，賀琰面容白皙，保養得極好，一點贅肉和皺紋都看不到，大致符合古人們說的道貌岸然的模樣。

「還是練顏真卿。顏真卿的字兒講究大氣溫蘊，一筆一劃都要筆力豐厚，阿嫵人小，記冊子時寫柳大家的字兒，能寫得更快更容易些。」行昭笑著答。坐屋的時候沒出現，第二日一大清晨才回來，她絕不相信賀琰是去吃信中侯的酒席了。她問不出來實情，不代表祖母問不出來，靜待著便是。

賀琰點點頭，從懷裡掏出個九竅玲瓏珮環給行昭。「也有道理。拿去玩吧，我同妳母親說說話。」

行昭抬手接過，指尖挨到玉，一片沁涼。她心也同那玉一樣，兀地墜到了冰窖裡。賀琰不是個樂意與方氏閒話家常的人，甚至在嫡子出生後，正院裡也只是每月點個卯，多是在萬氏與劉氏處過夜。

算算日子也差不多了，該來的始終要來。行昭心裡卻無端覺得這件事不應該是由賀琰捅破的，按這類人的性子，常常會把惡行與壞事往別人身上推，自己絕不出面，到最後他還是如同那白蓮一樣，出淤泥而不染，甚至在外人看來他還是受害者。

那要談的究竟是什麼呢？

行昭望了眼大夫人，見她面上有愕然、有欣喜、有羞赧，不禁有些明白，前世母親為何會選擇那一條道路了。當女人對一個男人還抱有期望的時候，她會為男人任何不合常理的行為與要求找到理由。而當事實與真相明明白白擺在眼前時，脆弱的女人們有勇氣去死，也沒有勇氣去相信。

行昭捏了捏手裡的珮環，看到黃嬤嬤喜笑顏開地帶著小丫鬟們魚貫出了正堂，欲言又止，腳在地上擦了幾下，便又在原地杵著。

賀琰看得直笑，大夫人有些不好意思，上前摟著行昭往外走，嘴裡哄著。「阿嫵乖。晚膳給妳另外加道鰒魚，妳不是都念著好幾天了嗎？」

行昭欲哭無淚，心裡頭又想笑，哥哥都快到成親生子的年紀，母親還是這樣稚氣和簡單。卻也只好點點頭，出了正堂。

走過遊廊，心神不寧著，邊盤算過會兒該怎麼樣去套母親的話，又在想什麼時候去問祖母知道的實情，還在掛念著賀行曉反常地一病幾日，便沒注意對面的來人。

「幾天沒見四姑娘，四姑娘可好啊？」一個軟媚輕糯的聲音響起。

行昭一抬頭，是萬氏，穿著品紅芍藥紋褙子，梳了個墮馬髻，一雙丹鳳眼勾得極媚，嘴抿得小小的，上的是櫻桃紅的顏色，正嫋嫋婷婷地站在前面，身後並沒有帶著賀行曉。行昭一笑，頷首示禮。「萬姨娘安。阿嫵自然是好。曉姊兒纏纏綿綿地也病了有十來日了，也不見好，阿嫵心裡掛著呢。」

萬姨娘面色半分未變，還是照舊笑得糯糯地。「真是煩勞四姑娘心裡牽掛了。曉姊兒今兒個躺在床上，還在問怎麼不見四姊姊來瞧瞧她呢！」

行昭仰著頭，心裡不耐煩與這萬氏拉扯，索性一堵就堵全了。「姨娘是曉姊兒生母，曉姊兒如今既還躺在床上，姨娘不親自照看著六妹妹，來正堂這是做什麼呢？同母親問安？這也沒到時辰啊。」

萬姨娘一哽，她敢去惹方氏是因為摸準了方氏的性子。這賀行昭背後是老夫人，能是個善罷甘休的主？再加上心裡頭惦著正事，邊扶了扶耳畔簪著的玉簪花，邊服軟道：「四姑娘說得是。這不聽著侯爺進了後院，曉姊兒想她爹，便去瞧瞧罷了。」

行昭心頭冷笑，從那日堂會後，賀琰就有些日子沒入後院了，是賀行曉想爹了還是她萬氏想爭寵了，顯而易見。也不欲與她做過多牽扯，小娘子與父親的妾室或怨或好，都不得體。

回望了一眼朱門緊閉的正堂，黃嬤嬤正眼觀鼻、鼻觀心地守在外頭，正要搭腔欲離，卻聽身後的蓮蓉開了口。「侯爺正和夫人說體己話，四姑娘都識趣出來了，姨娘就不要去平白討沒趣了。」

萬姨娘被行昭嗆，她忍了。被一個小丫鬟這樣挑釁，她萬眉揚還從來沒忍下去過。輕哼一聲，站直了身子，看到了行昭身後的蓮蓉，長得眉清目秀，年輕娘子們便是不上粉塗脂，也是唇紅齒白的小模樣，心下愈煩。她怕的就是，賀琰這些天是被哪個小蹄子勾去了魂，這麼多年了，她也算是這侯府後院的第一得寵人，否則她哪兒來的力氣去和正房太太叫板、截胡。

「主子們說話，有奴才開口的分兒嗎？妳是想到黃嬤嬤那領頓板子吃了吧?!」

萬姨娘連訓斥個人都是一副妖妖調調的口氣。

行昭心頭暗怒蓮蓉越發不知進退，卻也不得不站出來。「萬姨娘慎言。蓮蓉是行昭房裡的丫頭，領不領板子、遭不遭訓斥都是行昭的事。再說蓮蓉也算是從榮壽堂出來的丫頭，在太夫人那兒時都還規規矩矩的，怎麼一遇到了姨娘就失了分寸呢？行昭回去了，一定好好問她。」

沒等到萬姨娘答話，行昭就轉了頭，看了蓮蓉一眼吩咐道：「走吧。咱們回懷善苑，看起來今兒爹爹是要與母親一道用晚膳了。」

她看也沒看萬姨娘一眼，目無斜視，帶著身後的一行人遙遙而去。

萬姨娘攥緊了帕子，眼神直直盯著已拐過長廊漸無身影的那行人，她萬眉揚也是這麼長大的，也是爹爹疼、娘親疼，像被人捧在手裡頭的明珠一樣長大的。現在呢，還不是被家族歡天喜地地送到了這四四方方的見不到天日的侯府來做妾。只是因為萬家在冀州首富久了，野心勃勃地想要找個門路敲開定京城的城門，而平日裡千嬌百媚的女兒家就正好成了那塊敲門磚。

萬氏的大丫鬟英紛，眼瞧著主子面色晦暗，正堂的門又一直緊緊閉著，心裡沒主意，便湊攏了問她。「姨娘，咱們還去正堂找侯爺嗎？」

「去什麼去，沒見四姑娘都避出來了嗎？我分量比四姑娘還重不成?!」萬姨娘一把甩開帕子，扭身要走。英紛連忙跟上，又聽萬姨娘低聲說了句。「妳過會兒往正堂跑勤點，看看能不能打聽到侯爺和夫人說了些什麼。」

英紛一驚，鼻子眼睛皺成一團，這是僭越啊，便有些瑟縮地遲疑了下。

萬姨娘恨鐵不成鋼，拿手戳了戳她額頭。「說妳笨還真憨上了！誰叫妳明目張膽地打聽了？妳不敢去和夫人身邊的月巧、月芳走近乎，總敢去和次一等的滿兒套交情吧?!問問夫人神情怎麼樣，侯爺生氣了沒，總能行吧?!」

英紛這才重重點了頭。萬姨娘笑一笑，才牽著她回了東廂房。

行昭一踏進懷善苑，正屋裡兩個二等丫鬟荷葉、荷心正一人一支拂塵掃著八寶櫃，蓮玉坐在小杌凳上正繡著花，見行昭回來了，連忙迎上來說：「還以為大夫人要留您用飯呢，我馬上去吩咐小廚房加幾道菜。」

行昭一路上忍著氣，回頭掃了一眼走得規規矩矩的蓮蓉，這個丫頭說忠心也算忠心。前世她行為不端，蓮蓉頂了滿院子人的罪，保下了這些人。過後又跟著她嫁到了晉王府，言談舉止算是伶俐，卻有些太爭強好勝了，這本也不算太大的缺點，只是今日怎麼會犯下這樣的錯處？

「荷心、荷葉出去守著，王嬤嬤過來了就讓她進來，其他人都不要放進來。」行昭沈聲吩咐道。前世的苦難告訴她，身邊不能放一個隨意的人，人的慾望是無限的。今天能夠貿然挑釁，明天就能陽奉陰違。再來一世，已是佛祖垂憐，她不敢、也不會放任一點點的不安定擴大成為足以讓今生悔恨的污點。

兩個小丫鬟面面相覷，應過一聲就往外走。蓮玉捧著繡花籠子也正準備出去，被行昭一聲叫住。「蓮玉妳留下。」

門「嘎吱」一聲被掩得死死的，屋裡只剩下了蓮蓉、蓮玉與行昭三人。

蓮蓉心下惶恐，「砰」地跪在地上。如今蓮玉隱隱有些獨占鰲頭的意味，今日她好不容易一個人陪著姑娘出門，本來是想在姑娘面前掙個面子，姑娘不好說的話，她幫忙說了，姑娘總能念著她的好，可如今這個架勢看來，姑娘不僅沒念著她好，還有心怪責。心裡想著，面上便帶出了些怨懟。

行昭看得真真切切，輕嘆一聲。「我能壓著賀行曉，卻不能對萬氏有半句惡語和質疑，妳可知道為什麼？」

蓮蓉一抬頭，心裡安慰了些，左右姑娘還願意和她溫聲溫氣的說話。再一看蓮玉避在了旁邊一副置若罔聞的樣子，心裡又有了些氣，姑娘也太不給她面子了。都是同等級的丫鬟，憑什麼讓蓮玉看著她挨訓斥，又念著姑娘平日裡對她的寬縱，語氣中就有些輕慢。「那是姑娘性好，今兒個侯爺前腳來正院，她後腳就跟來，這做給誰看呢！」

行昭心裡頓生失望，她不要求她身邊的人個個都能像蓮玉一樣聰明、沈穩、不多舌，可也不能這麼自作主張和不識時務。「那是因為萬氏是爹的東西。連祖母房裡養的一條狗，我們都不能妄加評論，何況是爹爹的妾室。再者，我說她的是非，我變成什麼了？」

行昭的聲量大了些，蓮蓉身子一縮，無端地覺得平日裡像個小妹妹一樣的姑娘幾時變得這麼凌厲和讓人望而生畏了？

行昭見蓮蓉沒說話，繼續說：「妳出言挑釁，我可以看做是忠心護主。可我都還沒說話，妳就能掂量著幫我拿主意了，我還不知道身邊的丫頭什麼時候變得這樣有主見了。」

蓮蓉一聽，頓時哭出了聲，這才明白姑娘氣的是什麼，邊哭邊辯解。「蓮蓉不敢。是萬姨娘口不對心，蓮蓉看不下去。姑娘是嫡出，聽她話裡，憑什麼還要責備姑娘沒去瞧六姑娘的病啊？侯爺才進夫人的屋，她就敢趕過來敲門。蓮蓉是心急口快才搶了姑娘的話……」

行昭看蓮蓉跪在地上哭得眼淚鼻涕直流，心頭一軟，想起來前世她為自己痛斥周平甯，又時不時省下月例給遠在通州的蓮玉送去，示意蓮玉把她扶起來。「萬氏是個什麼樣的貨色，妳我皆知。來日方長，她能討著什麼好，我們且看著。咱們才是一屋子的人，做什麼都有商有量的來，不急進不軟懦，不惹事不怕事，還能有什麼做不好？現在是平和日子，誰又能保證能一直平穩下去呢？遇到挫折和難事的時候，我們誰也不自作主張，擰成一股繩，又有什麼是過不去的呢？」

蓮蓉聽了哭得愈加厲害，直想問那您是更看重蓮玉還是更看重她些，又問不出口。蓮玉伸手來扶，手腕露出來，能看見虎口那兒的瘀青都還沒散，那日她怕蓮玉告狀，小心翼翼地觀望了幾天，發現蓮玉一點動靜也沒有，便心裡覺得有些不是滋味，邊哭邊說：「您喜歡蓮玉，我心裡急得跟熱鍋上的螞蟻似的，又什麼也做不了，只好做些蓮玉不會做的事情，來討您歡心了……」

蓮玉面色一紅。

行昭微怔，原來出在這裡，心情一下放鬆下來，果然萬事皆有因果，蓮玉陪著她一起撞見應邑與賀琰的髒事，她便把蓮玉看成了知根知底的心腹。而不知道這件事的蓮蓉，就會感覺自己像被隔絕出了圈子。

「妳們都是和我一道長大的，哪有喜歡誰不喜歡誰的說法。蓮玉行事更穩妥，妳言行更討巧些，術業有專攻。我喜歡和妳說話，喜歡和蓮玉商量，各有各的好啊。」行昭笑著溫聲勸。

蓮蓉不好意思地看了看上首，蓮玉就拿了帕子幫著擦眼淚，心裡歡快，她想了很久沒有說破，心裡又惦著應邑這樁事，生怕蓮蓉在大戰之際出岔子。如今雙方都說開了，便什麼都好了。「我可比不過妳嘴巧，太夫人都喜歡聽妳說話呢。」

行昭放了心，若是一個屋子裡的人都相互存有芥蒂，那外敵來勢洶洶之時，又該如何應對呢？

蓮蓉破涕為笑，不好意思在這裡同蓮玉道不是，只扯了蓮玉的手往外走，邊說著。「不是說要和小廚房說聲加菜嗎？就一道去吧！」

和樂融融地用過晚膳，行昭便打發蓮玉去正堂看看，蓮玉回來說侯爺陪著大夫人用過晚膳後，就去外院書房了。

行昭想了想，收拾了東西便往正堂去。

第九章

撩開簾子，大夫人正歪在炕上拿銀叉子扠著瓜果在吃，見是行昭來了，笑盈盈地朝她招手。「快進來，上盞蜜水來，裡面擠幾滴百香果汁，保管不甜。」

行昭喜好甜食，在榮壽堂時太夫人吩咐滿院的人盯著，不許她多吃，說吃多了倒牙，又會胖。到了正院裡，大夫人是想著法兒滿足行昭的甜食欲，連擠點酸果汁進去，蜜糖水就能不甜的話，都說得出來。

行昭一笑，眼睛彎成了一輪初七的月兒，換了襪套上了炕，守在大夫人身邊，邊小口小口地啜著糖水，邊拿眼覷著大夫人。

大夫人的氣色好極了，白潤的面頰上泛著容光，唇紅眼亮，連站在博物櫃前邊的黃嬤嬤也是一臉喜氣色。行昭心起疑惑，賀琰到底同大夫人說了些什麼，讓一屋子的人都喜氣洋洋的？

「爹爹呢？」行昭捧著琺瑯七彩杯盞四處望，嘴裡又在詢問。

大夫人邊將銀叉子擱下，邊笑說：「臨到過年，正是新舊變更之際，多少堂官外放，多少外放官兒要進京，這些侯爺都是要管的，阿嫵沒事別去煩妳爹爹。」

大夫人一向是個好說話又不記事的人，別人說了什麼一晃神便忘了。只有賀琰的話不同，她一向將賀琰吩咐的奉為經綸聖言，日日在心裡過一遍，嘴裡唸一遍，再吩咐別人一遍。否則她也不會因為賀琰說她無能這麼一句話，立馬哭得跑榮壽堂。

行昭再來一世，看著大夫人這個樣子，心下便如錐刺骨般疼。

「母親是爹爹的賢內助，爹爹什麼都同母親說。」行昭笑著將杯盞擱在小案上，歪得趴在了大夫人身上，又問：「爹爹是治世能吏，更是慈心父親。將才可有提到哥哥與阿嫵？若沒有，阿嫵鐵定要去同爹爹鬧。」

大夫人嗔了眼靠在懷裡的小女兒，連聲說：「提到了、提到了的。還說等妳舅舅進京回職，讓他指點指點阿景的武藝。侯爺說，男兒家光會筆桿子的功夫可不成，總要有幾招在身，這才是好兒郎。」

行昭身子一僵，賀琰提到了方家，他提方家做什麼?!摸底還是打探？

「爹爹還提了舅舅？怪道母親這麼高興。」行昭輕聲出言，將大夫人唸叨賀琰的話打斷。「舅舅真要回京了？」

黃嬤嬤拿著帕子捂嘴笑，眉梢眼角盡是喜氣，說：「夫人這樣高興可不只因為這一件事，侯爺總算答應年後就上摺子立景哥兒當世子了！」

行昭一驚，抬了頭，看大夫人滿臉的高興都像要溢出來似的，大夫人衝著黃嬤嬤點點頭，邊說：「我還奇怪呢，今兒個侯爺怎麼突然問我們這些日子和西北有沒有往來，有的話都說了些什麼。他又不是不知道，我們向來是半年一封信的來往，前些日子才接到嫂嫂的信，說了些家長里短，也沒提要來京啊，侯爺怎麼突然問這個？說起提立世子的話，更是把我嚇了一大跳。別人家都是七、八歲，至多十歲就將世子立下來了。我們家景哥兒都快十四歲了，還沒動靜，今兒猛然一聽侯爺解釋，覺得說得也有道理。」

「侯爺向來覺得男兒漢應當堂堂正正立在這世上，久不立世子，也是為了磨練景哥兒心性。我們家統共景哥兒一個嫡出，時哥兒能和景哥兒搶？」

大夫人聽了，更為信服地連連頷首，黃嬤嬤的順勢接話，既讚了賀琰，又安撫了大夫人。

行昭靜靜地聽，心裡細細地想。賀琰詢問方家近況是想證實應邑說的是否屬實，方家是不是要倒了？他卻沒算到，方家舅爺怎麼可能與大夫人說朝堂上的事。就算方家近來行為不端，出了岔子，能和大夫人說？

如今重提起要立行景為世子，難道是應邑那頭逼得急了，賀琰要安大夫人的心？

行昭看著歡天喜地的母親，坐直了身子，事情太複雜了，她只知道結果，卻不知道過程。是誰在母親面前捅破了那層紙？他們最初的目的究竟是休妻還是要致母親於死地？難不成休妻和離不成，動了殺機？期間又出了哪些伎倆？她一律不知道。

「這樣大的喜事！」行昭掩下萬般思緒，扯開嘴角笑。「明日我就去當耳報神，向哥哥領賞去！」

大夫人聽了笑得更開懷了。

閒扯了近半個時辰的話，行昭焐著暖爐靠在大夫人懷裡打呵欠，大夫人這才吩咐人帶行昭回去就寢，行昭搖著頭說：「阿嫵今兒個就挨著母親睡！」

大夫人臉一紅，黃嬤嬤連忙抱過行昭，邊說：「姑娘睡這兒，侯爺與夫人又睡在哪兒啊？來，嬤嬤抱著姑娘回去睡可好？」

行昭一愣，這才注意到大夫人換了身朱紫色抽紗繡並蒂蓮紋比甲，這樣晚的天了，還點了唇又細描了眉，原來是賀琰晚上要來啊。行昭面色也一紅，遮掩似的拿袖子捂了臉，打了個呵欠，伸手抱住了黃嬤嬤，嘴裡邊說：「也好，那明日阿嫵要挨著母親睡。」

大夫人如釋重負，又想起賀琰最後在她手心裡輕捏了一把，湊著她耳朵呼氣說，今晚要來正堂裡，叫她好好準備，不禁面紅耳赤，連聲應了。「好好，明日後日都好。」

行昭頭搭在黃嬤嬤肩上，看著今日的母親如含苞的茉莉花一樣羞澀微豔，心頭頓生酸楚。

到了懷善苑，黃嬤嬤親自主持著打水溫香，服侍行昭就寢，臨了時，湊身幫行昭掖了掖被子，輕聲哄。「姑娘快睡吧。年來年往的，各家門都要相互竄，姑娘不得養好精神跟著夫人應酬啊？」

行昭躺在床上，看著黃嬤嬤，有些愣愣地問：「這也是爹爹說的？」

黃嬤嬤嗤地一笑，摸了摸被窩的冷暖，回道：「是啊，侯爺今兒特別囑咐，夫人要打起精神來應付，後幾日怕是要客走旺家門了。姑娘快睡吧。」

行昭乖巧地應了。

黃嬤嬤這才輕手輕腳地放了帳子，吩咐人熄燈，帶著丫鬟們出了房門。

屋內陡然暗了下來，只有一盞羊角宮燈微微弱弱地亮著光，行昭掩了眸子，心裡細細想著賀琰那句話的涵義，有客盈門，這個客裡有黎家，有信中侯家，有其他的交好貴家，可為什麼需要打起精神來應付呢？需要應付的，難道是應邑？賀琰知道應邑要來賀家，卻攔不住，但又在大夫人面前既安撫又敲警鐘，這是什麼矛盾的道理？

應邑來賀家應該是這幾日的事了，該來的總會來，她的第一次登門會以什麼樣的形式與理由呢？會不會初來就鋒芒畢露？還是選擇循序漸進？行昭不知道。

黑暗中，光明在哪裡，行昭也不知道。行昭篤定的是，塵封的往事正被人揭開面紗，拂去灰塵，一點一點地以它的原狀出現在人們面前。

而這一次，她就是光明。

夜很深了，除卻風颳過樹杈「呼呼」的聲音，再沒有任何聲音了。懷善苑裡陷入了無邊蔓延的黑寂中，只剩了一盞閃著微弱光亮的燈靜默地杵在床腳。

透過青碧色螺紋雲絲罩，能看到行昭緊緊蹙著眉，死命咬著牙關，額上直冒汗。

在夢裡，有一個穿著一身大紅色龍鳳呈祥嫁衣的女人走近了，在一片白光虛無中，那樣的紅，鮮豔得像是涓涓而流的血。女人的臉一閃而過，丹鳳眼、柳葉眉，還有一個尖尖的下巴高高抬起，顯得倨傲而刻薄。

行昭心中悶，悶得想尖叫卻叫不出聲。畫面一瞬而過，取而代之的是一個躺在地上，手裡握著一支點翠赤金簪子的女人，圓圓的臉青紫一片，顯得猙獰不堪，雙眼鼓起，眼裡直直看向天頂，眼皮怎麼合也合不攏。

行昭拚盡力氣往那邊跑啊跑啊，卻怎麼樣也跑不到大夫人身邊。

「母親——」這是一種怎樣淒厲又無助的呼喚啊，尖銳地刺破了懷善苑的夜空。

行昭騰地一下坐起身，大口大口喘著粗氣，抹了一把臉，也不知道是汗水還是淚水。

睡在暖榻上的蓮玉趕緊起身，小襖也來不及披，衝上去撩開了簾子，見到的是驚魂未定的行昭，也顧不得了那麼多，順勢坐在床沿邊，一下一下地拍著行昭的背，一摸卻發現小衣已經打濕透了，便揚聲喚了外間值夜的小丫鬟。「溫壺茶水，再打盆溫水來！」

外間守夜的荷葉也聽到了動靜，趿了鞋子急急慌慌地點燭溫茶，端著托盤送進去。

蓮玉服侍著行昭喝了兩口茶，又拿著帕子給愣在床上的行昭隔了背，讓荷葉出去，才溫聲安撫。「姑娘是夢魘著了，沒事兒沒事兒，醒來就好了。咱們喝口茶，定定神。」

行昭呆呆嚥下，眼神遲緩地移向蓮玉，看了眼蓮玉在燈下溫婉和宜的臉，心中酸楚與無助陡升，摟住了蓮玉，將臉埋在她懷裡，無聲地哭。「我夢到娘了，娘還是死了……娘還是死了……」最後幾個字說得似乎低到了塵埃裡。

蓮玉鼻頭一酸，姑娘日日盤算，步步為營。從坦白，到搬正院，再到套話。每一步都走得精準無比，她知道姑娘心頭是慌的，是怕的，絕沒有表面那樣的從容明朗。前路不明，又牽扯到了兩個至親的人，又有誰能做到運籌帷幄，不出破綻呢？

「蓮玉小時候聽村裡的老人們說夢都是反的，夫人與您定能逢凶化吉，化險為夷。」蓮玉語聲乾澀地安慰著。

行昭怔愣了半晌，才慢慢點點頭。

懷善苑裡的燈亮了又熄了，而東廂房次間的燈卻亮到了天明。

芙蓉花開，雕花羅漢床上睡著的賀行曉也在作夢，她一連幾日昏昏沈沈中，都反覆作著一個和行昭一模一樣的夢——穿著大紅從虛無走來的應邑長公主和一個手裡握著金簪倒地而亡的女人。

她不明白是什麼意思，直到今晚才看清楚那個死去女人的臉，赫然是大夫人方氏的樣子！

賀行曉尖叫著醒來，嘴裡含著微涼的茶水，心裡卻在細細摸索著。那日賀行昭搬院子，是她第一次作這個夢，她被嚇得沒有了力氣，身邊的丫鬟說依例要送禮去，她鬼使神差地褪下了腕間那個應邑長公主送的鐲子。

穿著嫁衣的應邑長公主與倒地而亡的大夫人，這個夢，究竟想要告訴她什麼？

一時間頭疼欲裂，又暈在了萬姨娘的懷裡。

兩個小娘子，一樣的夢，她們都忽視了夢中極為重要的一點——應邑長公主大紅色嫁衣蓋著的小腹，微微隆起。

次日大早，行昭滿腹心事地去正堂，大夫人已經梳洗妥帖了，賀琰也在，正吩咐白總管。「拿了帖子去請張院判來，請他務必來。」

行昭與白總管錯身而過，白總管向她行了禮後便急匆匆地往外走了。行昭微愣，進屋行了禮，坐在了大夫人身側便問：「誰不舒坦啊？還煩勞張院判來瞧病。」

正在擺箸布碗的行時生母劉姨娘，抬了頭向東邊兒努努嘴。「明兒個就除夕了，六姑娘病還沒好，院子一開那邊就哭著來求，大過年的多不吉利啊……」

「在姑娘面前渾說些什麼！」賀琰聽了，蹙著眉頭，有些不高興。

劉姨娘三十來歲，是大夫人的陪嫁丫鬟，一向是一顆心撲在大夫人身上，生了行時提了姨娘後，更是眼裡只有大夫人一個主子了，說話惹了賀琰不高興，就沒開腔了，但也沒賠禮，低著頭小踱步，站定在了大夫人後面。

大夫人待人和軟，對陪著自個兒幾十年的丫鬟更是護著，打著圓場。「今兒個侯爺沐休，可惜常先生不給景哥兒、時哥兒下學，否則咱們就可以一家人去和太夫人問安了。」

賀琰看了大夫人一眼，她這樣的話不也沒把萬姨娘與行曉算進去，夫妻這麼多年，她是一點長進也沒有。忍了忍，又想起了另一樁事，索性不揪在這一處上了，沈聲吩咐道：「開飯吧。」

賀琰、大夫人、行昭三人是正經主子，便圍著黑漆榆木圓桌坐著用飯，劉姨娘立在大夫人身後布菜。賀琰講究儒家那一套，食不言、寢不語，故而只能聽見瓷器碰撞的聲音。行昭只挾了身前的幾道菜，瞧著賀琰的速度，邊喝著一小半碗紅棗薏米粥，賀琰放了筷子，行昭與大夫人也就勢放了筷子。

去榮壽堂，二夫人神情熠熠，帶著行明早到了。見大房進來，賀二爺笑著去迎賀琰。二夫人見著行昭，含蓄地笑著頷了首，行明倒是很激動的模樣，行昭回她一笑。

問安坐定後，太夫人便囑咐大夫人幾句：「交好的幾家送年禮問安的時候不能怠慢了」、「明兒個的除夕家宴記得加幾道水蘿蔔、小芹菜之類的蔬菜」又問：「……三房的帖子送了沒？」

大夫人連連點頭說：「送了送了，明兒個三房也來。」太夫人才放心了，這個媳婦兒要時刻問著、敲打著，才不會出婁子。又轉了首囑咐其他的人。「明兒個除夕放煙火，都離碧波湖遠一點。宮裡頭的宴約是初五的時候賞，明兒個侯爺和二爺都記得早回來，還指望著你們帶著小郎君們。」說著這話，太夫人的眼神在賀琰身上定了很久，才移向二爺。

大傢伙兒的都起身應了，賀琰與賀二爺就往外院去，大夫人與二夫人陪著太夫人說話。行昭就和行明兩姊妹親親熱熱地坐在西北角的榻上做針線，時不時湊兩句趣兒。

太夫人想起了行曉的病。「曉姊兒的病還沒好？那明兒個還不能出來吹風呢？」

大夫人有些為難，又不好不答。「是呢，今兒個一開鎖就來求，要去請張院判來瞧瞧，說是昨兒晚上又有些不好，小娘子出了一身虛汗。」

太夫人不以為然，前頭張院判來瞧病，開的都是補氣安神的方子，說明賀行曉壓根兒沒什麼大礙，這樣的作態又趕上年節，真是晦氣。微點點頭，便又將話轉到了行昭的新屋子身上。

榮壽堂裡正說著話，有小丫鬟來通稟。「應邑長公主的車駕到門口兒了，說是來問臨安侯府年禮好。」

太夫人一時間沒有反應過來，看那小丫鬟一眼。

行昭正拿著茶盅喝茶，聽那小丫鬟通稟，茶盅一歪，溫燙的茶水就這麼灑在了手上。心頭百轉千回，前一世應邑上門，榮壽堂裡有大夫人、她、行曉還有太夫人在。二夫人因為行明在定國寺出的岔子，到年後稱病閉門謝客。應邑拜見了太夫人後，送了禮就歡天喜地地回去了。

大夫人見太夫人竟然愣在那裡沒發話，壓下心頭疑惑，不管什麼緣故，客人來都來了總不好將她一直晾在那兒，便說道：「快請長公主到榮壽堂來！」

小丫鬟應一聲，便提了裙子往外跑。

二夫人眼神一轉，笑得清清伶伶地。「可算是奇了。這位主兒連往前兒衛國公家的家宴都推三阻四不參加，今兒個還曉得來問咱們家的年安，還是咱們家老太太分量重。」

太夫人沒搭話，瞥了眼在榻上兩耳不聞窗外事，低著頭認真做針線的行昭，心下大慰，君子之心當如碧波蓮池，投一塊石子兒下去，泛起幾朵漣漪後，就應當歸於平靜，人哪兒能讓一個不懂事的玩意兒亂了心神。

等應邑下輦時，大夫人、二夫人帶著行昭、行明早已候在了遊廊裡，見一穿著蹙金絲品紅繡孔雀開屏褙子的紅妝麗人，面膚透白，一雙丹鳳眼高高揚起，抿著嘴，扶著丫鬟的手，提著裙裾緩緩下來，似是步步生蓮往遊廊而來。

「賀方氏攜臨安侯府女眷，給應邑長公主問安。」大夫人帶著眾人行禮。

應邑嘴角一勾，扶住了大夫人，一副親親熱熱的模樣。「幾日不見，臨安侯夫人愈見圓潤了。應邑要向大夫人賠不是，那日可灌了大夫人不少酒呢。」

大夫人面帶赧色，忙擺擺手。「本是我貪杯。」又側身讓了路。「咱們快去裡屋吧，外頭也夠涼的。」

一道說著話，一道走在遊廊裡，拐過一個彎，就是榮壽堂正房了。

撩開簾子，轉過屏風，太夫人穩穩坐在上首的八仙凳上，見應邑挽著大夫人進來，未言先笑。「老婆子今兒早上看案上供著的迎春花，爆出個苞，心裡還暗道是好兆頭，這個年能過好。哪想得到先應在了您身上，客走旺家門啊。」

應邑笑開了，幾步就走近了太夫人身側。「哪兒就是客人了呢，我就是您看大的，您直管將應邑當成自家人。」

行昭聞言心下一顫，無端想起了「登堂入室」四個字。

太夫人笑了笑沒接話，吩咐人又加了一筐紅螺炭進來，又重新上了茶與糕點，岔了話連聲說：「都坐下、都坐下。嚐嚐新做的綠玉糕，我們家二爺是個定京通，前些日子嚷著從皖記高金請來個廚娘，說做綠玉糕是一絕，我嚐著是還不錯。」

應邑長公主坐在左上首，與太夫人並排。大夫人坐在次席左上，二夫人坐在次席右上，下面挨個兒坐著行明與行昭。

二夫人捂嘴笑，與有榮焉的樣子。「若要問定京城裡哪裡的簪子打得好，哪裡的燉肘子好吃，我們家二爺哪個不知道？這綠玉糕是拿過水糯米，加上過霜的綠梅花和珍珠粉，再用白玉盤細細地磨……」

二夫人的話還沒說完，應邑輕咳一聲打斷其言，眼裡彷彿只有太夫人，笑盈盈地說：「您屋子裡的東西能有不好的？前些日子我屬官從封地裡得了一塊老坑玻璃種青碧翡翠。這也不算稀奇，難得的是上面的水頭極好，又浸了幾點水光進去，瞧起來像隻仙鶴在舞。」說罷，一揚手，身後的丫鬟便捧了一個紅漆描金匣子上來，一打開，有一整塊的玉璧，水天碧的顏色，沒有黑點，只在玉璧中間有幾條光絲湊在一起，是像一隻仙鶴在揚翅。

應邑揚了揚下頜，笑得更真心。「中寧要用她的一個小郡邑來換，我沒給，就等著捧著它給您拜年禮呢。」

二夫人面色青一塊白一塊的，被應邑搶白，面上有些掛不住。再一看那物件，不禁也倒吸一口氣。「那和氏璧，怕也只有這樣的水色！」

行昭低著頭喝茶，賀家招待人的茶分三類，第一等是雨前龍井，第二等是雲南普洱，第三等是鐵觀音。而今日應邑來，太夫人吩咐人上的是六安瓜片，性甘且溫，一口品下去，舒坦到了心脾裡，感到整個人都安定沈靜了下來。

應邑聽了二夫人的話，終於拿眼瞧了瞧她，似笑非笑地說：「二夫人見過和氏璧？」

二夫人又被搶了話，憋著氣再也不答話了。

「長公主有心了。老婆子倒覺得那和氏璧在這玉璧跟前一比，都不過爾爾罷。」太夫人樂呵呵地給二夫人解圍，大約明白了應邑長公主的來意，卻推辭。「玉養人，人養玉。老婆子怕是沒那個福氣能養得起這翡翠。咱們大周朝啊，大概只有宮裡頭的娘娘主子能有這福氣。」

應邑一急，脫口而出。「太夫人莫不是嫌禮輕了？屬官快馬加鞭送來，中途累死了幾匹好馬，就為了趕在年前給您拜年呢。」

行昭默默在心裡給應邑安上了「急躁」兩個字。自傲、自負、急躁、恣意還有剛愎自用，多像前世的自己。

太夫人笑著搖搖頭，將那匣子蓋上，又吩咐那丫鬟拿回去。「太后娘娘都沒有的東西，老婆子敢要？這百子戲嬰的匣子挺好的，寓意也好，就當作這匣子是賀禮吧。」

應邑被第一句話怔住，啟了唇囁嚅幾下，到底沒說出聲。她今兒個本是抱著討好太夫人，為以後嫁進賀家鋪路來的。加上賀琰一直支支吾吾，只說讓她等，她哪裡等得住啊，索性收拾東西就來走太夫人的路子。在那病癆鬼身邊忍了十幾年，好容易擺脫了，話本子上都寫著有情人終成眷屬，怎麼到她這兒就這麼多坎坷啊！

應邑洩氣，算是默認了太夫人的道理，自己到底急功近利了些。垂了頭癟癟嘴，眼神瞄到了置身事外的大夫人，圓圓的臉，圓圓的腰身，圓圓的手腕，賀琰喜歡的明明是她這樣身姿婀娜，個性伶俐的女人。又想起了那幾日幽會，賀琰撫過她的背、她的頸、她的眼，熱切而急迫地低喁，一次一次地占有她，不禁紅了臉。

「這麼些年了，衛國公府與臨安侯府也不親近，應邑空有一顆親近的心……」應邑扭扭身子，望向大夫人，盈盈道：「這九井胡同是太祖皇帝特意賞給臨安侯府的，以碧波湖畔、九里長亭、九轉遊廊的景聞名，可能煩勞大夫人領著應邑遊上一遊？」

行昭心一下子提到了嗓子眼，前世裡並沒有這樣的場景！

太夫人正端著茶盅，聞言手腕一頓，就順勢放下了。「那是自然的。老婆子也要陪著，這才是待客的道理。」

大夫人大驚，可不敢在這樣的大雪天讓太夫人出去走，帶著歉意同應邑那頭說：「太夫人可不敢這樣出去走！她老人家腿腳不好，要在外頭這樣一凍，晚上鐵定膝蓋疼，怕是明兒個路都走不了，望長公主千萬見諒！」

行昭不由哭笑不得，太夫人主動作陪不就是提防著應邑在大夫人面前說什麼，怕刺激她。大夫人倒好，就這樣給推了。這樣實誠、心好、純孝又和軟的人，怎麼生出那樣率直的行景和這樣的她啊？

太夫人顯然也不曉得該說些什麼了，心頭沒來由的一暖，只好又吩咐。「那老二媳婦也陪著吧，兩個小丫頭也陪著，總不好叫應邑長公主覺得怠慢了。」

應邑抿了抿嘴，率先起了身，向太夫人一頷首，便往外走去。

大夫人與二夫人應了聲便緊隨其後，行昭與行明跟在後頭。行昭特意認真地與太夫人屈膝辭行，太夫人一副很疲憊的樣子，指了指行昭，側頭向張嬤嬤說：「妳也去看著吧。守在行明與行昭後面，別叫她們倆離水近了，危險。」

明顯的意有所指，行昭鄭重地點點頭，拉著行明追了上去。

大約精明的人，都願意把所有的事情攥在自己手上，就像太夫人不放心行昭一樣，一定要安排一個人看著她，才能安心。

出了榮壽堂，走在遊廊裡，轉個彎，二夫人落在了後頭，應邑與大夫人挽著手走在前面，聽見大夫人指著西南邊在說：「過了碧波湖和九里長亭，就是我們家正院了。長公主春天來最好，能看得見垂柳長堤，偶爾後山養的鳥雀就飛在柳枝上停駐下來，嚶嚶啼啼地叫，五彩的羽毛與碧青色的垂柳放在一塊兒，真是好看極了。」

大夫人說了大半天，見應邑沒有反應，湊過身連聲喚道：「長公主，長公主——」

應邑這才回過神，漫不經心地望著迷迷濛濛的天，敷衍點頭道：「是好看。」

行明磨磨蹭蹭地跟在後面，走一步就抬頭望望天。

行昭看著好笑，也抬了頭，只能看見雕著或是博古，或是蝙蝠圖案的五彩，沒什麼好看的，推推她，小聲問：「妳怎麼了？」

行明回之苦笑，特意慢了步程。張嬤嬤樂得行昭離應邑遠點兒，也不催，跟在後面慢慢地走。

「長公主看不起我們二房，有時候我真羨慕妳。」行明輕聲說，沒有避開後面的張嬤嬤。

姊妹多年，這是行明頭一回將話說得這麼直白。因為自卑所以敏感，因為自卑所以堅強，行明一向以虛張聲勢和爭強好勝來將自己偽裝得滴水不漏。這是第一次，行昭聽到了行明真實的想法。

行昭不知道該說些什麼，心頭軟軟的，有一種叫喜悅與溫暖的情緒充斥在心間。她輕輕捏了捏行明的掌心，回之。「她也不見得瞧得起母親和我。妳看，母親說十句，她能回一句都算好。這樣沒有禮數的人，也不會討別人喜歡。」

行明搖頭，語氣苦澀地說：「她不需要討別人喜歡。」

行昭愣了一愣，以前她也以為站得高，臂膀硬，就算別人再不喜歡，場面上也要做出一副諂媚的樣子來討妳歡心。可假的就是假的，換不來真心，她正要勸行明，卻聽見前面二夫人在喚。「兩個小娘子快跟上來，可是走不動了？」
行昭拉過行明就往前去趕上，被行明一打岔，竟然忘了正事。到了前頭，應邑瞥了眼兩個小娘子，沒在意又轉了回去。倒是大夫人想起什麼，提了句。「要不咱們叫幾輛青幃小車來？」
應邑搖搖頭，突然素手一指，煙雨朦朧中越過長亭與半池碧波湖，指向小山腰上的一處小苑，蒼翠叢林間隱隱可見飛簷雕欄，十分好奇地問：「那是什麼地方？」
大夫人順著手指望過去，一笑。「是歷代臨安侯的書房『勤寸院』，在別山山腰上，碧波湖圍著，又要穿過湖心小島，上半座山才能到，太夫人說那個地方是我們家的心臟和頭腦。」
應邑步子停住了，直直望向那裡，輕聲問：「侯爺也是在那裡辦公、行文，做出舉足輕重的種種決議？」
行昭心裡揪緊，從她這個角度望過去，能看到應邑癡癡的神情和含情的眼眸。
大夫人沒有察覺，笑著點頭。「是呢。侯爺十日裡有五、六日都在『勤寸院』住，一應日常東西是正院裡備一份，『勤寸院』備一份。侯爺頸脖不好，坐久了就使不上勁，這樣涼的天，也不知道德喜盡心不盡心……」
大夫人嘮叨個沒完，應邑支著耳朵認真地聽，時不時地應聲和一句。「……那侯爺每回上去都要爬這樣高的山？那用膳怎麼辦？在書房裡設個小廚房？」
大夫人似乎很高興有人應和，說得更細了。「我們家郎君從小就要勤練身體，這點山路算得了什麼。書房不許設小廚房，只能按點燒水，怕出問題。每回就由小丫頭提著食盒上去，冬天裡飯菜不是容易涼嗎？就隔著瓷碗拿熱水燙，燙溫了侯爺才吃。」

行昭不由失語，兩世為人，她頭一回見到這樣的正室和這樣的外室，一個生怕別人不曉得自家老爺的習慣，一個生怕別人看不出藏在心裡的居心。

行昭拉了拉張嬤嬤的衣角，仰著臉衝她眨眼睛。張嬤嬤哪裡又沒聽出不對，心中正焦急，看著遠遠的有個小丫鬟急急匆匆地來報。不由大舒一口氣，笑著上前屈膝行禮。「張院判來了，是讓他同您請了安再去瞧病，還是讓人直接領去東廂房？」

「直接帶過去，有什麼好請安的。」應邑聽得正高興，被人打斷，沒好氣說：「東廂房住著誰呢？這樣大的顏面，請得來張院判瞧病。」

行昭心頭一動，轉眼望著大夫人。這是個極好的機會，只聽大夫人會怎麼說。

「是萬姨娘的屋子。曉姊兒，哦，我們家六姑娘，您也見過，病了有些天了。昨兒個夜裡加重了，就請了張院判過來瞧瞧。」大夫人一副粉飾太平的模樣，似乎很沒有顏面說起侯爺重視妾室的舉動來，不自在地拿話岔開。「說起來，侯爺最喜歡北碧波的景，還寫過一副對聯『綠水柔波碧無痕，青光雲天亨永亨』，還親自寫下來裱了……」

「裱起來，還充作了東廂房的楹聯，萬姨娘歡喜了好些天。」行昭掩嘴直笑，杏眼瞪圓了，顯得天真爛漫，又揚了頭，很是得意的小模樣。「爹爹不僅是能臣，還是慈父。平日裡除了在正院逗行昭，便是去東廂房看六妹妹，而且常常是一連幾日都住在東廂房裡了。上回爹爹得了一套十二個紅瑪瑙擺件，給行昭兩個，其他的都送到了東廂房裡了。行昭還在想，六妹妹喜歡的是金器，什麼時候轉了性喜好瑪瑙了呢？可六妹妹是妹妹，行昭得讓著她。長公主，您說，行昭是不是可乖了？」

應邑愈聽心火愈冒，到最後，氣得一甩袖，又看見行昭仰著臉得意的模樣，心裡又氣又笑，方氏蠢，生個女兒比她還蠢！庶妹不喜歡瑪瑙，可架不住那妾室喜歡啊，嫡出正房不留，流水樣地往妾室房裡送，請太醫院院判去給一個庶出娘子瞧病，還親自給妾室寫楹聯，還流連在妾室房裡！賀琰若不是喜歡極了那萬姨娘是什麼?!虧得他還口口聲聲說，一輩子都沒忘過她，心裡只有她！

大夫人見應邑神色陡然不好，卻不知為何，雲袖掃過的風，將行昭的鬢髮都吹揚起來。行昭的話雖是冗長些，卻是一片孺慕之情啊，莫非是太嘮叨惹了這位喜怒無常長公主的厭？

「小娘子總覺得父親比天高。」大夫人有些不知所措地賠笑，將行昭往身後拉。「長公主不要怪罪。」

行昭怯怯地藏在後頭，強抑住嘴角揚起的慾望，有期待的女人最容易受挫，「他愛我嗎？真的愛我嗎？只愛我一個人嗎？」反覆反覆地想，反覆地問，可惜的是男人卻總禁不起質詢與誘惑。以應邑這樣執拗與偏激的個性，容不得賀琰對另外的女人用心。

哪裡來這麼多的一生一世一雙人啊！

應邑冷哼一聲。「不過一個妾室，至於這麼抬舉嗎？叫旁人知道了，只會說臨安侯沒規矩！」好容易平復下心緒，卻終難嚥下這口氣，轉了身。「本公主來得不巧了，遇上臨安侯府又有客，就不去同太夫人辭行了，煩勞臨安侯夫人傳個聲。」

大夫人愣了愣，原是看不慣賀琰寵愛妾室，不由惺惺相惜起來。「衛國公世子原先怕也是在妾室身上用心的吧。長公主正值華年，定能再覓如意郎君。」又揚聲喚來丫鬟。「備車。」又轉了頭，執起了應邑的手，語重心長地說：「哪日我去公主府拜訪您。」

行昭頓時一個扶不住，欲哭無淚。

應邑一怔，隨即點點頭。一行人將她送至二門，便又回了榮壽堂裡，二夫人藏不住話，一五一十地都說了。

太夫人沈吟半晌，手裡頭轉著佛珠，邊安撫。「那位主兒本就是個喜怒無常的，定京城裡又不是不知道。我們家禮數是周到的，就行了。」又笑著，眼風掃過了行昭，囑咐一回。「明兒個除夕可是大日子，都穿亮色點啊。」

太夫人目光深沈睿智，這點小把戲依仗的就是行昭年紀小，別人聽了不會往歪處想。行昭也沒覺得不好意思，坦然坐著聽。

大夫人放下心來，和二夫人應和著。兩個媳婦、兩個孫女兒陪著太夫人用過午膳，晌間兒又打葉子牌，言笑晏晏間，倒真有點過年的喜氣。一天的工夫很快過了，還沒晃過神來，除夕就到了。

第十章

第二日，臨安侯府裡歡歡慶慶的一片喜氣，僕從間都是相互笑著點頭拜年。「過年好過年好，一年更比一年好！」、「您也好！」留著頭的小丫頭們十分羨慕地望著各房花枝招展的大丫鬟——臨安侯府的規矩，只有一等丫鬟在年節時能穿得豔麗些。

「您瞧，戴上好看嗎？」

懷善苑裡，蓮蓉笑嘻嘻地拿著朵絳色絹花往鬢間簪，又想往行昭這頭瞄，又捨不得把眼從前面的銅鏡上移開。

行昭坐在上首，瞧著蓮蓉，捂著嘴笑，讓蓮玉去掐她。「這眼神都快忙不過來了，瞧這鬥雞眼。」

旁邊立成兩排的小丫鬟們也笑，蓮蓉作勢氣鼓鼓地將花兒放在了托盤裡，又轉顏一笑，直招呼丫頭們來拿。「一人兩朵，這可是姑娘拿自個兒月例銀子從馮記裡買的，比內造都不差。」

凡是懷善苑裡的丫頭都能拿，二十幾朵花兒幾下就沒了。院子裡多是十來歲的小丫頭，有更小的七、八歲，手裡拿著絹花，爭著要謝禮，謝了行昭，又去謝蓮蓉、蓮玉兩個姊姊的照顧。

行昭樂呵呵地受了，又讓蓮玉去派紅封，大丫鬟能拿兩個梅花樣的銀錁子，二等丫頭拿一個，其餘的能拿一個稍小點桂花樣式的錁子。大的能有五錢重，小的三錢，行昭月例銀子不過每月十兩，這一下子就花掉了兩個月的分例。

丫鬟們挨個兒叩頭，荷葉機靈，從懷裡拿了張年年有魚的窗紙來，一定要行昭貼在窗戶上，說是自個兒心意。

行昭笑著接了，親塗了漿糊，貼在琉璃窗上，讚道：「好看！」

一屋子主僕笑著將一上午過了，用過午膳後，大夫人便遣人來催。

行昭帶著蓮蓉和荷葉，又往正院去，大夫人見行昭來，拉著行昭唸叨。「萬姨娘又拿曉姊兒說事，昨日張院判來都不曉得開什麼方子才好，說曉姊兒氣血充足，沒什麼病，只讓靜養。將才東邊又派人來說曉姊兒吹不得風，多半是來不了。我又從嫁妝裡劃了一盒百年何首烏給她，本還想留著給妳壓箱底的。」

行昭見大夫人說得十足委屈，拍了拍她手，笑說：「我還能缺嫁妝？咱們就當是掉財免災。她不去拉倒，我一瞧見她就懊惱，八成和她八字不對盤。」

大夫人想想也是，在腕間加上串紅珊瑚刻佛字樣手釧，就帶著行昭往榮壽堂去。榮壽堂前是一個面生的，十五、六歲模樣的丫鬟在迎客，見大房過來了，屈膝笑說：「奴才白芷，替素青姊姊打簾，幾位爺都來了。」

一撩簾，二夫人和三夫人正陪著太夫人圍坐在一桌打牌九，估摸著是差個人，又捉了二爺來湊數。

二爺見人進來，連聲求救。「大嫂，您快過來頂我。老祖宗將發的紅封，這一晃眼就給輸沒了！」

大夫人挽了挽袖子，兩廂問了禮，行昭又接到幾個大紅封。

太夫人先擦了擦手，戴著玳瑁眼鏡，笑呵呵地給了行昭一個紅封，行昭摸了摸裡頭脹鼓鼓的，笑得真心又屈膝謝過，給蓮蓉收著。

大夫人換下了二爺，行昭就去東次間找行明，行明與行晴正在玩翻花繩，見行昭進來，行明正將花繩翻到自個兒手上，騰不開身，朝她點點頭，算是打招呼。行晴卻起身問好。

「四姊姊過年好！」

行昭笑著應了，便半坐在邊上笑盈盈地看她們倆玩，一個接一個花樣，翻得龍飛鳳舞。耳朵卻支愣起來，聽到隔間有人結結巴巴地在背——

「……人主之子也，骨肉之親也，猶不能恃無功之尊……無……勞之奉……而守金玉之重也，而況人臣乎……」

是行景的聲音。行昭頓了頓，賀琰、三爺和幾個小郎君都不在外間，難不成是在這裡頭考學問？又聽一陣衣衫悉悉索索間，是賀琰忍氣低沈的聲音——

「是何解？」

「君王的兒子……嗯，是親骨肉，也不能仗著沒有功勞在高位上，沒有勞動受供奉……而守金玉之重的意思是……嗯，而守護金石玉器的重量，何況人臣呢？」

行昭扶額，果不其然聽賀琰語氣含了明怒。

「〈觸龍說趙太后〉這不是名篇，你背得不熟，也就算了。這麼簡單一段話，都解釋得東拉西扯！還虧得你三叔給你請來明先生做西席，真是丟我們賀家的臉！」

最後一句話揚了聲調，東次間的人都聽見了。

行明停住了動作，將花繩團成一團放在案上，怕行昭難堪，就湊近了身，同她輕說：「大伯將才也罵了時哥兒，三叔也罵了昀哥兒……」

竟然越過年長的行景，先考行昀和行時。

行昭往隔間看了眼，靛藍色夾棉竹簾直直墜著，她能想像得到賀琰對行景的態度，賀琰不止一次地說過行景不肖父，而像他舅舅，只喜歡舞刀弄槍。這是一個父親對兒子最苛刻的評價。行昭笑著朝行明搖搖頭，又招呼著她。「快翻花繩啊，阿嫵想看五子登科呢。」

五子登科，講的是竇燕山堂前教子，家庭和睦，五子皆及第的佳話。行昭在暗喻，賀琰訓子太過。

裡間的賀琰隱隱約約能聽到行昭的聲音，暗暗著惱，掩飾般的又吩咐行景背〈曹劌論戰〉，看到長子脹紅了一張臉，思緒卻飄到了夜裡收到的那張信箋上，應邑在厲聲責問他對萬姨娘究竟懷著怎樣的情懷，還說她一過門，他就等著給萬姨娘收屍吧！

應邑鬧脾氣很好哄，可萬姨娘他也捨不得放啊，畢竟陪了他這麼多年，又機靈人又媚，最重要的是說話句句能抓到人心尖兒上。

應邑最近逼得愈來愈緊，昨日她竟然還親自跑來臨安侯府，也怪方氏不會說話，竟然把萬姨娘也牽扯出來了。必須要想一個萬全之策，既能擺脫方氏，又能娶回應邑，還能保全住萬姨娘……

「夫大國，難測也，懼有伏焉。吾視其轍亂，望其旗靡，故逐之。」行景高聲背完，仰頭看賀琰，一臉期待。

行景背完見賀琰心不在焉，有些失落，倒是三爺笑著開口。「景哥兒這篇背得好，三叔賞你一尊玉如意。」

賀琰聽三爺的話，這才反應過來，正欲言，就看見行昭從竹簾子旁探了個頭來，笑嘻嘻地喚。「爹爹、三叔，祖母讓你們出去了，咱們一道去九里長亭！」

除夕家宴定在九里長亭裡辦，分兩桌，仗著在高處，隔著碧波湖就能賞到煙花，能對月飲酒，是個十分愜意的地方。大夫人早早就吩咐針線房趕工出了幾丈亮白的夾棉簾子，掛在亭子幾方擋風，又在各腳放了火盆，拿香櫞、佛手和木瓜薰了果香。

如今天色微落，夕陽墜在了兩山溝壑之間。一行人簇擁著太夫人往長亭走，拐過彎，九里長亭就像一個大的、美好的孔明燈出現在眾人面前。

「這都是嫂子的功勞！」二夫人挽著大夫人笑說。

行昭由行明牽著，十分高興地看著波光粼粼之間的長亭，長亭裡透著黃澄澄的光，顯得溫暖且親切——就像大夫人一樣。

大夫人不好意思地低頭，她不習慣成為眾人焦點，忙上前攙了太夫人，小聲說：「娘，您仔細腳下。」

「今年定在九里長亭辦，外面又下雪，萬一階上一個沒掃乾淨，娘摔著了可怎麼辦？妳光曉得搏出彩，卻沒想到娘的身體。」賀琰往下掃了眼大夫人，淡淡地說。心裡又想到了昨夜應邑言辭犀利的責難，全遷怒在了大夫人口不嚴的錯處上。

行昭看得真真的，也聽得真真的，目瞪口呆地看著神情淡漠的賀琰。令她不可思議的是，賀琰竟然還有臉對大夫人赫然發難？

「堂前教子，床前教妻。你媳婦一手一腳地操持這家宴，累得偏頭痛都快發了。你有什麼不曉得好好說，非要一開口就打死人。」太夫人回握了大夫人的手，看方氏低著頭想說不敢說的樣子，又思及昨兒個應邑言談，心裡越發對賀琰來氣，又礙著這麼大家人在，拉著大夫人的手往前走，又道：「要論孝順和厚道，我看老大媳婦是頂好的！」

賀琰面色一僵，他這麼些年沒受過太夫人的教訓，這下竟然為了方氏這個蠢婦訓他。

氣氛一下涼下來，論親疏遠近，三房是不好開口的，這個差事就落在了向來愛說話的二夫人身上。「大嫂是個孝順的，那老二媳婦孝不孝順呢？娘給評評！」

行明在後背杵了杵行昭，又一揚眸，示意行昭去賣個嬌，打圓場。行昭只做不知，太夫人在給賀琰提醒，又在給大夫人正名，她又不傻，哪裡願意主動地這麼插科打諢過去？

倒是大夫人聽了太夫人的話，鼻頭一酸，險些掉淚，心裡又怕賀琰失了顏面，抬頭笑著出聲應二夫人，又招呼眾人。「我們家的人哪一個不孝順？來來來，羊肉片切得薄薄的，火都升好了，過了點兒怕是就不嫩了！」

「謝嫂嫂賞飯吃——」二爺裝腔作勢地朝大夫人作了個揖。

三夫人輕撚了玉色鴛紋帕子，掩嘴笑。「二伯才是個不正經的，二嫂平日裡也不管管！」

二夫人念著黃夫人和三夫人交好，不由遷怒，有心晾晾她，又覷了覷太夫人神色，只好轉笑應和。「老祖宗果真是沒說錯，當著孩子們面，都是些潑猴！」

笑鬧中，好歹將那插曲掩過去了。家宴沒那麼多避諱，統共擺了兩桌。老爺夫人一桌，太夫人坐在圓桌正東向，左邊是賀琰，右邊是大夫人，正對著三夫人。小娘子和郎君另一桌，行明拉著行昭坐在行晴邊上，三個小郎君坐另一邊。

冷菜、拼盤、小食、蔬果幾大樣，湯鍋陸陸續續端上了桌。等太夫人端著酒杯，起了身時已經是十分高興的模樣。「冬去春歸一年時，燕子堂前築暖巢。咱們家明年會更好！」眾人都端著酒應和，家宴這才正式開始。

行昭是真高興，太夫人願意表明態度總是好的。

銅盆刻紋鍋子擺在正中，裡頭的清湯已經是煮得沸開了，上頭浮著紅的枸杞，碧的青蔥，還有黃的薑片兒。行昭笑得眉眼只剩了一條縫，心裡放鬆些，食慾就上來了，挾了一筷子羊肉片，非得要自個兒踮腳去燙，嚇得蓮蓉臉色都不好了。

還是行景解的圍，筷子伸得老長，將自己燙熟的肉挾在了行昭跟前的粉彩小碟裡。「妳可別折騰蓮蓉了，阿兄燙給妳吃。」

此舉惹得行明與行時伸著頭，直嚷著也要，行景只好挨個兒燙好，又額外給行晴與行昀也燙了一碟，還特別細心交代行晴。「羊肉才起來，燙。你們在湖廣多年，忘了黃豆醬什麼味兒沒？」煙霧迷濛中行晴紅著一張臉道了謝。

行昭邊吃，邊看得笑。什麼是君子，不是不苟言笑、處事冷漠才叫君子。行景雖不擅書，但品性端方，知禮護幼，心細溫和，這才叫有君子之風。

一頓飯從夕陽西下，吃到斗轉星移。頭桌上，三爺去敬賀琰，賀琰一口氣喝乾，大夫人斟酒去哄賀琰，他也喝，二爺一直纏著賀琰喝，倒把自己喝趴了，賀琰只紅了臉。太夫人瞧了眼更漏，便笑呵呵地吩咐人去打簾子，外頭天際處「噼哩啪啦」地響起幾聲。

一眾孩子連忙撒了筷子，跑到階前去瞧，深寶藍的天兒上熠熠生輝，正紅的、碧藍的、深黃的顏色，簇成了幾朵國色牡丹花，隔著月色下波光粼粼的湖面遙遙地看，真是十分好看，一朵接著一朵地滅，天際上卻始終有幾朵花兒在那兒。

行時前幾年還小，沒看過，這回頭一次看，看得拍手又叫又笑，把太夫人逗得樂，摟著幾個孩子笑。

就有小廝跑過來，直喚。「宮裡來賞了！」

這回輪到大夫人瞧更漏了，笑著去攙太夫人。「算算時候也差不多。」

臨安侯府這樣的人家，每年都能接到宮裡的賞，東西不貴重，表現的是天家看重賀家的一片心。

一行人就往二門去，二門前有個大院子，院子裡燈火輝煌，有一個內侍打扮的人立在最前頭，身後幾個人躬著身子正將幾抬楠木箱子放下來。那內侍見人來了，笑著先問太夫人和賀琰好。「咱家恭祝賀太夫人長命百歲，福壽安康，侯爺官運亨通！」

太夫人笑著讓人塞了個大紅封去，嘴裡說：「託貴人的福。」

賀琰笑問：「貴人這是還有幾家要走呢？」

那內侍搭著個拂塵，望了眼賀琰，笑應。「您這兒是頭一家！不僅聖上賜了賞，太后娘娘也賜了下來，得兩處賞，您是頭一位。」邊說著話兒又從袖裡拿了卷五彩繡九爪金龍踏雲紋布卷來，這東西闔府都熟，連忙都跪下了。行昭跪在最後頭，大過年下聖旨這是做什麼呢？邊想邊聽那內侍尖細的聲音說：「臨安侯賀琰嫡長女賀行昭接旨！」

行昭怔住，連忙往前小跑，又跪伏在地上。

「奉天誥命，皇帝制曰，臨安侯賀琰嫡長女賀氏，定京盂縣人，名門毓秀，幼承庭訓。年少且淑和，性方且柔嘉，封溫陽縣主。」

行昭愣在原地，前世有這一齣嗎？沒有吧！

來不及細想，謝過恩，那內侍又將那幾抬賀禮留下，道了個賀。「恭喜溫陽縣主得封！初五，可記得去慈和宮叩頭謝恩呢。」

這算是點明了是誰封的這名號，不是姨母封的，是顧太后。

行昭愣在冰涼的青磚地上沒回過神，太夫人卻回過神來了，招呼著人又去打賞內侍。

內侍一走，滿院子裡的人眉飛色舞起來，二夫人喜氣洋洋地向大夫人討酒喝，卻被太夫人喝住。「我們家出過皇后，出過太后，也出過縣主。沈住點氣，心裡念著皇恩浩蕩就好。」

太夫人此話一出，都靜默下去了。也是，大周朝的縣主既無封邑，又無賞地，除了每年能得一點俸祿，倒也沒什麼大用處，賀家還不缺個縣主來撐門面。

大夫人雖高興，也有些遺憾怎麼不將景哥兒的世子位也一道封了呢，好歹湊個雙喜臨門。這樣一想，便拉著二夫人與三夫人去攙太夫人，又往裡頭走。

行昭卻心亂如麻，忽而福至心靈，「蹭」地一下，起了身去瞧放在匣子上的清單，果然在上頭找到了一個前世沒有的東西——半邊刻明月流水紋路的白玉銅鏡，指名給大夫人的。

行昭一眼就看見了放在托盤裡的那半面銅鏡，這分明是對物，太后賜給大夫人的只是陰面。

行昭揚了揚手裡頭的那半面鏡子，高聲喚道：「母親也得了個怪東西！」

大夫人接過那半面鏡子，有些詫異地左右打量，口裡邊唸叨。「這東西……我怎麼像在哪裡見過……」

賀琰本是站在燈下與三爺說著話，餘光瞥到有一處反光，心頭莫名一顫，撇下三爺快步上前去，一把拿過大夫人手裡的鏡子，看清了，面色陡然垮了下來，這樣的半鏡他也有一個，是刻陽文的。他一個，應邑一個，是十六歲那年兩人分離時留作念想的，湊在一起才是個完整的太極狀圓鏡。

如今卻以太后的名義送過來，太后應當是知道了，太后將破鏡送來，是要破鏡重圓的意思？那皇上知道嗎？皇上的態度又是怎麼樣呢？指名給方氏，是為了警告他還是緊逼他？太后要插手了嗎？

賀琰的面色在大紅燈籠下，顯得青白一片，大夫人則莫名其妙地望著他。

行昭見賀琰反常，心落到了谷底，對半之物常常是有情之人一人一半，這個是陰面，那另一個就是陽面。陽面在哪裡？不難猜出陽面在賀琰那裡。那她能不能理解為，太后已經知道了應邑與賀琰的情事，並且表示贊同，而突然冊封自己為縣主，只是為了表示補償與安撫呢？

太夫人沈得住氣，大夫人一無所知，賀琰欲蓋彌彰，幾個關鍵人物都是一派風輕雲淡，故而大家無論對行昭獲封縣主，還是太后賜下莫名其妙的對鏡，都緘口不言，粉飾太平。

只有行昭的心中像有幾百隻老鼠齊撓一樣，直癢。

初一初二不出門，初三初四掃祖墳，一連幾天行昭都沒有逮到機會和太夫人獨處。到了初五，又要套上馬車進宮謝恩。闔家裡，太夫人是超品夫人，大夫人是一品誥命，賀三爺的遷令下來了，總算是升上了堂官五品，三夫人的誥命卻還沒來得及。故而這次去的，也就是太夫人與大夫人，再加個新出爐的溫陽縣主，賀行昭。

進宮謝恩是大事，皆是按品大裝，幾人一車。車上，大夫人顯得很高興，和太夫人天南海北地扯，太夫人笑著應和。

拐過順真門，就進皇城了，論你多大的勛貴、多高的官都要在這裡下車。

慈和宮的內侍便領著往裡走，太夫人笑著同他打招呼，又問了：「都有誰家的夫人到了？」內侍一一答了，不過來了兩、三家人。行昭心忖，賀家向來都是趕早不趕晚的。

進慈和宮次間候著，將進去，就有信中侯閔家的太夫人帶著幾個媳婦來打招呼。大周的丹書鐵券之家被廢得愈來愈少，到了這一朝，一隻手就能數過來，勛貴之間就更惺惺相惜了。

太夫人親親熱熱地和閔太夫人拉著手從養生飲食聊到兒女親事，閔太夫人邊拿眼瞧行昭邊拉著太夫人的手說：「可惜我們阿范比溫陽縣主大了近十歲，否則我一定來提親。」

縣主沒有特定服制，行昭穿著件銀紅雙福紋鑲錦竹孄邊高腰襦裙，髻上簪了朵品紅色的芍藥絹花，正脫了玫瑰紅灰鼠皮遞給宮人，只裝作沒聽到，微紅一張臉垂首望地。

太夫人謙遜地搖搖頭，先大讚了閔大奶奶的德行言工，又說：「除夕夜裡領到聖旨，又驚又喜，難得太后喜歡我們家娘子，又感懷皇后照拂，到底是嫡親姨母。」賀家一直以謙遜溫和的姿態出現在眾人面前，受封個縣主雖然沒什麼大不了，卻將一向低調的賀家以一種奇怪的方式推到了高處，太夫人必須找一個合情合理的理由解釋。

行昭在旁靜靜聽，這些女眷話裡的機鋒試探，永遠不會少。

這頭說著話，人也都陸陸續續地來齊了，就有女官高聲呼道：「太后娘娘到！」

眾人便各家各處地跪在地上，磕了三個頭，便齊齊說道：「願太后娘娘萬福金安，壽與天齊！」

不多時，就有一個五十來歲，面長眉挑，中等身材，看起來比太夫人年輕很多的婦人走了出來，身後跟著穿大紅花樣什樣錦紋飾的應邑長公主。

「都平身吧！」顧太后出身不高，從采女爬到太后，宮中沈浮幾十年，養成了無論何時說話都帶了幾分含蓄和低沈的習慣，待眾人都起來了，又讓宮女賜坐上茶。

行昭端手半坐在小杌上，垂首環了內堂一圈，前世她沒有封號，輪不上她來。如今看來應邑在太后跟前真的很得寵啊，太后坐在上首，應邑就端了個錦墩坐在太后腳前，太后詢問到哪家，只有應邑敢出言調笑幾聲。

「臨安侯夫人和侯爺可喜歡那幾件年禮？」顧太后向前傾了傾身子，面容帶笑地越過太夫人，問大夫人。

行昭心頭一緊，面色慘白，這算是證實了自己的猜測，對鏡是顧太后賞下的，她現在已經知道了所有事。

大夫人一愣，才起身一福，面色微赧地答。「皇恩浩蕩，臣妾自然是十分喜歡的。侯爺……侯爺也很喜歡。」

顧太后滿意地點點頭，看了眼身邊的應邑，又將眼落在了穿著一身紅的行昭身上，揚了揚下頷。「這就是溫陽縣主？」

行昭心頭一嘆，腳上卻沒耽擱，連忙上前去，由太夫人出聲答話。「這就是臨安侯長女，賀行昭，現年八歲……」

太后擺擺手，直道：「讓她自己說。」

行昭結結實實地磕了三個頭，口裡說著吉祥話，又聽上頭這樣的話，心頭疑惑，還想讓她說什麼？說求求您太后行行好，管管您那不著調的女兒，還是說求求您不要給您女兒撐腰，助紂為虐趕走自家母親？

行昭跪在地上，眼神定在青磚上，半天沒開口。

大夫人急得在後頭揪帕子，鼓足氣開口。「她──」一個她字沒完，就聽見應邑巧笑一聲打斷。

「行昭是個十分乖巧的小娘子，拙言慎行，極似臨安侯。賀家家教十分好，母后瞧瞧前朝的賀皇后就知道了。」應邑話說完，又讓人將行昭扶起來，朝著行昭溫聲溫氣地說：「可是太后娘娘親封妳為溫陽縣主，還不謝過太后。」

行昭抿了抿唇，心頭直冒火，應邑這手套近乎玩得不錯，她當行昭果真是七、八歲的孩童，對太夫人選擇曲意奉承，對賀琰選擇威逼利誘，對行昭則選擇誘哄收買，妄圖各個擊破。皇家裡長大的她似乎卻忘了，不是每一個人都會在利益和親緣之間，選擇利益。

「行昭感懷天恩，珍而重之，卻無以為報。」好歹開了口，行昭說完垂了眸子，語氣乾澀地說。

太夫人一直面色含笑，卻沒有眼尖的人發現，她緊緊攥成拳頭的手陡然鬆了下來。

顧太后覷了眼殿下的小娘子，垂著頭也能看見眉眼像極了賀琰。恍惚間，又想起了除夕家宴後，一向疼愛的小女兒跪在她前面，一把淚、一聲哭嚎地求她——「阿緩喜歡了賀琰半輩子，好容易有了點盼望。娘若阻攔，女兒轉了頭就去投護城河！」她在震驚之後，心裡竟然生不出反對來。她只是一個破落官家的庶出女兒，捨棄了多少，沾了多少血才爬上了這個位置，她已經記不清了。女兒不一樣，女兒生來就是金枝玉葉、萬千寵愛，應邑不需要捨棄什麼來成全，自己委曲求全了一輩子，她的女兒不能這樣……

顧太后壓了壓舌。方家又怎麼樣，方家還能和天家爭出個一二不成？氣受了就受了，給我往肚子裡嚥，那些勛貴世家仗著祖宗耀武揚威得也夠了！

「好了好了，小娘子臉皮薄。這一身紅衣穿得，跟應邑站在一起像母女似的。」顧太后定了心神，笑呵呵地擺擺手，示意行昭坐回去，又轉頭和閔太夫人唸叨。「你們家阿柔哪天也帶進宮瞧瞧，我記得她是仲春生的，開年就滿十一歲了吧？」

行昭低眉順目地退回去，極盡可能地想忘掉最後那句話。坐在杌凳上，不禁心下苦笑。受盡了苦難，還改不了性子，明明一句好聽話就能掩過去的事，還非得要硬扛著，位卑言輕，這樣的反抗，又有誰看呢？

殿裡的聲音像是被鐘罩罩住似的，「嗡嗡嗡」的響在耳邊，坐了像是有一刻鐘，又像是幾個時辰，總算是聽見顧太后沈著的聲音。

「都去未央宮吧，皇后怕是等了很久了。」

眾人才又磕頭叩地，由內侍領著往西邊去。

進了未央宮正殿，方皇后已經坐在了上首，著明黃鳳吟九天紋，頭戴九翅翟冠，眉間點一枚朱砂，和大夫人一樣是圓圓的臉，卻沒笑，背挺得直直的，很是端莊的模樣。

下首花團錦簇地坐著四、五個打扮富麗的女子，都是後宮裡排得上的妃嬪。

行昭一進去，一眼看到了方皇后，嘴角便止不住地揚，方皇后待她如親母待女。奉詩書，教禮儀，訓道義，都是親力親為，自母親去後，說她是由方皇后養大的也不為過。

按捺住澎湃，隨著眾人叩頭行禮，口裡說福氣吉祥話，都是一套的禮數，差不離。皇后說了平身，眾人又向幾個內命婦見禮，方皇后挨個兒介紹。「陳德妃與陸淑妃都是常見的，惠妃和王嬪則是才拿到寶冊、寶印的。」

行昭抬眼看了眼王嬪，二十七、八歲，身形小巧，受了眾人的禮接著還頷首還一半回去，十分恭謹柔順的樣子。她也是未來的王太后，誰也沒想到是她生下的二皇子周恪榮登大寶。

方皇后比大夫人像將門虎女，說話言簡意賅，坐這麼幾個時辰都不會靠在椅背上。不會像顧太后那樣和人嘮叨家常接下話，場面常常會僵下來，每到這時應邑就斜靠在楠木後椅背上撇撇嘴，吹一吹染得血紅的指甲。

好容易更漏打了午晌，方皇后便揚揚手，留了幾家賞飯，其餘的都叩安告辭。告辭的人家，大都在心頭長長吁口氣，這宮裡頭行差踏錯一步，都不曉得明兒個還能不能見著太陽。臨了踏過門檻要走了，卻又不由羨慕起能被留飯的幾家，瞥眼看看，心裡頭又安慰自個兒，留下的不外乎是幾位長公主，連上賀家、黎家，誰叫人家沾著親帶著故呢！

說是賞飯，又有誰敢真吃飽？行昭現今是吃什麼都味同嚼蠟，心裡頭在默唸阿彌陀佛，只求吃完這頓飯就趕緊散了。

好容易用完飯，幾位長公主提裾告辭，說是要往康和宮去看各自母妃。

方皇后哪會不應，吩咐蔣女官拿出幾個匣子來。「從西北送來的藥材，有鹿茸有人參，八娘才生了頭胎，記得給她捎分兒。」又讓蔣女官送出去。方皇后待這幾個小姑子是極好的，彰德帝登基時，幾個庶妹都還小。說人家、辦嫁妝、操辦婚事，都是方皇后作的主，顧太后只推脫沒有精神來管。

前頭剛走，這頭，應邑就叉著一塊蜜瓜也不吃，放在自個兒跟前的粉彩小碟裡玩，揚眸戲謔道：「方家是西北的土皇帝，財大氣粗，什麼搞不來？也難為嫂嫂了，既沒生養過，又沒懷過，還知道這些東西對坐月子好。」

外命婦皆屏氣凝神，大周百年，皇后無子的多了去了，只是敢當著面兒指摘的，應邑還算是第一人，她敢說，並不代表外人敢聽。

方皇后置若罔聞，轉頭又同黎老太君打招呼。「前些日子聽聞您腰和腿不太好？如今可好些了？本宮記得黎家是住在外郊的雙慶胡同，本宮也不多留了，天晚了路就難走了。」

黎家如釋重負，穿著絳色仙鶴紋超品服制的黎太夫人六十多歲了，顫顫巍巍地站起身，聲音有些抖。「老身感懷皇后娘娘好意。」黎夫人攙著黎老太君轉頭向應邑行禮，又和賀太夫人見了禮，這才告辭歸去。

偌大的正殿，只餘了方皇后、應邑、中寧長公主與賀家。方皇后這才伸了伸背，眼神定在應邑身上，語聲冷冽。「皇帝這兩個字是可以隨便說的嗎？普天之下，莫非王土；率土之濱，莫非王臣。妳是皇家的公主，更需謹言慎行，那番話妳將皇帝置於何地，本宮置於何地？」

大快人心！行昭腦中只浮出了這四個字。

行昭低垂了頭，伸手去拿案上的茶盅，正埋首小啜，突如其來「砰」地一聲——是應邑一氣之下將蜜瓜砸在了碟兒上，行昭手一抖，茶水便灑了幾滴在衣襟上。

方皇后瞧了眼行昭，先吩咐人。「帶溫陽縣主去裡頭更衣。小九的衣服，阿嫵也能穿。」

待宮人牽著行昭進了內閣，方皇后餘光裡瞥了瞥低眉順目的中寧長公主。「應邑不曉得長進，中寧妳這個長姊就該管起來。本宮說話重，應邑心裡不舒坦了。妳心疼，太后更心疼。」

中寧長公主一聽臉色都白了，她是什麼出身，她母妃原先只是顧太后身邊兒的宮人，如今嫁的也不過是個閒散勛貴，靠自己的食邑過。只要方皇后和應邑有了齟齬，顧太后捨不得責備應邑，方皇后作風又硬，第一個被收拾的就是她。

見應邑「蹭」一下就要起身，中寧長公主趕緊撲過去按住，使著眼色安撫。「妳不是和臨安侯夫人一見如故嗎？何不邀了賀夫人去明珠樓喝茶呢？」

應邑一聽，頓了一頓，轉了笑，起身草草福了福，當作賠禮。「原是我渾說，嫂嫂莫惱。」又笑盈盈地嫋嫋走過來拉大夫人，語中帶嬌地說：「臨安侯夫人可樂意和阿緩去吃茶？明珠樓是我以前的住處，種著各樣花花草草，瞧著可好看了。」

太夫人從今日入宮起，就沒將手裡的佛珠放下，聽應邑這樣說，不由攔道：「外命婦哪裡敢在宮闈裡亂竄？長公主是一番好意……」

「這是我與大夫人之間的事，太夫人就安心在皇后娘娘這裡吃茶吧，宮門下鑰之前，應邑定將大夫人全須全尾地送回來。」應邑擺擺手，打斷了太夫人的話。

太夫人停下了轉佛珠的手，望著皇后。

大夫人左右為難，她倒是對應邑的印象極好，可又不敢違背太夫人的意願。

「應邑邀妳，妳就去吧。入宮不准帶侍婢，就讓蔣明英陪著妳。」方皇后一錘定音。

話音一落，應邑尖利的聲音就起來了——

「皇后娘娘！」

中寧在後頭拉了拉應邑的衣角，示意她見好就收，應邑撇撇嘴，有蔣明英這個狗奴才在，說什麼都不方便——可總比什麼也說不成好。

蔣明英是皇后身邊第一得力人，皇后不曉得應邑與大夫人之間的糾葛，但也心有靈犀一樣地將蔣明英放在妹妹身邊。

應邑挽著大夫人就往外頭走，邊興高采烈地吩咐中寧。「二姊好好陪著皇后娘娘，正好妳們四個人可以打葉子牌！」

行昭在內閣裡換上了九公主的襦裙，青綠鑲斕邊上襦交領，下幅綜裙，又重新梳了雙螺髻。一出來卻發現大夫人不見了，心頭一緊，連聲問：「母親呢?!」

皇后笑答。「應邑請她吃茶去了。」又招手喚。「快過來，到姨母這處來。」

行昭趕緊轉了身就小跑去追，想去跟上大夫人。中寧探身將小碎步往外趕的行昭伸手一把攬住，箍在自個兒懷裡，笑著對太夫人說：「這樣大的小娘子乖得跟小貓兒、小狗兒似的，追著都要去呢。」

行昭被按在那人懷裡，死命地將她手往外推，卻推不動，脹紅了一張臉，眼眶裡淚打著旋兒。來者不善，沒有人比她更清楚應邑的來意。不，也許是有的，比如死死攔著她的中寧。

方皇后見了，眼底閃過一絲不悅。「中寧，這是個什麼比喻！」又讓宮人去牽，溫聲安撫。「妳娘過會兒便回來了，她們估摸著都走遠了，妳去尋也尋不到。姨母曉得妳要來，讓人做了金絲酥，妳嚐嚐好吃不好吃？」

太夫人親從中寧懷中抱出小孫女，行昭感到自個兒的背被輕輕拍了一下，聽到太夫人附耳輕語。「蔣尚儀跟著的，她是個極精明的人。」一矇矓中瞥見太夫人一臉篤定的神情，嗆了兩聲忍住哭。太夫人見小孫女平靜下來，笑著將她交給那宮人，同皇后說：「從小就黏人，中寧長公主的說法也不算錯。」

方皇后將行昭抱在懷裡，輕聲撫慰。「喝不喝乳酪？」、「要不讓小內監來說笑話？」、「要是妳娘沒回來，姨母就去幫妳尋，可好？」

行昭心神不寧地一一答，前世相處十幾年，她從骨子裡對方皇后的不陌生，讓皇后喜出望外，直喚著行昭與她有緣分。

皇城近七十公頃，前朝後寢，應邑的閨房明珠樓在太液池東北角，離乾清宮近，離慈和宮也近，和行昭的懷善苑有異曲同工之妙。

應邑和大夫人走在歸園裡，隨侍的宮人跟在後頭，小斑紋石鋪成一條曲徑通幽的石板路，路旁的積雪能沒過腳背，邊有長得蔥蘢的小矮灌木，也有三人高的柏樹，枝葉繁茂，有幾束都伸出頭來打在了石板路上，瞧得出來這裡是宮人們不常來的。

大夫人提了提裙裾，好容易避開了一灘將化未化的雪水，見應邑走在前頭，連聲喚。「長公主且慢一點，這路可一點不好走呢。」

應邑懶懶側了身，遙遙看著丹屏正纏著蔣明英不往裡頭走近，放下心來，素手遙指，讓大夫人看。「妳看那裡。」

大夫人順著指尖望去，什麼也沒望到，帶著驚詫問：「長公主指的是？」

應邑如同恍然大悟一笑，緩緩說：「原是我糊塗，別人又怎麼能看得見呢？」見大夫人神色更茫然，好心解釋。「少時，我總和一個人偷摸著跑到這個林徑裡，坐在樹下這樣往西望，夕陽餘暉，總感覺這就是世間最美的景色了。」

大夫人一笑，回道：「或許現在是被雪遮住了好景。」

「不，不是。」應邑正色道：「是因為身邊陪著的那個人。那個人在身邊就覺得哪裡都是一幅好畫。」

大夫人愣住了，遲疑問：「是衛國公世子？」

應邑嗤笑一聲，眼神往下看，帶著輕蔑否定。「他？他就是個懦夫和小人。」似乎是玩鬧夠了，貓兒露出了利爪，應邑笑著拉過大夫人，一下一下地拍在大夫人的手背上，壓低了聲音，吃吃笑說：「那個人，是臨安侯。」

如同天雷轟頂，大夫人木在原處，瞠目結舌。

應邑笑得愈見明媚，似乎很樂意看到這個樣子的大夫人，又呆又蠢，紅唇湊近了大夫人耳邊，繼續說：「那個明月紋半鏡就是我的，另一半在賀琰那裡，湊攏一起才是花好月圓呢。」

大夫人瞪圓了眼睛，突然想起除夕那晚，賀琰拿著那柄半鏡魂不守舍的模樣，嚇得往後踉蹌退了兩步，強扯出笑。「年……年少輕狂……誰沒有過呢？現在你們兩個都成家立室了……」話沒說完，突然想起什麼，連忙捂住嘴巴，應邑才死了丈夫！

應邑輕按了按鬢間指甲蓋大小的紅寶石，笑哼一聲，卻帶了戾氣。「這都是上天安排，否則怎麼會一個才脫了身，一個就上趕著來求娶了呢？」

大夫人愕然，不可置信地搖頭。「侯爺怎麼可能娶妳！怎麼可能……」到最後已經是哭吼了，捂著嘴邊拿帕子擦乾，似是在說服自己，囁嚅著。「妳在騙我……就算你們互有……妳是公主，也不可能嫁進來當妾室……」

應邑噗哧一笑，樂不可支地挽過大夫人，壓低聲線，帶了幾分誘惑。「妳不信？那就去問賀琰啊！嫁娶嫁娶，自然是鳳冠霞帔，十里紅妝。」

第十一章

大夫人在雪中急急喘粗氣，她的思緒已經跟不上應邑的話了，腦海中像有一團漿糊把所有的東西都黏在了一起，使勁拉扯，卻還是分不開。這種感覺就像聽不見、看不到、說不出話。她不想相信，但是直覺又是信的。機械地轉過頭，看著應邑紅唇如火，嚇得驚聲尖叫。

「妳胡說！我不信！我是臨安侯夫人！妳怎麼可能嫁得進來——」

應邑伸手就將大夫人的嘴死死捂住，最後幾個字在吞嚥與艱難中破碎地喚出。尖利的聲音把後頭的蔣明英一驚，甩開了丹屏的手就往前走。

應邑冷笑，湊耳輕言。「所以妳最好識趣一點，趕緊給我騰出位置來，要嘛選擇和離，要嘛選擇被休。」輕輕一頓，應邑轉頭看了看，蔣明英往前愈走愈近，更加輕地耳語。「要嘛選擇，死。賀琰早就希望妳死了，妳不知道吧？同床這麼多年的丈夫，竟然一直想讓妳死。」

大夫人渾身顫著如抖篩，見蔣明英來了，手虛空地往前抓了兩把，沒抓住，順著應邑的身子往下癱。

蔣明英快跑兩步，上前扶住，連聲問：「臨安侯夫人怎麼了?!」

應邑退了幾步，垂首站在一旁，十分無辜道：「本宮也不知道。說著說著話，臨安侯夫人就叫起來，估摸著是犯了癔症，倒把本宮嚇了一大跳呢。」

大夫人總算是找到了一個支柱，扯著蔣明英的衣襟，渾身發顫，哭說：「應邑長公主說渾話，她……」

「臨安侯夫人仔細閃了舌頭，瞧瞧這是個什麼地方，給您的兒子和女兒留點顏面吧！」應邑升高語調，毫不留情打斷。她不怕她與賀琰的事情流傳出去，她已經捨棄了顏面，豁出性命也不在乎。但現在不是時候，賀琰不會容許這件事情鬧得沸沸揚揚，賀琰不高興，她也不會高興。

蔣明英屈身扶住大夫人，沒有理會應邑，沈穩地問：「大夫人，您不急，細細說。您情緒不穩定，要不先回鳳儀殿？」

應邑倨傲地一揚下頷。「蔣尚儀好大的口氣，犯了癔症的外命婦也敢帶到皇后娘娘跟前，驚了鳳駕妳擔當得起嗎？」又笑著轉向大夫人。「要不先送大夫人出宮，臨安侯在旁邊鎮一鎮，大夫人或許就能好。」

犯癔症，常常是說人失了魂。

大夫人一聽臨安侯，心頭一顫，猛地揪在蔣明英的手臂上，哭得喘不過氣來，心頭只有一個念頭，她要去找賀琰，找他問個清楚，現在！馬上！

「我要問清楚！我不信！」大夫人神色迷惘地起了身，細聲哭著踉蹌往外走，邊走邊唸，腳一深一淺地踩在地上，能聽見枯枝「嚓嚓」的響聲。

蔣明英做了半輩子女官，這樣的女人，她在冷宮裡見多了，心頭一涼，這回的當差出了岔子！兩步追上去，扶住大夫人，邊輕聲哄，邊領著她往鳳儀殿去。

應邑輕撚裙裾，踮起腳揚聲道：「錯了！那條路是走鳳儀殿，東邊才是出宮門回去的路！」說完，便十分得意地瞧著前面形同瘋癲的女人，喜上眉梢，越發覺得中寧說得沒有錯，賀家門裡大夫人是最容易對付的，往前自個兒想法兒討好太夫人，逼緊賀琰，還不如讓方氏自亂陣腳。方皇后是個性子強的，誰知道妹妹是個這麼蠢的！

大夫人一聽，死活不往那頭去，任憑蔣明英好勸歹勸，大夫人哭得一張臉花成一片，嘴裡還在直唸：「先回去！」

蔣明英想問緣由，大夫人就反覆只有這麼一句話，逼急了就只哭不說話，扯著她的衣角不往鳳儀殿走。蔣明英沒有辦法，實在不放心，見大夫人哭得著實傷心，聞者都紅了眼眶地勸。「您是皇后娘娘的妹妹，有什麼不能先和皇后娘娘說呢？」

歸園是個僻靜的地方，蔣明英帶的都是親信，守在四角。

大夫人垂著頭嗚嗚地哭，抽泣半天才斷斷續續說出一句話。「事情還沒有水落石出……冒冒失失地說，會傷了賀家和侯爺的顏面……總要先問個清楚！」到這個時候了，大夫人心裡還念著賀琰。

蔣明英心頭有了輪廓，見大夫人實在意志堅決，只好妥協叫人備車，又親自把大夫人送到皇城口，安撫著，不過是「……馬上回鳳儀殿，賀太夫人回去了什麼都好辦了」、「您路上注意安全，千萬別氣糊塗了」、「萬事還有皇后娘娘呢」，幾句話翻來覆去地說，大夫人只邊哭邊點頭。

先送走大夫人，蔣明英加快腳程回了鳳儀殿。將撩簾子，就聽到應邑的聲音——

「……臨安侯夫人大約是癔症犯了，半途裡蔣尚儀就將大夫人送回去了。」

蔣明英心頭憋氣，低眉順目地走進殿裡先見禮。皇后沈聲說了平身，緊接著就問：「臨安侯夫人到底怎麼了？」

「賀夫人半路哭起來說應邑長公主說渾話，應邑長公主讓賀夫人想想溫陽縣主與賀大郎君，應邑長公主便說大夫人是失了魂了。」蔣明英聲線平穩道，說完往太夫人處行了禮。「而後賀夫人身子不適，讓奴才給皇后娘娘問個安，給太夫人告個惱，就先回去了。」

應邑吹著指甲，置若罔聞地喝了口茶。

行昭感到自己的指甲都要嵌進了肉裡。犯癔症！母親哪裡來的癔症！千防萬防，還是百密一疏，應邑先出言刺激，再安一個惡疾在母親身上，真是鋪墊得好啊。咬緊牙關，恨不得騎上千里駒去追！

太夫人愈到危急愈沈穩，起了身和方皇后告個惱。「老身實在放心不下大兒媳婦，今兒個怕是要擾了皇后娘娘興致了。」

方皇后聽得雲裡霧裡，直覺是應邑出言挑釁了妹妹，自家妹妹從小性子和軟，遇事只知道躲。聽賀太夫人告辭，連忙抬手應允。「本宮謝您還來不及！您多擔待些。」又吩咐人去送，臨出門給賀太夫人裝了幾匣子東西。

行昭吁了口長氣，強迫自己平靜下來，福身謝過後，便攙著太夫人往外走。

祖孫兩個在馬車上靜默不言，行昭腦中轉得極快，大夫人若是受不了刺激，那麼就應該請來太醫，而不是急急忙忙地回去。都沒向嫡親的姊姊辭行，以大夫人的性子做不出來，應邑極有可能將事同大夫人說了，卻將謎題和矛盾拋給了賀琰，這才讓大夫人趕緊回府，半刻也等不得。

太夫人瞇著眼，手裡卻極快地轉著佛珠，一睜眼，撩開簾子問跟在外頭的張嬤嬤。「今兒個侯爺在家沒有？」

張嬤嬤想了想說：「門子上說侯爺今兒個晌午有客，現在客人應該走了。」

太夫人點頭，揚聲吩咐，把馬車趕快一點。

進了九井胡同口，太夫人這才和行昭說了一句話。「我原以為應邑沒有這樣大的膽子和這麼厚的臉皮，是老婆子判斷失誤了。」這是在向行昭解釋，她沒有盡力阻撓應邑將大夫人帶出去。

行昭一聽，鼻頭一酸，卻勉力穩住心神，重重搖搖頭。「盡人事，聽天命。長公主來勢洶洶，志在必得，行昭雖怕，卻仍舊願意奮力一擊。」

太夫人面容未動，手裡卻更快地轉動佛珠了。

一下車，兩人便直奔正院，正院無人，守著的婢子回說：「大夫人去別山找侯爺了。」

太夫人半個身子斜在張嬤嬤身上，帶著行昭又往別山趕，太夫人並未覺得帶著孫女攙和到長輩間有無不妥，就衝著行昭在馬車上的那句話，也該帶著，心頭希冀著賀琰能不幹蠢事、不說蠢話。

將進院子，白總管就把太夫人攔住了。「侯爺和大夫人在裡頭說話……」

「侯爺交代不許我進去？」太夫人練了一輩子的涵養功夫，如今已經臨到了爆發點。

白總管極擅審時度勢，連忙賠笑，打哈哈。「哪裡哪裡。您和四姑娘先去次間用茶，奴才去請侯爺和大夫人出來見您，可好？」又彎下腰來哄行昭。「暖閣有玫瑰羹，還有霜糖糍，您最喜歡甜食了……」

行昭往太夫人身旁靠了靠，抿抿嘴，耷拉了眼沒理他。

「那就煩勞白總管了。」太夫人雖在笑，卻明顯帶了催促和命令。

白總管正親要領路，太夫人手一揮吩咐道：「找個小丫頭帶路就行了，你去請侯爺。」

白總管又福了福，轉身往書房走，心頭暗暗叫苦，心腹心腹，拿到好處的是心腹，被推到刀刃前面擋著的也是心腹。

半個時辰前，大夫人拿袖掩面，一路哭著要找侯爺，一見到侯爺便直哭嚷。侯爺吩咐他在外頭守著，誰也不許進，要是太夫人來了，攔得住就攔，攔不住就來通稟。他隔著門，隱隱約約間聽到幾個詞兒「臨安侯夫人」、「和離」，不由膽戰心驚地趕緊甩手往外走，心裡只盼著侯爺能將大夫人安撫住，以免東窗事發。是的，東窗事發，賀琰這些日子的神出鬼沒，他全都知道，明明是拐進了一個蓬門青巷，卻吩咐他在日程記錄上寫上公事繁重。

他不敢問，前後一聯繫，其實不難猜。男人養個把外室，有什麼了不得？何況侯爺權勢烜赫，身邊有女人湊上來也屬正常。只是連侯爺也不敢納進府，又惹得大夫人哭哭啼啼地來問，想那個女人的身分是實在上不得檯面，歌姬？伶人？難不成不是女人，是個美貌的小倌？

白總管被自己的猜測嚇一大跳，趕緊搖搖頭，把思緒甩出腦外，快步拐過抱廈，先將耳朵附在澄心窗紙上聽，裡頭已經沒了女人的哭叫，心頓時放下了一半，曲指叩了叩黃木隔板，揚聲道：「侯爺，夫人，太夫人與四姑娘來了。」

「吱呀」一聲，門開了，賀琰先出來，大夫人在後頭磨磨蹭蹭幾下才出來。

「四姑娘怎麼也來了？」賀琰出人意料地先開口問行昭。

白總管一哽，賀琰一眼就能抓到重點，他還沒來得及想太夫人怎麼把四姑娘也帶過來了，想了想正要開口回，卻被賀琰揚手止住，又聽賀琰向大夫人說：「咱們走吧，妳看妳讓娘多擔心。」

大夫人臉也紅，眼也紅，偷覷了眼賀琰，見他不是真生氣，放心大膽起來，跟著小步緊追上賀琰。

勤寸院是歷代臨安侯的書房，堂裡擺著的都是莊重肅嚴的擺設，行昭半坐在黑漆八仙靠椅上，聽外頭有窸窸窣窣的緞面摩挲聲音，她人小，腳挨不到地，只能往下一跳，便趕迎出去。

率先映入眼簾的是溫笑的賀琰，而後跟著的是垂眸含笑，面有羞赧的大夫人。

行昭頓時目瞪口呆，如同看到了天橋下耍把式的手藝人——大夫人被應邑出言刺激得連辭行都沒來得及，怎麼這一下被賀琰一哄，就像雨後初霽了，笑開花兒了呢?!

賀琰見小娘子瞪圓了眼的模樣，不由好笑，伸手去拍行昭的肩膀，行昭下意識地往後一躲。賀琰手拍了個空，愣了愣，便笑著轉臉吩咐白總管。「帶四姑娘去裡間。」

行昭自然不樂意，仗著年幼「蹬蹬」跑過去抱住大夫人，嘴裡直說：「我不去！我要在母親跟前！」

大夫人正蹲下身想哄，就聽見暖閣裡頭太夫人的聲音。「讓阿嫵也進來。」

賀琰無奈，只好讓大夫人牽著行昭，單手撩開簾子，便看見了瞇著眼、神色肅穆的太夫人，撩袍行了禮。「母親，今日入宮還算妥當？」

「本來是很妥當的。」太夫人邊說邊睜眼，這才看到神色如常的賀琰和情緒穩定的大夫人，中途改了原本想說的話。「妳怎麼先回來了？皇后娘娘和阿嫵擔心得很。」

「媳婦……」大夫人猶豫著拿眼去看賀琰。

賀琰從善如流地接過話頭。「應邑長公主不會說話，加上阿福有些胸悶。您說怪不怪，一回來身子就舒坦了。皇后娘娘寬和，做臣子卻不能恃寵而驕，是要找個日子去道個惱。」

太夫人手一停，順勢便將佛珠套在手上，半晌沒說話。到底該不該打破砂鍋問到底，如今看來賀琰明顯不僅沒有做蠢事，還將方氏哄得極好，一派太平景色。罷了罷了，不癡不聾不當家翁。兩個小輩願意將這件事這樣過了，那就這樣過了吧。應邑再說什麼，只要賀琰不願意配合，終究掀不起大風浪。

「那我就放心了。」太夫人笑著起了身，又說：「走走，今兒個晚上我去正院用飯。」邊招手喚過行昭，往外走，走到了門框邊上，太夫人身形頓了一頓，收斂了笑，帶著戲謔地說了句。「可見應邑長公主也是個不會說話的，癔症兩個字也是能隨口亂說的嗎？」

賀琰臉色一變，一瞬之間又笑得溫和。「是嗎？今個兒子陪著母親用飯，阿福去年釀的梅香老窖挖出去了，咱們一家人喝幾盅祛寒。」

一行人又往正院去，太夫人一天奔波，身子有些受不住，用上了肩撵，身上裹著白羊絨氈毯，半眯了眼，面色平和。行昭卻知道這是風雨欲來，滿含擔憂地望了眼興高采烈跟在賀琰後頭的大夫人。

用完飯，太夫人將賀琰留在了書齋裡，又將臨走時方皇后給的匣子交給大夫人，讓她挨個兒對冊入庫。行昭心頭明白得很，這是太夫人支開旁人，只連聲喚著要同母親一起去對冊。太夫人也樂呵呵地應了，臨了還交代。「不許看晚了，睡前喝碗薑茶。」

正堂裡點著松脂燈油，暈暈冉冉間，清香熏得人陶陶然。大夫人立在妝檯前，對冊子對得認真極了，手裡頭拿著一支兩個巴掌長，已經成了形的九鬚人參，嘴裡唸著。「西北老林是出好東西。」

行昭坐在炕上看書，有些失語，轉了轉眼珠，嫩嫩出聲。「您身子可好些了嗎？」

「好多了……」大夫人一愣，笑著答，而後便不說話了。

行昭問不出什麼，向黃嬤嬤使了個眼色，便笑著招呼丫頭們往裡間兒走。「月巧姊姊、月芳姊姊來教教我繡雲紋吧！昨兒個拿青綠配銀白，可真是難看。」

大夫人邊對冊子邊笑著搖搖頭，直同黃嬤嬤說：「這麼皮的娘子，怎麼就入了太后眼了呢。」

行昭兩步三步走進了隔間裡，歡歡喜喜地和丫頭們商量著配色針法，心裡頭卻憂心著黃嬤嬤能不能套出話來，想了想，黃嬤嬤是大夫人身邊自小陪到大的丫鬟，自家小娘子在正院做活兒，屋裡那口子在管著大夫人的陪嫁，大夫人什麼都願意和她說，總算是放下心來。

這廂黃嬤嬤哪裡不懂行昭的眼色，只待幾個丫頭進了裡間，便給大夫人斟了盞茶，順話接下去。「瞧夫人說的，四姑娘的好，您看得見別人也能看見。」頓了頓，笑說：「勤寸院守衛最嚴，尋常不敢往那處走，今兒個四姑娘倒被侯爺容許進院子了，這怕是臨安侯府這麼些年頭一遭吧。」

大夫人聽到勤寸院，愣了一愣，想說什麼又止了話頭。黃嬤嬤也不說話了，笑盈盈地束手侍立在旁。

「侯爺……唉……」大夫人終是忍不住，把匣子放遠了點，順勢坐在錦墩上，示意黃嬤嬤也坐，想了想，湊近黃嬤嬤耳邊小聲說：「應邑長公主，以前……以前和侯爺是一對兒。今兒個我進宮，她哄騙我自請下堂給她騰位置，還說侯爺也想這樣做。」

黃嬤嬤半坐在小杌上，一驚，腳下一軟差點沒撐住。驚天的秘密，叫一個奴婢知道了，四姑娘可是害慘了她了！

心知還有後文，黃嬤嬤憂心忡忡問：「長公主是騙您的吧?!」

大夫人抿嘴一笑，含蓄地半含了眸子，卻帶著十分得色。「是呢！侯爺坦白了年少輕狂時，他和應邑長公主確實是一對兒，可如今都成家立室了，情分早就淡了。是長公主耐不住寂寞，就來訛我，讓我千萬別上了當。」

黃嬤嬤心頭惴惴，眼神恍惚。

大夫人推了推她，又笑說：「妳也別怕，侯爺說了我當家這幾年只有功沒有過，又有景哥兒傍身，阿嫵還封了溫陽縣主，不說堅不可摧，可也是根基深厚啊。」話說到這兒，大夫人喝了口茶，帶著些隱密和狂喜地又壓低聲音說：「況且侯爺還說，他這輩子做不到一生一世一雙人，他對不住我。可攜手白頭，這個是下定決心的。」

大夫人說到後頭，語氣漸輕，十分不好意思的樣子，掩飾般拿起茶盞啜了口清茶。

黃嬤嬤方恍然大悟，面上笑著應和，卻不敢把心放下，大夫人在方家是被人捧在手心上的明珠，養成了和軟單純的個性，嫁進賀家來，又將一心撲在了賀琰身上，連她們做奴僕的都不敢完全相信自家那口子，更何況臨安侯賀琰待大夫人頂多是相敬如賓，敷衍面子情罷了。

女人的直覺告訴她，應邑長公主說的倒是十分有八分真，而賀琰突然拿這樣話來安撫大夫人……

「您且放寬心吧！」心下雖惶恐不安，黃嬤嬤卻還是笑著應和大夫人。

大夫人抿唇一笑，輕輕點點頭，彷彿帶著無盡歡喜。

戌時初，懷善苑已經備寢暖香了，行昭坐在妝檯前抹春凝膏，蓮玉輕手輕腳地進來說：「黃嬤嬤來了。」

行昭點點頭，算算時辰也差不多了。

蓮蓉親候在門口打簾，黃嬤嬤進來時，看到的是行昭穿著藍青眉織布裡衣，坐在妝檯前笑得溫和地招呼她過去，心下一緊，連忙低眉垂瞼，三步併兩步，恭謹地見了禮。行昭連忙伸手把她扶住，又喚來人搬上錦墩，上茶、上點心。

黃嬤嬤只挨著個邊，坐了繡墩的三成位子，十分恭謹的模樣。

行昭心裡有了個底，笑著招呼她。「黃嬤嬤喝茶。」接著直入主題。「母親睡了嗎？」

黃嬤嬤一窒，腦中飛轉，四姑娘年紀不大，卻行事沈穩又見機敏捷，最重要的是母女連心，四姑娘應該是這臨安侯府最和大夫人一條心的了。

「大夫人在宮裡受了驚嚇，回來見到侯爺後，大夫人心就落地了，現在點了安息香，已經睡下了。」黃嬤嬤頓了頓，又說：「我們侯爺不是個擅言辭的人，如今卻願意哄大夫人，夫人很是高興呢。」

黃嬤嬤絕口不提應邑的那段，而行昭關心的則是賀琰的說法，她的身分尷尬，小娘子打探長輩隱密，放在哪裡說都要臉紅。黃嬤嬤的說辭，可謂是機巧十足，大夫人的態度就間接表明了賀琰的態度，而用的那個字「哄」，就很耐人尋味了。哄騙哄騙，哄者，詭也，大約黃嬤嬤也覺得賀琰是哄騙多於真心。

還願意敷衍和隱瞞，都還算好的吧！

行昭笑道：「母親安心了，阿嫵也就安心了。」接著和黃嬤嬤天南海北扯開了，從年節擺著的大紅燈籠好不好看，到繡歸雁是用銀灰好還是用棕褐好，話到後頭，行昭小小地打了個呵欠，黃嬤嬤就見機告辭了。

行昭親將黃嬤嬤送出院口，轉身回院子的時候，蓮玉眼尖，向行昭指了指正院的東北角，行昭踮起腳一探，正院的書房亮著燈，走廊裡十步一隔還站著低首斂足的小丫鬟們。看來，太夫人存了好多的話要與賀琰說呢。

行昭一笑，轉身招呼人回屋。「咱們今天能睡個好覺了。」

行昭這邊是安穩了，而賀琰與太夫人之間卻陷入了僵局。

「那位主兒是個什麼性子，你不是不知道。前年衛國公世子側室診出有孕，愣是三、五個月就折騰沒了。自個兒沒有的，別人也別想得到。」太夫人雙手掌在太師椅上，沈吟道：「應邑就像個火藥罐，指不定哪天有個火星子，就能炸得我們賀家粉身碎骨。」

賀琰沒急著答話，啜了口茶，才抬了頭。將才太夫人問他前緣後因，他都一五一十答了。從年少時與應邑暗生情愫，到前月再續前緣，一一道來。

兒子與媳婦、賀家和方家，他深知太夫人的選擇，所以無所顧忌。招惹應邑非他初衷，年少之時對應邑確實也用了心、用了情。可到了如今，世事沈浮多變，再多的情誼也被算計和交易磨成了一地渣子。

「今日之事實屬突然，應邑好哄，守著一個承諾能活一輩子。」賀琰邊說，邊不在意地將杯盞擱在案上，輕聲一笑。「我們賀家因從龍發跡，烜赫到今天，定京城裡逛一趟，掌著實權的勛貴還有幾個？應邑雖是天潢貴胄，也不過一介女流，哪裡有這麼大的能力……」

「應邑沒有，方家卻有！」太夫人一挑眉，氣勢變得凌厲起來。「你信不信你前腳休了方氏，方祈後腳就能從西北來告御狀！你別忘了，皇上如今膝下三子，雖然沒有皇后的嫡子，可王嬪生的二皇子母族式微，四皇子無母又有足疾，生了六皇子的陸淑妃，娘家江北陸氏早投了方家，誰當皇帝，方皇后都是唯一的太后，方家都立於不敗之地！」

「只要方家不倒，方皇后就不會倒，方氏也還是臨安侯夫人。」賀琰笑了笑，整個人的氣質猶如暖春破冰，看太夫人神色不好，言語軟和地四兩撥千斤。「母親莫慌，方家這麼一個強援，兒不會傻到自毀長城的。應邑是顧太后的心肝，我們是外臣，內宮的事兒不好插言，可應邑不一樣，她說一句能頂旁人十句。外有方家為盟，內有應邑支撐，我們賀家會愈來愈好。」

太夫人心頭涼透了，女子的情意竟被賀琰當作縱橫朝堂的利器，他，竟比他老子還不如！至少老侯爺是真心喜愛崔氏。

賀琰將盤算一點一點地攤開，期待能看到母親的放心，卻不想太夫人半瞇了眼，一副不想再言的模樣，語氣更軟了。「母親您放心。應邑的個性，我自小便清楚，一撓一個準。她怕我不娶她，更怕我不理她。方氏還是臨安侯府的當家夫人，只要方家不垮，這點就不會變。就算是太后知道了又能怎樣？顧家是外戚，領的是個虛銜兒，說不上話。前朝樂安公主養面首，召入幕之賓，與官吏張昌之糾纏不清，遭御史彈劾後，張昌之沒事，因為他是股肱之臣，根基深，而樂安公主卻名聲掃地，懸梁自盡……」

話到一半戛然而止，是被太夫人緩緩抬起的手打斷的。

「你方方面面都算到了，就是沒算到你枕邊女人們的心意。」太夫人難得失態，瞇著眼，語氣難掩失望與痛心。「我一直以為你是冷情，這個不算錯處，詭辯與狡敏，也不算錯處，可沒想到我養了一個這麼卑鄙的兒子。我以前是怎麼教導你的？君子有所為有所不為，利用兩個女子成全自己，賀琰，我教過你要這樣的招數嗎？」

賀琰頓時啞口無言，他是看著太夫人空燈落寞到大的，可女人怎麼可能有成就一番事業來得更重要呢！

賀琰沒說話，太夫人卻什麼都能明白，苦笑著擺擺手，手撐在太師椅上起了身，口裡淡淡地說：「幸好景哥兒不像你，也不像老侯爺。」

賀琰臉上突如其來地火辣辣的疼，怔坐在原地，他錯了嗎？他喜歡應邑，卻更喜歡權力。他敬重方氏，卻更看重地位。他寵愛萬氏，前提是萬氏不要給他惹麻煩。有錯嗎？只有站得高，才不會被人砸下來。做臣子做到這個地步，到頂了，再上前就稱得上謀逆了。他只是希望賀家不要像「苗安之亂」那幾家勛貴一樣，在史冊上如同曇花一現，盛極必衰罷了。

太夫人早已離開，乘著肩輦，帶著對寄予厚望的兒子無限失望離開了。

燭火搖曳，蒙著窗欞的澄心堂紙上顯出一個剪影，是現任臨安侯賀琰在書房裡靜默，誰也不敢進去叨擾，自然也不會有誰能聽到賀琰在最後笑著，囁嚅了一句話——

「我本來就不是君子，名垂青史的，不也有小人嗎？」

第十二章

一連幾日，太夫人皆以身子不適為由，免了闔府上下的早晚定請，由兩個媳婦帶著幾個孫女交替在床前侍疾，其間賀琰與賀二爺下了朝，穿著官服就過來看，被張嬤嬤攔在院子口出言婉拒。

「兩位爺到底是御前行走的人，恐帶了病氣給聖上。老夫人左右不是大病，喝下幾帖藥就好了，盡孝也分時候，老夫人不在乎這一星半點兒。」

賀琰一聽，沒回話，只將張院判叫出來好好吩咐一番，便撩袍走人。

卻把賀二爺嚇得魂不守舍，惶恐不安地去向二夫人討主意。二夫人看得透，直入主題。「太夫人罵你向來不留情面，何時這樣委婉地讓張嬤嬤來訓話了？再說你能見聖上幾回面啊，八成你是遭火星子連帶燒了起來。」一句話說完，倒讓二夫人陷入深思，嘴裡小聲唸。「也不曉得侯爺是做了什麼惹得太夫人不高興。」

若是行昭在，定給二夫人獻上一盅茶，喝上一句彩。那日宮裡發生的事，是被瞞得緊緊的，二夫人僅憑張嬤嬤一番話就猜得八九不離十。

二爺放下心來，卻不認同二夫人的話，冷聲一哼就抬腳往妾室房裡走。「我好歹也是穿著官服天天要上朝的人。兒子生不出來，貶老子倒是挺在行。」話一出，頓時將二夫人氣得一佛升天，二佛出竅，第二天就叫來幾個妾室通房站在雪裡立規矩。

初春時節，乍暖還寒，破冰融雪的時候最涼，正院裡的火燒得旺旺的，小丫鬟時不時拿裹銅長夾，挾塊兒紅螺炭置入火籠裡。

大夫人盤腿坐在東窗的炕上，正對著帳冊，對到一半，再對不下去，索性把紫毫筆放在筆洗裡，湊過了身，憂心忡忡地同行昭唸叨。「都怪我不好，定是那日太夫人來回奔波受了寒。」

行昭沒立時言語，合攏了書頁，將《左傳》放在小案上，那日太夫人和賀琰說了什麼她不知道，但可以從這幾日太夫人的態度上，覷出個一二——那定是一場不歡而散的談話。

「您也別多想，太夫人雖一向身子骨健朗，可人食五穀雜糧，哪裡有不會生病的呢！」行昭笑著安慰大夫人，看黃嬤嬤單手提一個黑漆描金食盒進來，下炕趿了鞋子，邊說：「藥熬好了，咱們該去換二嬸和三姊了。」

大周約定俗成，擺罐熬藥不能在老人家院子裡進行，故而生火熬藥大都在正院裡做，東偏房裡也一直在熬藥喝，這幾日沈積下來，似乎正院裡的樟木柱子裡都透著點藥香。

行昭一出正堂，就在遊廊裡聞到了若有若無的甘苦，心頭一動，隨即就想到了賀行曉。賀行曉的染病，應邑的突然發難，太夫人的插手干預，還有賀琰的選擇安撫，一切都偏離了前世的軌跡，而這種錯節讓行昭欣喜異常，她每日扳著指頭算日子，離前世裡母親自盡而亡的日子愈來愈近，可情形變得愈來愈好，並且逐漸豁然開朗起來。

行昭一仰頭，看見了母親如滿月般的面龐，緊緊攥住大夫人的手。

到榮壽堂時，行明正坐在小墩上拿了話本給太夫人高聲說故事，見行昭來了，行明將書放下就過來牽行昭的手，太夫人靠在八福杭綢壽星公軟緞團枕上，笑呵呵地指了指，同媳婦兒說：「小姊妹情意深。」

行昭掩嘴一笑，拉著行明順勢就坐在了榻邊，輕了語調。「您還難受嗎？」

太夫人笑著搖搖頭。行昭乘機細細打量。今日的太夫人面色瞧起來已經慢慢轉好了，雖然還是癱靠在床沿上，說話有些有氣無力，眼神卻漸漸明亮起來。

太夫人是個堅毅的人，一輩子只有兩個軟肋，兒子與賀家。她在賀琰身上寄予了多大的希望，現在就有多大的失望。

想想前幾日太夫人心灰意冷的模樣，行昭心裡酸楚，卻無可奈何，半坐著拉過太夫人的手，拿著小銀鉗子，一點一點極認真地給太夫人剪指甲。她要找事做著，心裡才能少些愧疚。

「張院判昨兒才在說，叫屋子裡不要滯留這麼些人。老二媳婦累了一夜，快帶著行明回去睡了吧。明兒個不是要回娘家嗎？」太夫人揚揚手，讓二夫人回去。

二夫人瞧了眼大夫人，牽過行明，行禮告辭。「娘昨夜裡咳了幾聲，今兒記得喝川貝燉銀耳。」太夫人笑著點頭，二夫人和大夫人見過安後，便出了院子。

大夫人從食盒裡端出藥，扶住太夫人一口一口餵了，太夫人邊拿帕子擦拭嘴角邊吩咐大夫人。「前兩天，皇后娘娘派趙公公來問妳好，妳記得寫信送進宮了嗎？」

方皇后放心不下，隔天就派人來問，按道理大夫人應該寫封信送進去，才稱得上禮數。

大夫人一怔，隨即搖搖頭。這幾日賀琰都獨居在勤寸院，她忙著備被褥、香料和換季衣服過去，一時間將這檔子事兒給忘了。

「那現在就去裡間寫！」太夫人頗有些恨鐵不成鋼的語氣，說話一急就又咳起來，行昭連忙起身，又拍背順氣，又餵水安撫。

大夫人趕緊應了聲，提裙出門。

待大夫人一走，太夫人就眯了眼，將頭仰靠在床柱上，榮壽堂四面窗都留了個縫，風吹動了罩在內閣的雲絲羅簾子，行昭眼隨著簾子一下下地動，也沒說話，她直覺太夫人有話要說。

果然，靜謐半刻之後，內堂裡響起了太夫人略顯沙啞的聲音。「別恨妳爹。」

話一出，行昭的眼淚毫無徵兆地唰一下就落下來，拿手捂住嘴，抽泣聲卻支離破碎地溢出。

親人之間的博弈，大概是這世上最讓人心碎的，一邊要冷靜地計算得失，一邊又割不斷親緣血脈。

太夫人長長嘆了一聲。「這幾日我常常夢到侯爺小時的樣子，被老侯爺拿巴掌寬的竹篾子打，眼睛都紅了還是強忍著不哭。老侯爺喜歡老三，他不服。三九時抄《史記》，墨水都凝了，還在抄。三伏時，書房的冰塊兒化成了一灘水，早就沒了涼意，他裡衣外衫濕透了都不將書放下。從小就爭強好勝，我也教導他要成為人上人，才不會被人輕視。」

行昭邊聽邊哭，她也不知道她為什麼會流淚，只是胸口悶得像雨前昏黃的天。

太夫人再睜眼的時候，老人家精明一輩子，現在卻露出了迷惘與悔意。「取之有道，取之有道。他讀這麼多書，怎麼一點也沒學進去呢？」

行昭輕輕握住太夫人垂在床邊的手，太夫人的痛苦並不比她少。

太夫人回握住行昭，偏頭靜靜看著行昭稚嫩的臉，再難開口。賀琰的話萬千錯，有一點她卻十分贊同，那就是如果方家一倒，為了賀家，只有捨棄方氏了。這一點她沒有辦法和行昭說，她經受了一輩子的沈浮，看慣了世間萬態，賀家到這一步，一個行差踏錯，滿盤傾覆。

「母親……阿嫵只願母親安好……」行昭低聲說，這是她最終的目的，所以在知道賀琰還願意哄著大夫人時，異常欣喜。

太夫人攬過小孫女，心裡默唸阿彌陀佛，上蒼保佑方祈能在西北站得穩穩的，否則方家的兩個女兒，沒有一個能有好下場。

祖孫間一時無語，行昭小時候做的琉璃風鈴仍舊高高掛在內閣裡，被風吹過，叮叮鈴鈴地響，很好聽。

大夫人寫好信，折成兩疊，拿正紅灑金信封套上，又蓋了紅漆封口，囑咐黃嬤嬤送出去。外命婦送信進宮自有一套規章，要先統一送到宮中的司房，再分發到各宮各殿。

黃嬤嬤領了命，便往二門走，守門的婆子見是正院得臉的黃嬤嬤來了，笑臉迎上來，又是寒暄又是相邀。「黃嬤嬤今兒個怎麼想來二門了？那日想請您吃酒，您說您要當差，您且說個時間，咱齊齊整整置辦一桌候著您。」

「約莫出了正月才能得空了，現如今身上都還領著差使呢。」黃嬤嬤矜持笑了笑，把信從懷裡稍稍抽了些出來，露出個紅角。「幫大夫人往宮裡送個信。」

婆子聽得宮裡兩個字，更加羨慕了。幫夫人和姑娘做事，體面又清閒，哪像自個兒日守夜守，誰來誰往的還得勤往前湊，才能得個小錢，這麼大冷的天就只有喝口熱粥暖暖的分，心頭這樣想，面上就帶出來幾分。

「那也是夫人信任您啊，哪像俺們呢！也就是景大郎君心好，整日裡出來進去的還能體恤俺們這些做下人的。」婆子佝著腰，笑著邊搓手邊哈出幾口氣說：「今兒個也算是俺運氣了，一早侯爺出去，扔了個銀角給俺，大郎君出去又扔了個銀角，俺都攢著，請老姊姊吃酒。」

黃嬤嬤蹙眉，身子往後傾，避開呼出的那團白氣，抓住了那話裡的動向，皮笑肉不笑地問：「侯爺今兒個沐休也一早就出去了？大郎君這幾日也出去得勤？」

婆子眉開眼笑地點頭，直附和。「是嘞，一大早！大郎君這幾天出去得早，回來得晚，一看就是有大出息的人！」

莊戶裡頭的人大都認為男人窩在家裡是窩囊，整日往外跑的才是有大出息。

黃嬤嬤若有所思地點了點頭，夫人忙著打理年節，景大郎君又搬到外院了，兒大不由娘，想問也不曉得怎麼問起。侯爺又一連幾日獨居在勤寸院，再聯想到前幾日從宮裡回來的事，她總覺得事情沒這麼簡單。

一時間，事情的連結又對不上，腦子裡是一團亂麻，搖搖頭，索性不想了，和婆子道了別，就往城東司設房去。

雙福大街正熙熙攘攘的一派熱鬧，百音成曲，其間夾雜著偶有走街竄巷的貨郎擔高聲吆喝，也有天橋下哄鬧與喝倒彩，還有剃頭匠刮銼刀「嚓嚓」的鈍響。

穿過貞成牌坊，右拐進一個小巷子裡，灰磚綠瓦間藏著一扇不起眼又緊掩的角門，推開門，出人意料之外的是，一大早就打馬出門的臨安侯賀琰就在這裡頭。而在人意料之中，同室的還有應邑長公主。

賀琰將一張箋紙，「啪」的一聲拍在梨花木几桌上，口裡隱隱含了怒氣。「妳打草驚蛇，去恐嚇方氏，我並沒有責備妳半句，現在妳又想恐嚇我不成?!」

應邑自矜地端身坐著，聽突兀「啪」地一聲，還是不由自主地往裡縮了一下，復而又梗直了脖子，不甘示弱地望著賀琰。「你一連幾日都不理我，這比責備還教人難受！」又是一哼，探身將箋紙拿在手上。「我要是不這樣寫，你會出來見我？」

賀琰神情鬱結，拂袖背過身去，半晌沒說話。

他原想晾一晾應邑，叫她知道貿然去招惹方氏，只能引來他的不贊同和厭惡。哪知昨兒個夜半三更，白總管急急吼吼地跑到勤寸院，又哆哆嗦嗦地從袖裡掏出封信，嘴裡直唸叨：「應邑長公主的人守在我西郊的院子裡……說……說要是不將這信立馬給侯爺送來，就放把火將奴才的院子給燒了！」

他本還有些得意，論誰被一個女人這樣放在心尖兒上，都很難不得意。打開那信一看，卻大驚失色，上頭赫然寫著——「賀郎無情，妾無義。明朝蓬門小聚，若張生不至，鶯鶯只好修書一封，告辭人世。」

賀琰向來不在乎誰以死相逼。可應邑不同，摻雜著情誼與利益的女人不能死，更何況以這樣的方式，留下一封書信，牽扯上自己去死。可真是羊肉沒吃著，反倒沾了一身羊羶味！且不說顧太后，皇帝也不能善罷甘休。

應邑轉了眸子，眨了眨眼睛，自己也覺得委屈極了，嘟了嘟嘴，站起身從背後抱住賀琰，軟了調子。「阿琰……你總叫我等，我半刻也等不得了。由我去向方氏挑明，總好過你落得個陳世美的名聲吧。」

「妳可知道我當時有多難做。」應邑語氣一弱，賀琰的氣勢就高漲了起來。

應邑溫恭且清脆地安撫。「我知道，我知道。」

「那頭方氏想不過彎，這頭你不去哄，她愈想愈怕，愈想愈惶恐，一定就像是進了個死胡同出不來，除了哭著一頭撞死，她還能怎麼樣啊！」應邑既責備賀琰不配合，又怕賀琰來氣，將頭埋在賀琰背裡，語調纏綿悱惻。「阿琰……你不知道，這幾天我飯也吃不下，覺也睡不著，母后還想插手，叫我給攔了。」

賀琰劍眉一挑，他拿著那方對鏡的時候，就能肯定顧太后已經知道了，顧太后知道了也不打緊，投鼠忌器，前面擋著個應邑，她不敢做出什麼過激的反應。如今之急卻在於安撫住應邑，叫她不要輕舉妄動。

賀琰反身環抱住應邑，帶著笑朝應邑耳垂吹氣。

「妳說得輕巧！我不去哄，太夫人就要過問，事情愈鬧愈大，等妳嫁進來的時候，定京城裡沸沸揚揚的，妳又要受太夫人白眼。妳不在乎，我還心疼呢。兩情若是長久時，又豈在朝朝暮暮？」賀琰腹中的詩書，變成了張口就來的情話。

應邑吃這一套，絳唇一勾，抿嘴笑著扭捏幾下，便想軟在賀琰懷裡，卻想起了顧太后的話──「男人，就是妳進他退，退無可退的時候，才會急了眼說實話。」她便在他懷裡使勁掙了幾下，口裡唸著。「方氏一天不讓位，我們一天就是一對野鴛鴦，名不正言不順，我也是從小唸過《女訓》、《女戒》的人，我也曉得這樣羞人。你好歹是個男子漢，總要給我個堂堂正正的名分吧。」

又拿手一下一下戳在賀琰的胸膛上，一字一字地說：「否則，就算你再權勢滔天，又素有賢名，別人口裡，我們也是對不要臉的姦、夫、淫、婦！」

賀琰一怔，心頭莫名煩躁，那日太夫人才痛心疾首地說她生了一個卑劣的兒子，如今應邑又拿話來激他。他順勢撒開手，冷笑一聲。「阿緩，我可曾逼過妳和我做對姦夫淫婦？」

應邑愣了一愣，賀琰的反應並不是預想的那樣──哄她，順著她，乘勢給她一個明確的承諾和期限。

賀琰沒等她說話，拿過掛在高几上的大氅，推門欲走，忽而想起什麼，反身不耐煩一言。「臨安侯夫人的位置，妳想拿就憑本事吧。妳也知道，我不是什麼君子，小人向來不喜歡激將法。」

話一完，門被重重一甩，應邑睜大眼睛看著來回晃蕩的門，一臉不可置信，手緊緊握成一團，半晌才又緩緩放鬆下來。

應邑的癢處，賀琰一撓一個準。

賀琰的個性，吃軟不吃硬，應邑卻沒大摸準。

「各憑本事，好一個各憑本事。」應邑的眼裡似乎有冰，又像要噴出火來，貔貅赤金香爐裡的沈水香已經燒得黧黑一片了，語氣陰沈得透出水來。「阿琰，是時候叫你看看我的本事了。」

定京城的正月十五，難得淅淅瀝瀝地下起了雨，點滴打在四方光潔的青磚上，不一會兒就氤氳成了一團迷濛的霧氣。

行昭一身家常打扮盤腿坐在炕上，點著的茉莉香燒到了頭，行昭手裡拿了根素銀籤子去翻香爐的香灰，將才掀開了鎏金香爐蓋子，就聽見人一聲略帶嗔怪的話。

「您可快歇著吧，風一揚，仔細那香灰迷了眼睛。」

行昭一笑，扭頭看，是蓮蓉一手將青藍油紙傘放在抱廈的小案上，一手提了個秋杏色包袱進來，邊說：「春雨貴如油，鄉裡頭的人該高興壞了。」把包袱交給荷葉，騰出手來抿了抿鬢邊的頭髮，又說：「娘做的糖蓮子，姑娘您一向喜歡吃。給王嬤嬤和蓮玉帶了兩罐雞油，小丫頭們一人一小罐炸麵乾兒脆！」

懷善苑的丫鬟們輪替放年假，蓮蓉這是才從家裡回來。

「妳家就住在後面偏房裡，一刻鐘不到，愣是一副遠行遊子的作態，仔細蓮玉來掐妳。」行昭樂不可支地笑說，又拍了拍身側的小杌子讓蓮蓉坐。

蓮玉捂著嘴笑，王嬤嬤也笑，連聲道了謝。「謝謝吳嬸子了。」

蓮蓉也笑，避開王嬤嬤的禮，邊半坐在小杌上，邊口裡嘟囔了句。「將才回來，路過二門，見外頭吵吵嚷嚷的，晚上才鬧元宵，現在才過午，怎麼就鬧起來……」

她說得小聲，行昭探過身去聽，還沒來得及開口問，就聽見外頭急急喧喧的聲音，不由蹙了眉，正想叫蓮玉去訓斥。只見大夫人房裡的月巧一撩開夾棉竹簾子，就哭著告訴行昭——

「四姑娘！您快到正院去！大夫人暈過去了！」

行昭心頭一緊，身子趕忙往下一縮，趿上繡鞋就往外頭走。

月巧邊哭邊亦步亦趨地跟在後頭，行昭問她詳細話，也說得支支吾吾地。「有人來鬧……鬧得凶極了……那婆子潑得都賴到咱們府門口的地上了……」

「所為何事?!」行昭沈聲問。

「我……不知道……話裡牽扯著景大郎君……像是……」月巧和大夫人一樣的性子，捂著帕子抽抽啼啼，半天話說不清楚。

「那婆子是誰讓人領進來的？太夫人知道了嗎？母親將才情形如何？」行昭等不及，話像連珠炮似的問，看了眼六神無主、哭得面色發白的月巧，邊加快腳程拐過廊角，邊強壓住惱怒，輕聲安撫。「月巧姊姊莫慌，慢慢說。」

月巧深吸口氣兒，慢慢想，復而又哭道：「是大夫人讓人領進來的，太夫人身子不好沒往榮壽堂說……大夫人……大夫人一口氣沒上得來，就暈了，如今黃嬤嬤在主持……月芳切了參片兒給大夫人含著……」

月巧的一番話，斷斷續續的，行昭在前頭走得像一陣風，話說完也就到了正堂。

行昭先進屋去瞧大夫人，正堂裡暗沈地讓人心悸，一走進去就能聽見大夫人「嚶嚶嚶」地哭聲，還有月芳的勸解。「您消消氣，景大郎君是什麼樣的人，您還不知道了？這八成是那遭錢迷了心眼的市井小人在攀誣呢……」

大夫人哭得沒有辦法，從胸裡頭抽氣。「她手裡頭拿著景哥兒貼身的竹節玉珮……」

「母親——」行昭一聽大夫人還有中氣說話，手指尖漸漸回暖。

大夫人一聽是行昭的聲音，如同抓住了稻草，從床上起身。「阿嫵……妳哥哥他……」話沒說完，就拿著帕子嗚嗚哭起來。

行昭快步上前，抓住大夫人的手，語氣十分沈穩。「母親，您別慌，您慢慢細說。」

大夫人邊哭邊搖頭，立在床沿邊兒的月芳嘆了口氣，把行昭帶進了內室，小聲地將事情一一道來。「外頭來了個鄭孀子，她說她兒媳婦懷上了景大郎君的孩兒，大夫人一聽就急了，趕緊讓人把那兩人帶進中庭，後來聽她說出來龍去脈，大夫人偏頭痛便犯了。」

月芳說得面有赧色，被逼到這分兒上，也不管面前站著的還是個未出閣的小娘子了。

「那個鄭孀子是什麼身分？」行昭沈吟問。

月芳想了想說：「應該是個軍戶，她說她兒子在翼城當兵，如今家裡頭只剩婆媳二人。」看了眼行昭，心頭詫異行昭的不動聲色，更輕了聲調地說：「那鄭孀子一來就在我們府大門口撒潑打諢，帶著她那兒媳婦，說是要找咱們家討個說法。」

行昭眼神落在矮几上那一碗枝葉橫斜的黃壽丹上，神色不明，想了想，吩咐月芳。「太夫人這幾天身子不好，不好去叨擾她老人家。」又輕哼一聲。「真是打了一手好算盤呢，挑了正月十五來鬧。侯爺與哥哥在哪裡？」

「侯爺今兒個一早就入宮了，大郎君去城西拜訪明先生了，都不在府裡。」月芳態度越發恭敬。

「妳親去東跨院將二夫人請來。」行昭顧不了那麼多了，自己不好說的話，二夫人卻好說，無論如何一定要將這件事在晚上三房來請安前壓下來。

月芳放下心來應了一聲，行昭出了內閣又坐在床沿，吩咐丫鬟去小廚房燉天麻烏雞湯，細聲細氣地安慰大夫人。「哥哥是這樣的人嗎？哥哥才多大啊，說句不好聽的，咱們府裡的丫鬟們哪一個不是眉清目秀的，犯得著去招惹一個軍戶家的媳婦嗎？」

大夫人手腳皆軟，靠在軟緞上，聽著小女兒的話，張了張口，還沒來得及說話，就聽見了外頭有老婦人扯破喉嚨的鬧嚷聲。

「我們鄭家三個兒子戰死沙場啊！在外頭保家衛國，留下來的家眷就這麼被欺負啊！俺那早死的官人喲……你好歹也上來看看別人家是怎麼欺侮我們的啊……」

又有年輕婦人的哭嚎。「景郎，你快出來啊！你不出來，阿金就要被沈塘了啊！」

黃嬤嬤按不住，叫婆子去架那兩人，誰知手還沒碰到那婦人的身上，就被那婦人喝退。

「我懷著的可是你們賀家的骨血！是你們的小郎君，是主子！誰敢來碰我！」

行昭瞇了瞇眼，扭頭望向窗櫺外。

大夫人一驚，趕緊捉住行昭，連聲說著：「妳是天上的雲，她們是地上的土，這樣的齷齪事，妳別去摻和！」

「您放心……」

一句安撫的話還沒說完，庭院裡就響起了另一道軟媚的聲音——

「這是在做什麼呢？大過年的，哭天搶地，也不嫌晦氣得很。」

第十三章

是萬姨娘！

行昭緘默半晌，終是拍了拍大夫人的手背，便起了身抬腳往外走。「您放心，過會兒二嬸就來了，您偏頭痛還沒好，讓月巧過會兒服侍您將雞湯給喝了。」

大夫人攔不住，頭又疼得厲害，伸手去拉，沒拉住，便又捂著帕子哭起來。

行昭穿過院堂，繞過喜上眉梢影壁，有一個穿著深藍色麻布衣，在腦後挽了個纂兒的五十來歲老婆子，跪在地上正哭天搶地，另有一穿著一身俏桃色高襟平襦的，不過二十出頭的年輕俏媳婦拉扯著前頭那老婦人的衣角，哀哀地哭。見有人出來了，連忙抬頭望，一看卻是個七、八歲的小娘子，不由得怔了怔。

行昭掃了一眼，眼神卻落在靠在朱欄上看笑話的萬姨娘身上，開口涼涼地說：「曉姊兒的病可好了？姨娘好歹日日去菩薩面前拜拜，戒一戒這多口多舌的毛病，您可積點德吧，興許六妹妹的病便能好起來了。」

萬姨娘一聽，直了脊背，下意識就要開腔，忽而像想到了什麼，輕笑一聲靠在了欄杆上。「夫人才是菩薩沒拜好吧，夫人都不著急，我有什麼好著急的。」

行昭懶怠和她打口水仗，直接吩咐黃嬤嬤使了個眼色。「把萬姨娘帶回東偏廂。」又笑。「她老人家總沒有那姊姊一般金貴吧？」

黃嬤嬤大吁一口氣，她雖得臉，到底只是個僕婦，萬姨娘在旁邊笑嘻嘻地看，偶爾煽風點火，真是叫人心裡窩火又找不到地發。行昭話音一落，兩個婆子就一左一右架住萬姨娘的胳膊，萬姨娘哪裡受過這樣對待？下意識就掙扎，嘴裡直唸。「哪家小娘子敢這麼對待庶母的？仔細侯爺回來秋後算帳！」

兩個婆子怔住，又來看行昭的臉色。

哪料得行昭自顧自地吩咐人端來兩把黑漆石榴開花太師椅，放在庭院的正東處，又讓人上茶、上點心，端身坐穩後，才揮揮手道：「妳們直管將她拖下去，有些人自己都把自己當灘爛泥，就別怪別人要抬腳踩上去。和她多說，倒費自己口舌。」

黃嬤嬤站在行昭身後，如同孫大聖吃了幾百個蟠桃一樣爽快，在大夫人身後忍氣吞聲慣了，行昭一來就擺好架勢，以雷霆之勢鎮住場面，穩住人心，不禁讓人揚眉吐氣一把。

兩個婆子得了准信，一邊一個架著萬姨娘就往東邊走，萬姨娘一路鬧鬧嚷嚷，行昭只當沒聽見。

待聽不到萬氏聲音後，行昭邊啜口茶，邊漫不經心問道：「妳們可是莊子上的農戶？」

那鄭徐氏看得目瞪口呆，這小娘子年歲不大，做起事、說起話，卻無所顧忌。叫拖人走就拖走了，說話更是哪兒疼打哪兒，這氣勢比起城東白太守家的當家夫人都要強些。眼神不由自主地飄忽過行昭戴著一對丁香花白玉耳塞，胸前的赤金嵌八珍纓絡，玫紅色的繡雲紋褶皺襦裙，這種三江布，怕是要賣二十兩銀子一疋吧……

滿眼的榮華富貴，終是一咬牙關，又嚎起來。「我們可是清清白白的軍戶人家啊，婆媳倆守在一處過日子容易嗎?!你們家大郎君污了我家門庭清白後，就不見了影蹤，我將我兒媳婦兒帶大，還沒和我小兒子成親圓房，就叫那龜孫子破了身子，懷了個兔崽子啊，今後的日子可還怎麼過啊……」

蓮玉趕忙上前來捂住行昭耳朵，終究是晚了一步。

行昭將茶盅「砰」地一聲重重擱在几案上，指著那老婆子，聲量提高。「給我打她嘴巴！」

黃嬤嬤出身西北方家，見慣了驃悍民風，招呼兩個婆子按住那婦人，親自上陣挽了袖子，蒲扇大的巴掌左一下、右一下「啪啪」搧在鄭嬸子臉上。

那鄭嬸子見是真打，仰天扯開嗓子叫喚。「賀家欺負死了人欸，哎喲喂！我老婆子造的什麼孽哦，我家裡頭小兒子也是在外頭當兵頭的體面人啊！」

行昭抬抬手，黃嬤嬤冷哼一聲才停了手。

「太祖皇帝定下的士庶之別，牢牢記著，嘴裡不乾不淨，打妳都是輕的。妳再滿口胡扯，立時叫人拿了棍子將妳打出去。」行昭面無表情，冷冷又言。「我們賀家以詩書賢名立世幾百年，向來仁義道德，妳有一說一，不會說就讓別人來說。」

軍戶之家在大周不算是良民民籍，賀家是什麼門楣，願意遣個婆子見她已經是天大恩典了，是大夫人一聽事涉景哥兒，又怕這兩人將事情嚷得滿城風雨，同樣這兩人似乎也算準了賀家不會仗勢欺人。

鄭嬸子聽後立馬噤聲，倒是跪在後頭的那小婦人滿臉是淚地接話。

「賤婦無知，衝撞了賀四姑娘，實乃罪該萬死。」薄氏俯身磕了個頭，又哭說：「小婦人薄氏是城東鄭家的童養媳，鄭三郎如今在翼城當兵，本說定下七月就成親，如今……」話沒說完，邊嚶嚶哭邊又說：「四姑娘年紀小，在您面前說這事不體面。」

能一口叫出深閨大宅裡小娘子的排號，說話條理清晰，最後還隱晦點出自個兒年紀小，要見賀家能作主的人……行昭暗忖，這薄氏不是省油的燈，更讓她確信這件事有預謀。項莊舞劍，意在沛公，行景馬上要下場科考，又要預備說親事了，陡然出個這樣的事情，他還怎麼在科考場上抬起頭來，又怎麼說成一樁好親事？

行昭深知景哥兒不會做出這樣的事，那又是誰給了一家軍戶這樣大的膽子，敢來攀誣臨安侯府？

腦中無端浮現出應邑的面容，不對，應邑當務之急是叫方氏騰出位置，且投鼠忌器，無論如何賀行景也姓賀，她不敢冒著開罪賀琰的風險貿然行之。

等等，翼城！中寧長公主的封邑就在翼城！

中寧與應邑，應邑與賀琰，賀琰與方氏，方氏與行景，行昭陷入了揣測與自我否決的深淵裡，事情如同纏成一團的毛線，揪不出首尾來。

那薄氏見行昭沒說話了，便垂頭規規矩矩地跪在地上，鄭孀子兩頰漸腫，一雙眼還在四處亂瞧，看著庭院裡斜插在琉璃窗裡的蘭草，蒼勁挺拔的松樹，連鋪在路上的小石子都大小均一、色澤光亮，鄭孀子眼睛瞇成一條縫藏在肉裡，露出豔羨的光。

二夫人一聽月芳來請，提著裙子急急匆匆過來，身後跟了個提著藥箱的老大夫，轉過遊廊，就見到行昭小小的一個人坐在正東的太師椅上，前面跪著兩個粗麻布衣的婦人，整個庭院安靜得只能聽見衣料窸窸窣窣的聲音。

行昭見二夫人來了，忙起身去迎，蹲身行過禮後便沈聲道：「叨擾二嬸了，母親偏頭痛犯了，太夫人近來也不舒坦。阿嫵想來想去，只有請二嬸來主持局面最為妥帖。」

二夫人笑著拍拍行昭的手，整個院子裡沒有哭鬧、沒有喧譁，鬧事的兩個婦人都安分地跪著，二夫人不由對行昭另眼相看，但轉念一想，小娘子強悍凌厲的名聲傳了出去，一屋子的姑娘都要受牽連。

「阿嫵，妳先進去陪妳娘，左右不過是來訛錢的潑婦無賴，二嬸打發出去便是了。」二夫人邊落坐，邊不在意地說道。

鄭嬤子一聽，伸直脖子又嚷嚷起來。「我們是來求個道理的！」

行昭瞥了她一眼，鄭嬤子縮縮脖子話聲漸小，行昭這才轉過頭來，低聲同二夫人說：「二嬸可見過哪裡的市井無賴吃了豹子膽，敢來訛詐我們賀家？她手裡頭拿著哥哥的貼身飾物，開頭竟然敢在九井胡同裡頭打滾撒潑，敗壞賀家名聲，阿嫵瞧起來這件事不是那麼簡單。」

二夫人想了想沒做聲，算是默許行昭在一旁，只吩咐人守著各個院口，不叫多嘴多舌的亂傳話。

行昭輕咳一聲，重新坐上椅子，揚了揚下頷，對那薄氏說：「能當家作主的夫人來了，妳從頭到尾完完整整地說罷。」

只聽那薄氏，帶了哭腔，卻柔聲緩語，慢慢道來。

「妾身薄氏，從小在鄭家長大，是鄭家三郎的童養媳，但尚未成親。前月，妾身出門去定河打水，偶遇喝醉了酒的景郎……」薄氏邊說邊拿袖子拭了拭眼角，似是悲啼，細聽卻帶了歡喜。「妾身便扶著景郎回城東休憩，過後景郎、景郎就……」抬眼看了看行昭，面色飛上兩片酡紅，細聲說：「如今，妾身已有兩個月身孕了，有景郎的竹節腰珮為證，妾身不敢胡言亂語……」

薄氏話音未落，那老大夫就躬身去把薄氏的脈，未滿一刻鐘，老大夫滿臉猶豫，幾欲張口，二夫人強捺下火氣，讓他直管說。

「這位小娘子脈似走珠，律動有力且規律，是、是有兩個月身孕的脈象……」老大夫說得結結巴巴，每說一個字，二夫人的眼皮就跳一下，她完全不敢想像這件事所造成的後果。景哥兒德行有虧，下頭一連串的弟弟妹妹都要遭人白眼詬病，行明，行明本來就難嫁了！

「將她捆了送到順天府去！大膽賤婦，不知道是哪裡的野種，竟然也敢攀誣上門，妄圖混淆我賀氏血脈，污我一門清白！」二夫人一掌拍在木案上，話下意識地衝口而出。

幾個婆子應諾，上前一手一邊抬起薄氏的胳膊。

薄氏大為失色，撐起了身子，陡然厲聲出言。「妾身所言如有半點虛假，叫天打五雷轟，永世不得超生！」

尖利的聲音，幾乎要衝破了眾人的耳膜。今人重誓，言出必行，這樣毒的誓言，讓庭院登時靜了下來，二夫人怔在原地，幾個婆子、僕從不敢再有所動作，那老大夫縮著頭，將身形藏在角落裡，心裡頭暗暗叫苦，他本是走街竄巷的遊醫，今兒個遭臨安侯府召進來本是心頭竊喜，哪曉得攤上這起子紈袴子弟的破事。

「呵，死後的事情，有誰知道？」

出人意料之外的，是行昭輕聲出言打破僵持，她起身緩步踱至薄氏其前，一根指頭抬起她下頷，薄氏的模樣不錯，杏眼黛眉，臉嫩得似是要滴出水來，抿嘴一笑，輕聲說道：「只不過菩薩什麼都知道，所以蠅營苟且之徒，大多不得善終。積德揚善之輩，才能造福子孫萬代。薄家娘子就不怕誓言果真靈驗了，最後落得死無葬身之地的境地嗎？」

薄氏下頷被行昭高高抬起，聽其後言，眼中閃過幾分掙扎，終是下定決心，緊咬牙關，正要辯護。

行昭一把將其放開，擺擺手止住薄氏，面無表情問：「說吧，妳們到底想要什麼？」

鄭嬸子一聽賀家鬆了口，眼中一亮，連忙往前爬了幾步，笑逐顏開說：「我們鄭家……」

「妾身什麼都不要！」薄氏被行昭一把甩開，癱在兩個體壯婆子的身上，一雙妙目婉轉盈盈，搶過鄭嬸子話後，向二夫人重重叩了三個頭，又說：「只求景郎能給妾身一個名分，丫鬟、通房都可以，只求您給賤妾一個身分！」

薄氏果真是聰明，看來這兩婆媳各有各的盤算，鄭嬸子是來求財，而這薄氏心太大，想的卻是一步登天。

行昭點點頭，一笑，回身向二夫人道：「連包青天都沒有斷案只聽一面之詞的道理。哥哥申時之前必定回來，要不要先聽聽哥哥怎麼說？」拿眼瞥了眼薄氏，意味不明地笑了一聲。「阿嫵看哥哥身邊的玉屏、歡扉幾位姊姊，論品貌、論身段，都不曉得高出這薄娘子多長一截。」

薄氏咬咬唇，低垂了頭沒再說話。

鄭嬸子支愣著耳朵聽，聽賀家這意思是想賴，便又嚎起來。「阿薄還是個黃花大閨女兒，叫人得了手，嚐過甜頭，就拍拍屁股走人了，老身就是去滾釘伴兒、走火盆、告御狀都要求一個道理來啊，別人不叫我活，我拚了條老命也不叫別人好過！」

二夫人聽得懊惱萬分，賀家太平了幾十年，這些日子怎麼一樁一樁的事接著來啊，心裡直後悔應了月芳來撐場面。可轉念又一想，二房攀在大房身上過活，行昭那句話說得好，菩薩可是什麼都知道的，阿彌陀佛，今日二房挺身而出的道義，希望來日能換來行明的錦繡前程。

「那，等景哥兒回來再說？」二夫人覺得行昭說得也有道理。

行昭蔑眼鄭嬸子，衝二夫人點點頭，又說：「鄭家兩位今兒個就在臨安侯府住下吧，待之以賓禮，好吃好喝伺候著，鄭嬸子住在後院東偏房，薄娘子住在西偏房，黃嬤嬤記得下來囑咐各自伺候的僕從，不要怠慢了。」黃嬤嬤反應快，瞬間明白了，行昭一笑，又吩咐道：「等明日塵埃落定，該算帳算帳，該補償補償，不差這一刻。」

杵在院子裡的婆子領了命，一人帶著一個往出走，後院住的是賀家家生子，東、西偏房是拿來招待奴才親眷的地方。將兩人扣在賀家，放在眼皮底下，行昭放心。且東、西偏房遙遙隔了一個院子，行昭又一人遣了一個婆子去伺候，說是伺候其實就是守著，不讓兩個人有商量的機會，只要兩個人心裡的盤算不一樣，各個擊破總比合二為一的好。

那薄氏乖乖跟在後頭，臨了走出院子，又哭得梨花帶雨地折了身，跪在地上向行昭磕頭。「煩勞四姑娘與景郎說一句，阿薄無悔！」

行昭笑著招招手，示意婆子將她帶下去。

二夫人嗓子眼直發澀，如同嚥進去幾隻蒼蠅一樣。

待兩人一走，二夫人立時癱在了太師椅上，行昭卻來不及鬆懈，又接連吩咐下去。「今兒個煩勞大夫了，您且去帳房支一百兩銀子。各位嬤嬤多領三個月的月錢，今兒個辛苦了。」

見眾人也似乎是鬆了口氣，輕笑一聲，挺直了脊背，仰頭高聲，話是對著整個院子的人在說，眼神卻看著那大夫。「我們賀家一向是賞罰分明，諸位今日有功，自當賞。若他日有過，就休怪賀家不留情面了。」

老大夫哆嗦一下，除了他院子裡的人都是賀家的奴僕，這小娘子的話擺明了是衝著他來，連忙擺清立場。「老夫行醫走藥二十年，眼裡只有病患苦疾，再無其他，再無其他。」

行昭仰臉笑著，滿意地點點頭，又讓蓮蓉帶著他去帳房。二夫人瞇著眼聽，行昭可是比行明還小三歲呢。

而後行昭請二夫人去裡屋陪陪大夫人。「母親遭氣得床也起不了，有些話阿嫵不好說，煩勞嬸嬸勸慰勸慰，別叫母親鑽進死胡同裡了。」

二夫人笑著應了，又起身往裡去。

一時間，庭院幽深，雨一早就停了，青瓦凹陷處積了一灘水，有風吹過，偶有豆大的水滴從簷角順勢滴流下來，砸在中庭的土壤裡，瞬無聲息。

行昭一個人靠在太師椅上，微微瞇了眼，心中暗忖，這般的來勢洶洶，直逼要害倒是很像應邑的作風，賀琰雖奉行左右逢源，處事圓滑精明，但到底站在風口浪尖上，也不能排除是政敵下套誣陷的可能，或者是方家的政敵另闢蹊徑……

「姑娘、姑娘！」

蓮玉在耳旁輕聲喚，見行昭睜開眼，湊耳說道：「景大郎君回來了！一聽這事，就往正院來了。侯爺帶了信兒給門子，說今兒個要夜裡才能回來了。」

也就是說，要趕在夜裡，賀琰回來之前，讓一切塵埃落定。

行昭斂起裙子，三步併兩步走，杵在正院雙鶴八卦紋圓門前，遠遠的見有一少年著豆綠色直綴，步履匆匆地過來，行昭趕緊迎過去。「哥哥！」

「母親還好嗎？」行景面色不見愴惶，只有焦慮。

行昭大慰，讓蓮玉去外頭望著，扯著哥哥的衣角往行廊深處走，邊走邊說：「二夫人正在裡頭勸慰母親，你先別去。父親晚上就回來，咱們長話短說，薄氏到底是怎麼回事？」

「我從明先生那裡回來，玉屏就哭喪個臉，說鄭家那兩個娘們來了！」行景一揮袖子，只恨恨說：「我那天喝醉了，縱馬撞了那婆娘，她不依不饒，訛了我五十兩銀子和一汪水頭極好的碧璽，年前又三番五次來找我，還揚言要告到父親那裡去，我心頭一怕，又賞了她家幾十兩，如今膽兒愈漸肥了，還敢訛到我們府上來了！」
行昭大喜，踮起腳眼眸極亮，連聲問：「沒別的了？你沒在她家過夜？」
行景一愣，隨即皺著一張臉嫌棄道：「我是會在那種人家家裡過夜的人嗎?!」
行景雖行事無章法，卻是個頂天立地的男兒漢，行昭心頭大慰，又追問道：「那你的竹節玉牌呢？」
行景蹙了眉頭，嘴裡邊唸邊去摸繫在腰帶上的壓角玉珮。「配在我身上啊……咦，怎麼不見了……」又在懷裡摸了摸，衝行昭不好意思笑笑。「妳曉得啊，我的東西大多都是林竹在收著，估摸著他昨兒個給我換成了這個玉葫蘆壓角。」林竹是行景的貼身小廝，在他身邊兒伺候四、五年了。
行昭止不住笑意，將行景拉下身，踮腳湊在他耳邊說了幾句話。「今兒個鄭嬸子帶著薄娘子來咱們家，口口聲聲說，薄娘子的肚子裡裝著阿嫵的小侄兒……」
行景怔了片刻，這才明白過來，而後勃然大怒，白淨的面孔脹得通紅，出身世家的少年郎頭一次見識到這麼齷齪、自斷後路的市井伎倆。
「那兩個婆娘好不要臉！」行景憤懣之餘，竟有些後怕，佝身探頭輕問：「母親信了嗎？」
行昭輕輕搖頭，往回一探，正堂朱門緊掩，也不曉得二夫人勸慰住了沒？
「不知道，我將鄭家二人扣在了家裡，免得叫她們兩個在外頭渾說。」行昭突然想起什麼，又問：「林竹現在在哪裡？」

「今兒輪到他休假……」行景丈二和尚摸不著頭腦，這事兒擺明了是鄭家婆娘迷了眼，吃了熊心豹子膽敢來訛詐賀家，又關林竹什麼事呢？

行昭點點頭，招手喚過蓮玉，邊扯著行景往裡走，邊吩咐蓮玉。「讓林竹來正院，另外悄摸兒地把薄娘子帶過來。」蓮玉抬眼覷了覷行景神情，而後告了禮往外走。

行景愈漸不明白了，走過影壁就是正堂了，行昭低聲同行景解釋。「薄娘子手裡攥著你的竹節玉牌。」

點到為止，行景也不是笨人，瞬間轉過彎來，眉頭一飛，手緊緊攥成拳頭，像是握著一條馬鞭隨時準備抽出去，將那吃裡扒外的小人打得半條命都不剩。

行昭輕輕拉了拉行景的衣角，先是拿手做了個噤聲的動作，又用眼瞥了瞥拿桃花紙糊成的窗櫺，示意別叫大夫人知道了掛心。

「我待他這樣好！」行景終是憋不下氣，悶聲低吼。

「總要先問清楚，萬一是旁人陷害，他也只犯了個管理不嚴的罪。母親氣得偏頭痛都發了，如今二夫人正陪著說話。哥哥，你過會兒見到母親就先跪下哭著認錯，然後一五一十都說。縱馬傷人總比德行有虧的好，可千萬別想再瞞著府裡什麼了！」行昭語速極快地交代完，就快步上前，將門「吱呀」一聲推開來，帶了幾分歡快高聲說：「母親，哥哥回來了！」

大夫人靠在羅漢床沿邊上，神色快快，見行昭來了便招招手讓她過來，又瞥到了跟在後頭的行景，別過臉去，緊抿了唇，十分不想理他的模樣，還願意生氣和責備，到底也比將才萬念俱灰的神色來得強。

行昭同二夫人深行了個禮，二夫人藉機告辭，卻被行昭拉住，口裡說著。「二嬸是今兒當家作主的人，我們兄妹還指望二嬸辨清黑白呢！」二夫人只好坐下，行昭順勢坐在了床邊的小杌上，朝著行景眨眨眼。

行景在大夫人面前一向不顧忌，當即一撩袍，跪在鋪著水獺絨氈毯的地上，抹了把眼睛，著實沒有眼淚，只好眯了眼，仰頭高聲言道：「是兒不孝，刀山火海，兒一人承擔，望母親千萬珍重！」

大夫人一聽，氣得想拿手裡的暖爐去砸跪在地上的長子，行昭心頭嘆了一句，賀琰是深諳詭辯之道的人，太夫人更是一番話能將人說得羞愧埋地，怎麼到了行景這裡，性情就變得這樣耿直了呢?!讓他磕頭認錯，就認得這麼徹底，一點鋪墊也不曉得打。

「哥哥並沒有做下傷風敗俗的事來！」行昭搶在大夫人氣極之前開口，大夫人愣了一愣，行昭轉頭催促行景。「哥哥你快說啊！」

行景抿了抿嘴，又想了想才接著說：「大約是初冬的時候，信中侯家的閔寄方，閔二郎，邀我去西郊騎馬，後來又去李記喝酒，喝完酒天色已經暗了，兒子就騎馬回來，哪知在定河旁邊就撞了個婆娘，當時就賠了幾十兩銀子，而後又來鬧，也都讓林竹出面打發了，前些天兒那婆娘鬧到林竹家裡頭去了，我只好出府又給了幾十兩……」

行景抬眼看了看大夫人的神情，行昭順勢接下話，語氣低沈。「哪知那個婦人就是今日來我們府裡吵嚷的鄭嬸子，撞的是鄭嬸子，她家的童養媳薄娘子竟然還撞出了兩個月的身孕，娘，您說稀奇不稀奇。」

大夫人還愣愣的，二夫人卻冷笑一聲。「心思機靈，頭腦也轉得快，又擅瞅準時機，這鄭家的倒還是個人物。」

「她一個軍戶敢找上門來認親……」大夫人卻有些遲疑。

大夫人話音剛落，蓮玉就進來了，恭謹通稟。「薄娘子來了，是叫她進來還是依舊在庭裡候著？」

算算時候差不多，林竹是賀琰心腹管事的兒子，自然不會老老實實住在賀府，一來二去也該是薄娘子先來。

「帶進來。」行昭揚言喚進，又讓人將行景扶起來，悄聲問了句話，行景連忙搖搖頭，行昭抿嘴一笑，衝行景附耳說了幾句話，行景眼睛一亮，連連點頭，抽身就往內間去。行昭又同蓮玉吩咐，蓮玉捂著嘴巴應了諾，又出去了。

大夫人與二夫人看得不知所云，行昭笑著說了聲：「您請瞧好吧。」

丫鬟們放了一抬琉璃嵌金絲八扇屏風在隔斷處，不叫人看見寢居內閣裡面的情形，這是世家的固執和堅守。

不一會兒，薄娘子就進來了，一抬頭，就是一方光潔映人的屏風，透過屏風可以綽綽約約地看見有人在內閣或坐或站，一時間花了眼，黃嬤嬤輕咳一聲，薄娘子這才回過神，忙斂裙行禮。「民女薄氏見過夫人和姑娘。」

行昭在後頭做了個手勢，大夫人是全心全意地相信行昭，二夫人是事不關己，自然樂意叫別人打衝鋒。

「薄娘子起來吧。」是行昭出的聲，又說：「叫妳單獨來，是怕妳那養母為難妳，我瞧著那鄭嬸子十分想將妳嫁給他家三郎？可惜妳卻懷著我們家的孩兒。」

薄氏一聽，猛地抬頭，滿面不可置信，心頭忽地想起那人那日來說的話——「世家上族重視血緣，賀家必定不會認妳，但以他家的聲譽，也不會過分為難妳。妳肚子裡的是個野種，鄭家更不會要妳，只會折磨死妳。妳只有坐地起價，討價還價，才能狠狠撈上一筆，闖出一條生路。」

她提出的要求她自己不敢相信賀家能夠接受，只是商人還價，總要抬出一截來，才能賣得比實際高。鄭家那老虔婆的刻薄與惡毒，鄭三郎的醜陋瘸腿，那神秘人許之以三千兩白銀和幫助她離開定京的承諾，還有一度春風後，那俊俏郎君留下的懷念……

薄氏咬了咬牙，手伏在小腹上。

行昭見薄氏沒說話，望了望窗櫺外，隱約有兩個人影，揚聲道：「哥哥回來了，妳便和他當面對質吧。」

行昭話一完，便有一個穿著薑黃色杭綢直袍，拿一支雕梅蘭竹三君子和田玉簪子束髮，穿著青色牛皮直筒靴，長得眉清目秀，鬢髮濃密的富貴小郎君進來了，後頭跟著亦步亦趨的蓮玉。

那郎君一進來，就瞥見了跪在地上的薄氏，蹙著眉頭道：「我不認識這娘子！賤婦休要胡亂攀扯！」

「景郎、景郎！我是阿薄啊，你怎麼能不認我！」薄氏遲疑片刻，便淚盈於睫，撲上前去抱住那人的靴筒，直喊。「男兒漢果真都是薄情郎嗎？阿薄等了你多久，念了你多久，阿薄、阿薄還懷了你的孩子啊！」

行昭在後廂靜靜地聽，長長吁出一口氣，她賭對了。

第十四章

行昭回首再去看大夫人與二夫人，大夫人驚得將手爐掉在了軟緞上，二夫人卻恍然大悟。行昭輕輕一笑，拿食指比出噤聲的模樣，正要開口，卻聽見外頭有人撩簾入內，簾子被撩開，風吹了進來，有呼呼的聲音。

「這是在幹什麼？」賀琰略帶低沈的聲音響起。

行昭趕緊起身，心頭浮現出千百種善後方法，終先低聲出言。「娘，您頭痛還沒好，先別出來。」而後越過屏風，揚聲問安。「阿嫵給爹爹問安。」又上前乖巧接過賀琰手中的灰鼠皮大氅，一瞧那裡頭還穿著墨綠色鶴雲紋朝服，原來賀琰是一出宮便往家裡趕的，一邊將大氅抱著交給蓮玉，一邊輕聲問，眼卻落在白總管身上。「爹爹不是帶了話說是晚間回來嗎？」

「侯爺一聽府裡頭出了事，怕大夫人偏頭痛犯了，處事手忙腳亂，就連忙辭了聖上，緊趕慢趕回來主持局面了。」白總管心領神會地回道，背身立在屏風前，自覺擋住內閣裡頭的光景。

不愧是賀琰身邊的人，一句話說得是給足了大夫人面子。果然內閣裡有應景的窸窸窣窣聲音，賀琰往屏風後一探，沒說什麼，眼神又往堂前一掃，在小郎君和跪在地上的那娘子之間來回打量，眉間愈蹙愈深。

不是景哥兒闖了禍，那家軍戶找上門來鬧了嗎？

賀琰蹙著眉頭，沈聲問：「你是誰？」

小郎君神色惶恐，下意識拿眼去找行昭。

行昭朝他輕輕搖頭，眸色一轉，笑一笑，帶了幾分稚氣地回。「這是城東鄭家的薄娘子。」又上前兩步蹲下身子同薄娘子溫聲說：「侯爺問妳話呢，妳且一五一十地說。我們家侯爺最是通情達理，又端正嚴明的人，今日定不叫妳受委屈。」

薄娘子正扯著郎君的衣角哀哀地哭，耳朵卻支愣起來，一聽原來是臨安侯回來了，心頭急跳，面紅耳赤地抬著袖子半遮半掩地覷，又聽行昭的話，婉轉了聲調，纏綿成音。「妾身薄氏是城東鄭家的童養媳，還沒來得及和鄭三郎成婚，就、就懷了景郎的孩兒……」話到這裡，又仰起頭去看那郎君，神色更悲，語音裡帶著哭腔。「哪知景郎薄情寡義，竟狠得下心，矢口否認妾身和妾身肚裡的孩兒！求侯爺給民女作主啊！」言罷，結結實實地又磕了頭。

「妳說妳懷了我們賀家的孩兒？」賀琰見此場景，哪裡有不明白的了，邊越過眾人，穩坐在上首太師椅上，邊意味深長地瞧了眼行昭，又拿手指了指小郎君問：「懷了賀家長房嫡孫賀行景，他的孩兒？」

「妾身不敢妄言！」薄娘子一雙淚目帶了幾分控訴和怨懟，直勾勾望著那神情平淡的小郎君，一番話說得是肝腸寸斷，而後又是一磕頭，為表決心，俯身在地久久不起，自然也錯過了賀琰盛怒之下的譏諷神情。

「荒唐！」賀琰雖是笑著說，聲音也不高，可眾人都能聽出明顯的震怒。「妳懷了景哥兒的孩子，卻不認得景哥兒的長相！我倒不知道，我的兒子什麼時候變了模樣?!」

薄娘子一瞬間大驚失色，愣在原地半刻，才明白過來，賀家耍詐！眼角的淚也來不及擦，瞪圓了眼睛，不可置信地仰頭看那小郎君。三庭五眼，面容白淨，身姿挺拔，每一點都符合鄭嬸子所說的賀大郎君的相貌啊！

行昭抿嘴一笑，朝還杵在那兒的小郎君招招手。「林松快來給侯爺問安領賞。」又好心地和薄娘子解釋。「這是哥哥身邊的貼身小廝，四、五年來都同進同出，大概人在一起待久了，總會有一絲半絲相像的地方吧！」

行景撞的是鄭嬸子，幾次三番鬧起來的也是鄭嬸子，行昭將才福至心靈，論理來說，鄭嬸子那樣的人是不可能讓自家未出閣的童養媳出來拋頭露面的，所以問行景有沒有見過薄娘子，行景搖頭。行昭便叫蓮玉去教行景房裡另一個貼身小廝如何行事、如何假裝，兵不厭詐，果然一詐就塵埃落定了。

賀琰的提早回來，實屬意外之喜。

「我記錯了！我記錯了！」薄娘子癱在地上胡亂舞著手，眼睛從行昭轉到賀琰身上，又轉到屏風那頭，驚恐叫著。「那天晚上可黑，我沒看清楚！他不是景郎！」

賀琰氣極，一掌拍在黃花木几桌上，再不耐煩聽她胡言亂語，指著那婆娘。「將她拖下去，關到柴房裡頭！」

「東偏房裡還住著她的養母。」行昭加了一句，再抬眼看了看黃嬤嬤，黃嬤嬤會意，上前添言。「這鄭家兩人手裡頭拿著景哥兒的貼身飾物作證，如今都已經水落石出，要不要將景哥兒屋裡的人也都押起來？」

黃嬤嬤的話說得隱晦，卻將層面一下子抬高，內外接應，這擺明了不再是市井潑婦無賴來訛錢這樣簡單的事情了。

賀琰沈吟，行昭冷眼旁觀，她的直覺告訴她賀琰也應該猜到了這件事與應邑有關，所以他遲疑和猶豫了。行昭氣極，竟有些眼前發暈，混淆血脈這樣大的事情，賀琰竟然無動於衷！

「阿嫵記得前朝吳郡顧氏出過一件大事，長房嫡孫愈長大就愈像胡人，瞳仁茶色又毛髮微鬈，當時的顧家長公，言之先生當機立斷，終於查到孩子是被人使了狸貓換太子的伎倆。」行昭按住心緒，緩緩出言笑著說，帶出了面頰上的兩個梨渦。「言之公下令繼續徹查，發現是他當時的政敵，忻州白家下的狠招。顧氏長房當時只有一個孩子，言之公有話『血脈天倫乃天下聖事，白家心如蛇蠍，當一族絕之！』」

賀琰聽到政敵二字，下意識地挑了挑眉，靜默半晌，一抬手，斬釘截鐵道：「查！把景哥兒屋裡的人都押過來。鄭氏和薄氏分開關，晚上細細審。」

黃嬤嬤乘勝追擊。「管著景哥兒飾物的是一個喚作林竹的小廝，他今兒個出府回家了，聽景哥兒說，林竹一家都接觸過鄭氏。」

黃嬤嬤在將才已經將所有情況都摸清了，行昭暗暗點頭，黃嬤嬤夠狠、聰明且世故，最重要的是對大夫人忠心耿耿。

「將萬管事一家都叫回來！」賀琰話音一落，外頭就響起了一陣響亮的鼓掌聲。行昭蹙眉，哪裡來的人敢這樣放肆？

一抬頭，卻見一前一後進來兩個郎君，前頭那個十四、五歲的樣子，著寶藍軟緞面直綴，劍眉入鬢，一副劍膽雄心的模樣。而後一個卻只有十歲出頭，比前一個矮了一個頭，銅綠青色直袍，書生氣十足。拍掌的就是前頭那個。

賀琰率先起身迎上去，撩袍作揖。「家事荒唐，叫兩位皇子見笑了！」又皺眉瞥了眼跟在其後的管事。

行昭心下一驚，兩位皇子！莫不是二皇子與六皇子?!內閣裡眾人連忙起身，連大夫人與二夫人都從裡間出來，屈膝福身，口裡說著。「見過兩位皇子，請皇子安！」

前頭那個趕忙虛扶一下大夫人，又衝賀琰擺擺手。「別怪責管事，我和小六本也是來賀府蹭宴蹭酒，耍鬧來的。在書齋也關不住，一聽正院有好戲看，旁人也不敢來攔我們，就直衝進來了。好一齣兵不厭詐，我和小六隔著窗板聽得極高興！」

行昭埋首，不由自主地撇了撇嘴，聽得高興？一旦確鑿，哥哥的世子之位就更有理由不上書了；一旦確鑿，哥哥的德行聲譽就蒙上了一層灰；一旦確鑿，那不就是應邑計謀得逞，母親的地位又陷入被動。

這樣沈重的話題，竟被說成是一齣好戲？

賀琰挺了挺身沒答話，六皇子跟在後頭，微不可見地扯了扯二皇子的衣袖，二皇子蹙了蹙眉，有些不耐煩。「做什麼！」

六皇子皺了皺眉頭，轉身向賀琰作了個揖。「二哥沒有其他意思，只是預備拜見一下太夫人，便走到正院來，想同您說一聲，哪曉得正堂裡頭正在說話，我們就不便進去了。」

賀琰面色微霽，側身避開那禮，笑著擺擺手。「太夫人近來身子有些不太好，正閉門養病。皇上難得放兩位出宮，今日又是元宵佳節，兩位皇子是想喝杏李酒還是桃花釀？我們賀家的杏李酒是在定京城裡都有幾分薄名的。」

老侯爺好飲，賀家的佳釀好酒多的是，賀琰提起的要嘛是果酒，要嘛是味甘醇、不易醉的桃花釀，意在不讓兩個皇子醉飲傷身。

行昭耷拉著眼睛，縮在後頭靜靜地聽，皇帝只有三個兒子，竟然放心其中兩個都來賀府，賀琰是朝中重臣，重臣與皇子接觸，本就敏感，這一下還是來了兩個。

等等，兩個？

莫不是皇帝在考慮立儲，所以需要重臣在對兩位皇子有了一定的認識後，提出恰到好處的意見？

「杏李酒！」

行昭被二皇子高昂的聲音一驚，抬頭見他一副躍躍欲試的樣子。

六皇子卻微垂了首，以二皇子馬首是瞻的態度。

賀琰細瞧面前兩個性格迥異的少年郎，一個外放，一個內斂；一個喜怒形於色，一個心中有計較，怎麼看也是六皇子更適合做帝王一些。可惜二皇子儲位呼聲卻最高，一來居長，二來其生母王嬪伴君二十載，從潛龍時期至今，與皇帝感情頗深。

賀琰的眼神不著痕跡地移向了六皇子，老六周慎，陸淑妃的兒子，就等於是方皇后的兒子，奪嫡勝算幾乎為零。方家兩個女兒，一個嫁了皇帝，一個嫁了臨安侯，本家又久在西北盤踞，手掌重兵，皇帝不會樂意見到下一任皇帝仍舊和方家親密。方家再往上爬，就能爬上太極殿裡的那柄龍椅了。

而今日二皇子說想要出宮看看，皇帝一口答應，又叫來六皇子，隨即就讓自己負責兩位皇子的起居住行。

大周素來都有前朝重臣輔佐新朝君王的慣例，而那輔佐之人既是前朝心腹，又當得新朝棟梁，這是個一人之下萬人之上的位置啊！

賀琰念及此，笑得越發真心，上前拍了拍二皇子的背，語聲極似一個慈父，帶著寬縱和熨貼。「好！今兒個咱們爺兒們就痛飲杏李酒，不醉不歸。」

二皇子眉飛色舞地轉頭，卻一眼望見了木愣在地上的薄娘子，指了指，口裡說：「這小娘子好生無賴，臨安侯一定要好好審下去，一個平民哪裡來的膽子敢這樣和世家叫板？」又移了眼，瞧見了角落裡低低垂首的行昭，笑嘻嘻地問：「這是溫陽縣主？」還沒等行昭回話，便揚聲吩咐。「這下可以叫賀行景出來了吧，聽旁人說賀家大郎是一把喝酒的好手，今兒就和他比一比！」

薄娘子抖得更厲害，幾乎想藏到桌案下去。

「賀現過會兒也來，三房的昀哥兒喝酒也不差，有的是人陪二皇子喝。」賀琰笑著答，一邊往裡望望，眼神落在薄娘子身上時，變得異常冷冽，二皇子知道了並且過問了此事，怕就沒那麼好收場了。再轉頭，就是向大夫人溫聲交代了。「過會兒景哥兒回來了，叫他換身衣服過來。」

大夫人連連稱是。

賀琰便幾個快步走到門前，請二皇子、六皇子先行。

行昭立在大夫人身後挺直脊梁，卻垂著頭，她能夠很明顯地感受到，有一道專注且帶著詢問的目光在打量她。一抬頭，卻只見到了六皇子略顯瘦削卻挺立的背影。

行昭皺了皺眉，她直覺地就不喜歡這個六皇子，大約是見多了這樣口蜜腹劍的白面書生，再來一個這麼心思玲瓏又懂得審時度勢的人，就會無端地遷怒吧？

「把這個薄氏拖下去！」大夫人難得地強硬了語氣，她一想到這樣噁心的人和事纏上了景哥兒，心頭就像燃起了一股愈燒愈旺的火。

行昭走近了那薄氏，細聲細氣地說：「二皇子是什麼樣的人物，是真正的皇親國戚。他都過問這件事了，過會兒薄娘子還是老老實實交代完了，只要不是妳最先動的歪念頭，或許還能給妳一條活路，我賀四娘向來說話算話。」

薄娘子手腳冰涼，聽到這番話，突然覺得似乎從裡到外都回暖了一樣，只要願意照實說完，就能活嗎？只要自己不是主謀，就能活嗎？她蠢，中了賀家的詐，她運氣不好，遇上了二皇子，但是她一向是最曉得趨利避害的。

「我說，我全都說。是個婆子找到鄭家來……」薄娘子被兩個婆子拖出了正堂，卻還在遊廊裡高聲交代。

「妳留著晚上和侯爺交代吧。」行昭沒有心情聽，她要的是讓賀琰知道真相，並且不要忽視真相。

不多時，三房便來了，三夫人一向喜歡把兒子拴在褲腰帶上，如今一聽兩位皇子在府上，趕忙把昀哥兒趕去前廳，又柔聲囑咐。「不准灌皇子的酒，多和皇子說話，多把話往詩詞經綸上領。」

昀哥兒不耐煩，一邊往外走一邊擺擺手，表示知道了。

三夫人一見兒子這樣作派，坐在右下首和大夫人又是嘆氣、又是埋怨。「也不曉得這孩子隨的誰，他爹是個極好學問的人，我更是時時刻刻教導他要好學……」又問太夫人好些了沒，等大夫人點了點頭，便又把話扯到了城西邵家那場兒女官司上去了。

沒了爺們在旁邊，幾個夫人、太太東家扯西家短的，把三個姑娘並一個行時聽得直笑。一頓飯用得極快，三夫人告辭，說是要去向太夫人問安。正堂裡只剩了大夫人與二夫人一人一邊兒地坐著嘮叨，一個擔心自家兒子被灌酒，一個深恨自己沒有兒子被灌酒，東拉西扯地說，聽得行昭與行明直打呵欠。

不一會兒就有嬤嬤來報。「兩位皇子出門回宮了。」過會兒又有人來通稟，這回是湊在行昭耳朵邊說的話。「侯爺在審薄氏和鄭家的，審完後又去北柴房審林竹一家了。」

行昭點點頭，大夫人見這頭有動靜，轉眼來詢問，行昭笑著說：「無事，在和我說，我房裡的鸚鵡會說新春吉祥了。」

「哪有小娘子喜歡鼓搗這些的！」大夫人笑嗔一句，又扭頭和二夫人說話。

行昭靠在行明身上，心裡頭細細在算，前世裡母親是正月二十二日去的，還有七天，她不相信這七天母親都不能安然度過。不經意地轉頭，瞥見窗櫺外的深藍色天際處有一輪圓月。

十五的月兒真圓啊，圓得叫人心甜。

第二日一大早，行昭正睡眼迷濛地坐在黑漆月半桌前用早膳，嘴裡一下一下嚼著水晶玲瓏蝦餃，心裡卻在想著昨兒個夜裡正院始終亮著的燈——賀琰帶著白總管親自審薄娘子和鄭家的，而後又審了林竹一家，也不曉得審出了什麼名堂。

昨兒晚上進進出出的，懷善苑離正堂不算遠，隱約也聽到了一些聲響，有女人尖利的哭聲，有男人憋悶的聲音，也有瓷器碰碎的清脆聲音。

「姑娘！」蓮蓉端著溫水進來，一臉眉飛色舞，見屋裡立著荷葉和荷心，便縮了縮脖子，噤了聲。

行昭被一驚，筷子挾著的蝦餃跟著滾到了地上，只好將銀箸放下，招招手讓她過來。「過來坐著，妳小聲點。」蓮蓉知機，昨兒個夜裡就守在正院口，又和賀琰身邊服侍的楊歌套交情，一早就出去了。

蓮玉接過水盆放在黑木架子上，蓮蓉束著手站著，有些為難的樣子，荷心、荷葉心裡有數，便躬身告退。

「都留下。」行昭出言，荷心的哥哥是賀琰身邊的小廝，荷葉是從榮壽堂跟來的，疑人不用，用人不疑，叫她們心裡存了個疙瘩，倒是得不償失。「都是懷善苑裡的人，哪裡有話是說不得的。」

荷心喜出望外，荷葉沈穩得多，拉過荷心站在一側。

蓮蓉想了想，也覺得有道理，上前兩步，帶著竊喜與隱密壓低聲音。「那薄娘子肚子裡的孩子被白總管逼問出來了，不是我們家郎君的，您猜猜，是誰家的孩子？」

大約世間的女人們都是喜歡說道這些的。

行昭心裡好笑，對這個話題卻半點興趣也沒有，抬眼覷了覷蓮蓉，蓮蓉吐吐舌頭，帶著興奮的語氣。「是閔寄方，閔二郎君的孩子！」

行昭驚得差點將舌頭咬下，閔家的孩子！閔寄柔兄長的孩子！這是巧合還是特意？有人要陷害行景，卻用的是閔家的種。行昭腦海像是一團亂麻，找半天找不到線頭，只好繼續追問蓮蓉。「侯爺怎麼善後的？」

「侯爺召來張院判，一碗湯藥下去，薄娘子肚子裡就啥也沒有了。」蓮蓉現在一點也不覺得在七、八歲小娘子面前說這個有什麼不妥，昨兒個要不是姑娘，要嘛仗勢將那薄氏趕出去，要嘛給些金銀，哪裡能處理得這麼容易？

又說：「侯爺又去審了鄭嬸子，把她給放了。」蓮蓉說得忿忿不平，又想起了什麼。「那林竹被綁在院子裡，抽了板子，下來的時候後背全是血，一百下板子下去，估摸著屁股後頭的肉都爛了吧。他老子娘現在倒還被關在柴房裡。」

「姑娘面前說些什麼呢！」蓮玉拉了蓮蓉一把，看行昭沒說話，輕聲說：「這倒是奇了，打了兒子沒動老子。景大郎君明明說了，林竹一家子都和鄭嬸子接觸過，林竹一個小廝，哪裡來的這麼大的膽子……」將主子的貼身東西偷送到誣衊者手裡去……蓮玉的後一句話卻沒有說出來。

行昭抬了抬下頜，又問：「侯爺現在在哪兒？」

這個蓮蓉自然是不知道，荷心怯生生地想說話，行昭衝她點點頭，這才細聲細氣地開口。「今兒個早上哥哥回來時說，侯爺審完人後就一直在勤寸院裡頭，臨到天亮了，才從屋子裡出來，讓白總管去送兩封信。」

「可知道送到哪裡去？」兩封信？行昭沈吟問。

「哥哥接到的是送到信中侯閔家去。」荷心答得快，後頭一句卻是想了又想，才說：「另外一封不是哥哥送的，是白總管親自去的。不過聽哥哥嘟囔了幾句，彷彿那封信蓋著青封銅泥，厚厚的一疊，白總管攥在手裡，似乎又不放心，就揣在了懷裡了。」

賀琰果真是老狐狸！辣手果斷地幫閔家了絕了一樁難事，擔了惡名，又修書一封，寄到閔家，讓閔家承了他的情。只不過喝一碗打胎藥需要請來張院判嗎？這不就是怕閔家不認帳、不領情，再備個分，退一萬步，好給他日做見證。

只是賀琰一向是事不關己，高高掛起的個性。

行昭手搭在案上，看著牆角擺著的那碗黃壽丹。

蓮玉輕聲問：「姑娘覺得另一封信是寫給誰的？」

「交給白總管去送，厚厚一疊，封著銅泥，送進宮裡的信件大概也就是這樣珍重了。」

行昭手一下一下地敲在黃花木上，鈍聲起，又說：「一推算，送的還能有誰？只有這件事的始作俑者了唄！」

林竹的老子娘大概明白始作俑者與賀琰的關係，才敢讓兒子這麼放肆，而賀琰的處置態度更表明了這一點。

行昭能確定是應邑長公主了。厚厚一疊，寫了些什麼？是威嚇還是懇求，是厭棄還是繼續欺哄？

「妳去將這件事完完整整地講給張嬤嬤聽。」行昭吩咐蓮玉，抬了抬眼。「哥哥的說辭，薄娘子的說辭，鄭家的背景，侯爺的處罰。鄭家三郎在翼城當兵，而中寧長公主的封邑就在那裡。侯爺將林竹打了個半死，卻沒動他老子娘。昨日侯爺在審問林竹時表現出來的猶豫和遲疑，一點一點都說給張嬤嬤聽。」

蓮玉一聽就明白了，溫柔的臉顯出了幾分狡黠，應諾後便向榮壽堂去。

荷心和荷葉在旁邊聽得目瞪口呆，又雲裡霧裡，連同蓮蓉也聽得沒明白。

行昭站起身，荷心的身量還沒她高，一抬手就能摸到荷心的頭，行昭邊揉著荷心的雙丫髻，邊笑說：「妳家姑娘還沒吃飽呢，去向小廚房再要個青蘑蒸蛋和魚片粥來。妳喜歡吃山楂糕，蓮蓉喜歡吃燴三鮮，荷葉最實誠喜歡吃小籠包，都讓小廚房做來。」

晌午時分，蓮玉才回來，一同來正院的是張嬤嬤，大夫人頭戴著水獺絨抹額出來迎，張嬤嬤福過身後，便傳了太夫人的吩咐。「萬管事打五十下板子，養好傷後，一家子都發賣出去，賣到邊疆也好，胡地也好，只一條不許讓他們在定京城裡轉悠。」又說：「鄭家那戶人太奸厲，太夫人請您給方舅爺寫封信，把鄭家那三郎調到西北去，她才安心。」

大夫人一聽，後一條都還好辦，舉手的事。可前一條，萬管事是外院的人，她是管著內院的，哪有插手越過侯爺去賣他的心腹管事的道理？

張嬤嬤看出了大夫人的為難，又說：「若是侯爺有什麼異議，讓他直管去榮壽堂和太夫人說道。」

大夫人也只好應了。

行昭聽後，笑著將一盅銀耳蓮子湯一飲而盡，太夫人如此強硬地插手，表明態度，賀琰敢再去榮壽堂嗎？也好，讓賀琰身旁的人都看看，這就是身在曹營心在漢的好處。

大夫人還沒騰位置呢，這些人就胳膊肘往外伸，幫著應邑來栽贓陷害了，果真是人往高處走，無利不起早。

第十五章

勤寸院的賀琰，自然也及時地知道了太夫人的吩咐，沈著一張臉坐在太師椅上。

白總管戰戰兢兢地往裡站了站，書齋裡頭供著佛手和香櫞，他小口小口地呼吸著，生怕一重就惹惱了被太夫人明晃晃打了臉的現任臨安侯，隔了半晌才聽到賀琰語氣平穩地說：「按照太夫人意思去辦，光是賣遠了怎麼讓他閉嘴不說話？賜四碗藥下去，讓他們一家子永遠都說不了話才安全。」

白總管心頭大驚，應邑長公主給萬管事灌的湯，正是賀琰給長公主的承諾，萬管事管著賀琰在通州和定京的鋪子、礦山，賀琰一向對他極寬容，昨夜裡明明都答應了給萬管事一條活路！

「榮壽堂瞞得緊緊的，太夫人是怎麼知道的？」賀琰一針見血。

白總管不曉得該怎麼說，他知道懷善苑裡的小丫鬟今早去過榮壽堂，可怎麼也說不出口，大夫人是知足樂觀，只要火沒燒著她，她一向是多一事不如少一事，思來想去也只有四姑娘有這個可能去和太夫人說這件事。

「昨兒個夜裡正院丑時才熄燈，太夫人執掌侯府也幾十年了……」白總管覷著賀琰神情決定掩下行昭的可能，言下之意是正院這麼大動靜，太夫人握著臨安侯府幾十年，怎麼可能不知道？

賀琰想了想，點點頭。

主僕二人正說著話，另有管事在外頭叩了叩窗板，賀琰揚聲喚他進來。

「禮部將二皇子妃的名單呈上去了！」那管事喜氣洋洋地說，卻被書齋的寂黑驚了一下，看到賀琰面色沈重，便迫不及待地想把好消息說出來。「三姑娘也在裡頭！」

「還有誰？」賀琰雖有些意外，卻更關心其他。

那管事從懷裡掏一封謄寫的信箋來，恭敬地先交給白總管，白總管再呈給賀琰。

賀琰挨個兒看下去，二皇子娶正妃是這些日子來最重要的事，或許這也就定下未來的皇后了。外戚封爵這個不重要，出一個皇后，就表明天家對這戶人家還有所期待和信任。

賀琰只恨行昭不能再大個幾歲，以賀家的資歷，太子妃的位置都能搏上一搏，何況一個皇子妃。禮部將賀三娘行明寫上去，也只是為了賣賀家一個面子，湊個數罷了。

安國公石家長女、忠獻伯林家長女、嘉怡大長公主府孫女、戶部右侍郎黎令清之女、閩西提督邵治之女、內閣陳顯之女……

一行一行看下來，終於看到了一排字，信中侯閔家長女，閔寄柔。

賀琰一笑，再從頭到尾看了一遍，這次禮部呈上去的名單，一共有十三家，多為勛貴世家之女，並且大都是定京城裡的人家，零星有幾家也是在江南和福建，離西北甚遠。

皇上在年前先派親信梁平恭換下原來的西北提督，又一連撤下西北三個守軍軍備，全部換上從定京去的人。西北變天，方家經年的心腹被撤，鎮西侯方祈卻按兵不動，甚至在上年禮時較之往年更多更精細，像生怕皇帝不知道方家在西北老林有多一手遮天。

方皇后入宮十餘載，未曾有過生養，皇上將九公主養在方皇后膝下，寧願把有腿疾又無母的四皇子給德妃養，也不願意養在鳳儀殿。

無端想起此事，賀琰斂了斂笑，把信箋給白總管，吩咐道：「再謄一份，給幕僚們送去。」

「苗安之亂」後，定京城裡的勛貴世家從原來的二十家，奪丹書鐵券，下獄流放，到如今已經只剩下了八家，就是在這八家，除了賀家還掌著實權，就只剩下閔家還擔著些聖寵，也得益於閔家的姻親廣布，枝繁葉茂。

果然，這樣看下來，矮子裡面拔高子，竟還是閔家的勝算更大，昨兒送閔家個人情，沒送錯。

白總管應了一聲，便往外走，卻突然被賀琰叫住。「再給榮壽堂送一份。」

太夫人拿到那張輕飄飄的書箋時，張嬤嬤倒是一副很高興的模樣，太夫人早間那樣打了侯爺的臉，侯爺還能不在意，可見母子連心，怎麼樣也割不斷。又輕手輕腳地從細藍絨布裡抽出了玳瑁眼鏡，服侍太夫人戴上。

太夫人坐直了身，一行一行看下來，在看到「臨安侯府館閣學士賀環之女，賀行明」一時，撇嘴一笑，不在意地將紙放在了案前，向張嬤嬤說：「禮部那群人精會做事。行昭年紀不夠，還曉得安上行明湊個數。」

「二夫人整日愁三姑娘的歸宿，如今上了這冊子就跟鍍了層金似的，我腆著活了這麼些年，還沒見過哪家娘子上得了皇子妃的備選，還能有嫁不好的。」張嬤嬤笑意盈盈地給太夫人端了盅清水來，服侍她喝下。

太夫人沒答話，慢慢啜了口清水。茶解藥，自從在吃藥後，就只能喝清水了。可這般那般的顧忌、醫治，卻怎麼也治不了心病。

「唉，讓人給二夫人帶個話，叫她心放寬點，別再逮誰是誰，盡出些洋相。」太夫人吩咐，正想問賀琰是怎麼處置萬管事一家時，芸香挑簾子進來，手裡頭捧著一方品紅絳色勾蘭帖子，行了禮後就脆生生地說：「平陽王府來下帖子了。」

太夫人接過一看，又合上了，笑著叫住張嬤嬤，又和素青說：「……叫大夫人與二夫人來一趟，行明和阿嫵也來。」

張嬤嬤一聽是平陽王府來下的帖子，哪裡還有不明白的道理，平陽王是今上一母同胞的弟弟，關係親厚，又是個閒散王親，禮部將才呈了二皇子妃的名單上去，平陽王緊接著就下帖宴請各家，相看的意思還不夠明顯？聽人說二皇子有十四歲了，也該訂親了，賀家辦親事前前後後都要兩、三年，更別說皇家的規制了。

張嬤嬤親到正院的時候，行昭正陪著大夫人見各司房的管事，三言兩語間定下一年的計劃。大夫人雖性情軟懦，卻是管家立帳的一把好手，方家出身行伍，教導女兒自然不會像定京城裡的簪纓貴家一樣，連隱晦地說起柴米油鹽錢都覺得俗氣。這麼些年管家從來沒出過錯，賀家的私產更是足足翻了兩番。

「太夫人今兒個精神好多了，或許是您那何首烏的妙效。這不，才接了平陽王府的帖子，讓您和四姑娘都去榮壽堂。」

聽張嬤嬤的話，行昭拿筆的手一抖，眼看著濃黑的墨汁順勢落在了紙上，一滴墨水過紙浸染到了氈子裡，再無蹤跡。心緒如微瀾一般，稍起漣漪後，便一池綠水平靜無波。平陽王府，不就是周平甯父親，平陽王的府上嗎？

大夫人笑著應了。「那就再用一盒，一盒不夠就用兩盒，大不了寫信讓哥哥再送來。」看了看滿屋立身坐著的婆子，又交代了幾句，便帶著行昭往榮壽堂走。

路上正好遇到喜笑顏開的二夫人，紅著一張臉跟在後頭的行明，還有走在最後的素青。

行昭心忖著，前世的大方向沒變，每日的事兒卻變得不少，看起來是二房攤上好事了。

二夫人加快了步子，笑意盈盈地先和大夫人見過禮，又牽過行昭，連聲問昨兒晚上睡得可好？景哥兒今兒去明先生那兒起學沒有？

行昭心裡好笑，二夫人好奇得很，又想問昨天事情的後續又捨不得說開，只笑著一一答了。「睡得好極了，哥哥一早就去城西明先生處論書了，明先生是大儒管得嚴。」

二夫人捂著嘴笑，又挽過大夫人，親親密密地說話。

行昭和行明兩個小姊妹自然就落在後頭，行明赤赧著一張臉，湊在行昭耳朵邊說：「素青姊姊來說，禮部也擇了我上二皇子妃的單子……」

話到後頭，愈加低聲，語中的雀躍卻怎麼也掩飾不住。也是，皇家都承認的人，別人搶都還來不及，就像從宮裡出來的姑姑一樣，一出宮就遭世家大族搶光了，就衝著皇城這塊招牌去的。

行昭見行明高興，也捂著嘴笑，二夫人愁行明的婚事不是一天、兩天了，前世行明沒有在名冊上，如今上了，自然選擇面就更廣了，條件也能更高些，難怪二夫人高興。

前頭後頭都在笑著說話，不一會兒榮壽堂就到了。

幾人相攜進了榮壽堂，行過禮問過安後，兩個小輩便自動地坐在了最尾，大夫人與二夫人一左一右坐在上首。

待一坐穩，二夫人便有些按捺不住了，小半坐在錦杌上，一大半身子都探了出去，笑著說：「娘今兒個瞧起來精神極好的模樣，張院判說這服藥吃個七、八天便好了，如今看來不僅是全好了，瞧著更精神了，我們府總要備上四色禮盒送到張太醫府上。」

「行啊，這事兒就交給妳辦了。」太夫人斜倚在鋪著軟墊的暖榻上也樂得應和，又吩咐芸香把案上的帖子給二夫人看。「妳看看，下月初五，平陽王府請宴，說是慶春。」

二夫人接過那帖子，翻來覆去看好多遍，止不住地笑開了，忽地想起來什麼，多了個心眼問。「娘可知道同去的還有哪幾戶人家呢？」

這是在打探二皇子妃的人選呢。

行昭邊抿了口茶，邊暗暗打量著二夫人。她整個人顯得急切且興高采烈，行明的身分根本就不夠格去攀皇子妃，而二夫人卻難保沒有想去爭一爭的念想，可見人都是得寸進尺的，都喜歡去肖想根本得不到的東西。

前世的她是這樣，後一世才發現原來還有這麼多人都看不清。

「還有好些家，其中自然也不乏權門貴胄。」太夫人淡淡開口，抬頭瞥了眼二夫人。「信中侯閔家的大娘子也去，正當紅的閣老陳顯的女兒也去，定京城裡有些名望的人家都受了邀。甭管誰去，只一條，妳別忘了定國寺之行。」

行明喝茶的手一顫，二夫人的臉上爬上了兩團潮紅，是有些不好意思了。

太夫人見狀，笑了笑，又說：「也別太拘謹，都是相熟的，就當小娘子們聚一聚，我們老婆子也出去曬曬太陽。」又笑著指了指行明。「這丫頭穿水紅色好看，我存著一疋水紅牡丹千層福花樣的杭綢，還有一副赤金纏絲蓮葉紋的頭面，待會兒一併送去東跨院。都是大姑娘了，好好打扮打扮，叫他們知道，我們賀家的女兒不比誰差。」

行明滿懷感激，她比誰差，她並不比任何人差！

張嬤嬤又捧了幾匣子的首飾進來，幾個女人都陪著太夫人選，誰說一聲好，太夫人就立馬打包送過去，很是有散財童子的模樣。

一下午過得極快，太夫人臨到後頭有些乏了，二夫人便領著行明藉機告退。大夫人磨磨蹭蹭地，有話要說。

太夫人最見不得大夫人這副模樣，緊緊蹙著眉頭等她。太夫人瞧了眼行昭，示意行昭先避到裡間，行昭裝作不知道，仍舊搖晃著腿坐在椅子上頭小口小口地吃茶。

「可是那道處罰讓妳為難了？」太夫人嘆口氣，到底先打破了僵局。

大夫人一聽，像找到一個宣洩點，直點頭，皺著眉頭一臉為難。「鄭家的緊緊相逼，林竹又染了毒癮，這才財迷心竅把景哥兒的貼身物件拿出去。把他們一家發賣了，這個侯爺也覺得有道理，可他又出了個主意。媳婦、媳婦就覺得有些傷陰德了……」說著抿了抿唇，一張圓臉皺起，嘆了口聲，又湊攏了暖榻，壓低了聲音。「侯爺怕萬管事一家將事情四處亂傳，吩咐人賜幾碗啞藥下去。」

太夫人撥佛珠的手一頓，片刻後又繼續誦佛。「既然是侯爺吩咐的，自然有他的道理，照著做就是了。我們家海燈、長明燈供奉得不少了，萬管事一家罪有應得，不怕的。」

大夫人聽太夫人也是贊同的，說不清是如釋重負還是有些失望，應諾後，便帶著行昭告了退。

行昭耳力好，大夫人的話隱隱約約聽到個大概。無毒不丈夫，萬管事一家敢這麼做，就證明是得到了充足的理由與支持，至於是不是來自賀琰的，就不知道了。賀琰到底還念了些舊情，只是毒啞了，而不是滅口。

一連數日都是風平浪靜，二爺知道後又拖家帶口地去榮壽堂謝，又去勤寸院謝。二夫人是作夢也想不到行明這樣爭氣，又想起來那日在正院見著那個有著一副劍膽琴心的少年郎，又會不由自主地想要是行明當了二皇子妃會是怎麼樣的風光。

每到這時，行明就一副無奈的模樣，避到懷善苑扯著行昭養的幾盆蘭草說：「母親現在真的是望女成鳳了。別人給她三分顏色，她就能開間染坊。二皇子妃那是我能想的嗎？我只求那天不要出個什麼岔子丟了臉，就阿彌陀佛了。」

「妳能想明白是最好的。」行昭邊說，邊心疼蘭草，一把從行明手裡搶過，便看著行明仰頭笑，既笑行明的前程愈來愈好，又笑母親好容易平平安安地過了正月二十二，避開了前世的那場禍事。

兩姊妹日日膩在一起，偶爾去瞧瞧行時，偶爾去看看行景，東偏房的行曉還在養著，行明與行昭都不樂意看見她，便默契地絕口不提。

行景倒是沈寂很久，既對身邊人的背叛感到揪心，又對鄭家那雙不要臉、不要命的婆娘感到不解。賀琰教導他，不要將這件事往外傳，能憋住就憋住，既是為了閔家，也同樣是在保全賀家的顏面。可他面對慈父一般的明先生，還是一五一十地說了。

明先生沈吟半晌，帶了幾分猶豫地說出這樣一番話。「信中侯閔家聲譽確實沒有賀家有賢名，俗話說人善被人欺，馬善被人騎。因為你的妥協和退讓，給了鄭家誤解，讓她們以為你是予取予求的。同樣你瞞著家裡人也是不對的，你給賀府的消息不夠，造成了兩廂錯節，故而給了鄭家可乘之機。」

行景沈默，卻沒有看到明先生明顯有些懷疑的眼神。

轉眼就到了二月初五，黃道吉日，宜出行，宜宴請。

平陽王府在距離皇城極近的紅雙胡同裡，一條胡同都是住著平陽王府的人，平陽王是今上胞弟，娶的也是青羊蔣家的姑娘，青羊蔣家開著書院，卻不參政事，沒人做官，卻桃李遍天下，這才是真正的清貴。故而平陽王位高卻閒散，好宴賓客也好聚文人雅客於一堂，賞一宵之繁華，品滿春之悠長。

賀家到的時候，已經是接近晌午了，平陽王府下的帖子說是來賞春花、喝米酒，故而行昭一仰頭，便能看見掛在平陽王府青磚白牆上的幾枝才抽出綠芽的藤蔓枝葉。

重生過後，周平甯的面孔似乎像被愈漸厚重的紗霧蒙住，變得愈來愈模糊。在緊鑼密鼓的保全母親這一場戰役中，行昭根本來不及去思考前世的情愫和延伸。

行昭輕輕嘆了口氣，前世的苦辣辛酸，自己的執拗與偏激，如同花燈走馬一樣模糊而深刻地從腦中掠過，像是看了一場悲歡的戲，在臺上的人哭得面目全非，臺下的看客卻還在不合時宜地拍手叫好。

顯得異常難堪。

「阿嫵！」行明壓低聲音，又略略彎了腰，邊幫行昭理了理簪在髮團上的流蘇，邊低低地說：「妳一直盯著人家門廊看，這是什麼道理？」

行昭回過神來，拿帕子捂著嘴笑笑，難得初春有這樣好的陽光。行明站在逆光的地方，行昭一仰頭，就能看到有幾束澄澈的春光擦過少女的鬢間，將行明那身水紅色蹙銀絲高腰襦裙襯得極為鮮亮，笑著說：「三姊今天真好看。」

行明難得的臉紅了，行昭便笑著去牽行明的手，姊妹倆小碎步跟上前頭花廳裡，正陪著平陽王妃說話的太夫人。

「今兒個真是沒想到您能來，您身體可康健？」平陽王妃二十八、九的年歲，聲音脆脆的，很會打扮，穿著一件真紫色的刻絲小襖，拿幾顆瑩潤光亮的東珠做了扣子，下裳穿的是秋杏色的綜裙，行走間能看到繡著雙蝶飛的青碧色繡鞋。

太夫人笑意盈盈地答了。「託王妃關心，老婆子倒還能走能睡。」又客氣道：「平陽王最是風雅，便是為了新釀的玉白露，老身也是要來的。」

平陽王妃十分愉悅地笑，又連聲將行明與行昭喚過來，一人給了一個漁農樵耕的翡翠掛件，眼神在行明身上停留的時間明顯更多，卻牽著行昭的手說話。「我們府上只有一個姑娘，一堆渾小子。臨安侯家有兒女福氣，既有幾個十分出眾的小郎君，又有溫陽縣主和三姑娘這樣好的娘子。」

行明、行昭蹲身謝禮，行昭下頷收得緊緊的，不敢看前世的嫡婆母。

「平宜有十四歲了吧？也不叫進來看看，我記得上回看見他時，還沒齊我的肩膀呢！」太夫人記得平陽王妃只生了嫡長子，便十分關切地問：「聽說平宜說親了？說的是中山侯劉家的大娘子？」

平陽王妃笑著點點頭，邊說：「二皇子和六皇子過來了，在陪著呢！」話是笑著說的，眼頭卻閃過一絲鬱色，這門親事不功不過，中山侯劉家雖是勛貴卻沒實權，面子上好看罷了。王爺卻還在叫她今日幫著給那庶子周平甯看看門路，這群小娘子家裡頭哪個不是權門烜赫，名門大家憑什麼要配給你一個庶次子啊？

「世子還得喚我一聲姑母！」二夫人笑著打岔，她也是出身中山侯劉家。

「那過會兒就叫阿宜過來認親。」平陽王妃十分好脾氣地從善如流，剛說完話，又有人來通稟，說信中侯夫人帶著長女來了。

平陽王妃衝太夫人笑笑。「正好臨安侯府和信中侯府是至交，過會兒有人陪您說話了。」

太夫人忙擺手，直說：「您去忙、您去忙！」

不一會兒平陽王妃便迎著閔夫人一家進來了，後頭跟著一個眉清目秀的小娘子，杏眼桃腮，膚色雪白，身量嬌小玲瓏，逢人便笑。

是閔寄柔，行昭看著她笑，前世裡她與閔寄柔就像相互支撐的條蔓，一個所嫁非人，一個明明是正房，卻變成了妾室，同病相憐，惺惺相惜。

平陽王妃陪著閔夫人說了幾句話，又去前頭迎人。

閔夫人瞧起來氣色不太好，估摸著是因為閔寄方做出的那樁荒唐事，直扯著太夫人袖子道謝。「若不是臨安侯果決心好，又寫信來和我們侯爺說，那薄氏慣會『擅言媚人』，又『詭辯臉厚』，我們方哥兒才多大？否則怎麼就被她騙去了呢……」

又同大夫人吐苦水。「方哥兒被侯爺拿牛皮鞭子抽得半死，叫他荒唐！都是做娘的，我既埋怨他，看著他哭又看他被抽得背都紫了，就像自己被打了似的，身上不疼，心裡直疼……」

「小郎君知道錯了就好了，誰家郎君不是遭自家老子打大的呢？」大夫人想起哥哥方祈以前被父親打得三天下不了床，深以為然，又實在不想再談這件事，就扯來嘉怡大長公主的兒媳婦說到內務府的香脂裡換了香料這檔子事了。

各家的小娘子們則聚在裡廳，由平陽王的庶長女善姊兒在招待，招呼著人上了茶點，又這頭轉轉，那頭說說。

二皇子妃備選至少都應該有上十家，行昭抬眼略略數了下，今兒個來的估摸著只有六、七個小娘子，要不就是因為家太遠了，要不就是因為平陽王府並沒有邀請，平陽王府沒邀請，就證明天家一番挑揀後，根本就沒有可能成為二皇子妃，只是禮部寫在單子上湊數的。

那行明……

行昭一邊聽著安國公石家亭姊兒在耳朵邊唸叨，一邊打量了在西頭正笑著說話的行明，端的是一副明眸皓齒又落落大方的好樣貌，難不成行明真的有可能？

「阿嫵！」亭姊兒見行昭沒認真聽，推了推她，一臉不樂意。

行昭彎眸一笑，直賠罪。「是阿嫵錯，輕慢了美人，美人原諒小生這一番，可好？」

亭姊兒見這小小的人作著怪，噗哧一笑，只拿手指點了點行昭的鼻頭，嬌哼一聲，算是了了。

誰也想不到外頭正湊著兩個腦袋，從窗櫺的縫兒朝裡看，站在左邊的是二皇子，站右邊的那個手指了指明顯比其他娘子矮了半個腦袋的行昭，語氣輕笑著打趣。「皇上怎麼把才那麼小點兒的娘子也叫來了？難不成要學鄉野農夫，預備養個童養媳在宮裡頭？」

二皇子一嗤。「那是臨安侯的長女，可沒在那單子上！」

忽然想起什麼，招手喚來立在門廊裡的一個丫鬟，又指了指裡頭，壓低了聲音說：「妳去將那個穿著鵝黃色襦裙的小娘子叫到後頭的亭子去。」

右邊那郎君一愣，隨即笑起來，忙叫住那丫鬟，吩咐說：「妳去給大姑娘說，讓大姑娘去叫那小娘子。」又轉頭向二皇子打趣。「難不成不是皇上的主意，是你自己想養個童養媳？」

「我就是想問個事兒！」二皇子急眼了，連忙擺擺手，又說：「那小娘子才七、八歲的模樣，美醜都瞧不出來，如今看著還好，萬一往後變醜了，我哭都沒地方哭去！」

右邊那郎君哈哈笑起來，那丫鬟聽得一愣一愣的，只把眼神移到右側郎君身上，口裡直問。

「甯二爺……這……」

那便是往後的晉王，如今的平陽王府二郎君，周平甯。

周平甯低著身子，壓低了聲音，教那丫鬟怎麼說，那丫鬟聽得直點頭，聽完了便往裡頭走。

第十六章

善姊兒一聽，是二皇子的吩咐，怔了兩下，便笑著往那邊走，親親熱熱地牽過行昭，問小娘子們願不願意去屋子後面的亭子說話，又說：「長著一株極好看的墨梅，也養著幾隻仙鶴和孔雀。」

行昭微怔，行明和亭姊兒有興趣，寄柔更是很雀躍的樣子，又轉頭和眾人說：「我正在畫一幅春梅圖呢……」

多活一世，難免遇事要多想，可一瞧大傢伙兒的都去，難不成自個兒留在這花廳裡頭？便牽著善姊兒的手往外走。

善姊兒牽著行昭走在前頭，輕聲緩語地和行昭說話。「離得不太遠，咱們幾步路就到了。母親喜歡梅樹，但父親嫌梅樹的寓意不太好，所以我們府裡頭是東院種著桂花樹，西院種著梅花樹，一到七、八月東院就開始飄香，到了隆冬就該西院登場了。」

行昭仰著臉，認真地望著她，抿嘴笑著點頭，做出一副十分歡喜的模樣，心中卻是一片了然，前世裡每月初一、十五都要來請安的。

平陽王府靠著驪山東邊，靠山吃山，故而平陽王府的後院景色既有蒼翠凝墨，也有碧波彎小徑，還有珍禽異獸，是定京城裡為人津津樂道的地方。

一行人走在抄手遊廊裡，拐了個彎就看到了正院後面的碧妍亭，有幾叢伸展出枝椏的墨梅樹圍在亭子四周，亭子後面的樟樹林裡有幾隻拖著尾巴的孔雀在閒庭信步，也能在枝葉繁茂間小覷到仙鶴素白的羽毛和挺直的細腿。

「亭子裡備了雨前龍井！」善姊兒笑盈盈地招呼著小娘子們。

各家深閨娘子哪裡這樣近的見過活物，三兩聚在一起，圍著看孔雀和仙鶴。寄柔拉著行明往裡走，說是要去細瞧墨梅的花樣，行昭百無聊賴，到底不是這個年紀的小娘子，閒不住更沒興趣去瞧稀奇。

善姊兒笑著問行昭。「賀四姑娘要不要也進去瞧瞧？阿金總能逗得孔雀開屏。」

行昭點點頭，總不好生硬地拂去主人家的好意。

善姊兒一笑，佝了身子便牽著行昭往裡走，軟底鞋踩在凹凸不平的小石子路上，有些膈腳，行昭便小心翼翼地輕提裙裾，一一避開凸起的小石子。

善姊兒看在眼裡，心頭暗笑，這嬌滴滴一樣的娘子，竟然入了二皇子的眼，費盡心力地讓自己將她給單獨帶出來。賀四娘才八歲，二皇子卻已經有十四歲了，不過張閣老新娶的美嬌娘比他整整小十二歲……

行昭走得認真，再一抬頭的時候，前方石凳前就多了個穿著石青色杭綢直綴的少年郎。

「二皇子！」行昭驚呼出聲。

二皇子趕忙做出噤聲的手勢，又拿眼四處望了望，見沒人了這才笑嘻嘻地往前走，半蹲了身子，斜挑眉，壓低了聲音。「噓——別叫，我是偷偷摸摸進來的。」見行昭目瞪口呆的樣子，不禁好笑，又想起來壓在心頭多日的事情，湊攏過去說：「我找妳來就是想問妳個事。」

行昭愕然，二皇子問她事？他能問她什麼事?!

「就是那天，那個鄭家的最後怎麼樣了？」二皇子神情十分雀躍，卻將聲音壓得低低的。

二皇子眉飛色舞的樣子和故作深沈的嗓音，讓行昭登時像被木棍敲了頭，半晌沒有反應，行昭感到自己的面容應該已經有些扭曲了。

不是只有世間的女人們才好口舌嗎？怎麼現在的小郎君也有了這個習性。

「您大費周章又聲東擊西地將臣女叫出來……就是為了問這個？」行昭心裡腹誹，身子下意識地往後傾，想離二皇子遠遠的，當今聖上是個嚴肅端方的人，方皇后是個冷靜自持的人，連王嬪看上去都是個極為機靈知禮之人，怎麼養出了這麼個不著調的二皇子呢？

二皇子滿臉期待地點點頭，口裡催促著行昭。「妳快說吧！妳說完，我還要去前院呢！」

行昭咋了咋舌，心裡過了一遍，這才開口道：「薄娘子肯定懷的不是哥哥的孩子。至於是誰的，我們家也不知道，父親將哥哥房裡的貼身小廝因瀆職把哥哥的飾物偷渡出去，被趕出了府……」

行昭停住話，二皇子卻更期待了，睜大了一雙眼睛直勾勾看著行昭，脫口便問：「那兩個婆娘呢？」

行昭心頭越發思索二皇子究竟是個怎樣的人，前世裡處事凶狠，一年裡抄的家、殺的人加起來比前朝百來年都要多，又愛好奢靡，廣納嬪御，太極殿常常一日就用掉三、四千兩銀子……可眼前的這個二皇子分明是個單純又充滿好奇心的少年郎。

行昭邊想著邊開口說：「她們是平民又是軍戶，沒偷沒搶，又不是賀家的私僕，所以第二天早上就把她們給放了。」可卻吩咐了城東的幾家衙內好好「照顧」這一家人。

二皇子大失所望，拍了拍褲腿站起身來，忽然又想起什麼，忙高聲喚。「平甯！平甯！」

行昭渾身一緊，隨即就看見樟木叢間出現了一個著青衫的郎君不急不慢地往這處走來，每走近一步，行昭的心就揪緊一分，瞪大的眼睛不敢眨眼，生怕一眨眼，就會有眼淚流出來。

「你去告訴順天府，讓人把城東鄭家那兩個娘們折騰一番，趕出定京！我周恪不知道這事兒就算了，知道了就要管到底！」二皇子站直了身子，擲地有聲地說，頗有些魏晉俠士的風範。

周平甯先笑著同行昭作了個揖，口裡唸著。「溫陽縣主好。」又笑著答二皇子的話。「順天府管這個未免有些大材小用了，這件事就包在我身上了。」

行昭下意識地往後一退，避開那個禮，她突然發現當周平甯出現時，她陡然鎮定了下來，開始湧上心頭的或悲傷、或怨懟、或留戀的心情被整理在了一個箱籠裡，再打開一看，箱籠裡卻什麼也沒有了。

靜靜地看著他作揖，看著他素來愛穿的青白三江布被風輕揚起，掃在地上像是落在青磚上的一張紙，灑脫且認真，看著他熟悉卻尚帶青澀的眉眼，只是靜靜看著，以一個旁觀者的態度。

這就是解脫吧。

行昭長長吐出一口氣，笑著屈膝福了個禮說：「謝過二皇子出手相助，臣女愚鈍，才反應過來還沒給二皇子行禮。」又衝周平甯一笑，頷首示禮，周平甯是庶子如今也沒名銜，行昭卻是欽封的縣主，這頷首已經算是極大的禮貌了。

二皇子一臉不在意地擺擺手，直說：「妳快回去吧，仔細過會兒有人找。」

面上不在意，二皇子心裡頭卻十分得意，手肘拐過周平甯就大步流星地往後走，一轉首卻看見西邊遠遠的，有個水天青碧色的身影踮著腳在嗅高處枝椏上的墨梅，春光無限好，傾灑在小娘子微微側開的面頰上。大概年少時的心動，可以只是因為一段簫，一曲歌，一闋詞，更可能是一個不經意的抬眸。

立時二皇子一張臉唰地紅了，手足無措地立在地上，又聽有人在脆聲喚著「寄柔」，只見那著青碧的小娘子笑著應了一聲，便又往那頭去了。

「寄柔……」二皇子口裡喃喃。

行昭正被善姊兒牽著往花廳裡走，自然不知道這一段小插曲，否則她一定會大呼一聲世事難料，前世裡與二皇子相敬如賓的閔寄柔與這一世直撞進周恪心裡的閔寄柔，其間的改變，只是因為二皇子的一個心血來潮。

將到花廳門口的遊廊裡，正好能聽到裡頭有石大奶奶奉承的聲音——

「您是太后娘娘嫡親的么女，太后娘娘不疼您，疼誰啊？」

亭姊兒跟在後頭，臉唰地一下紅了。

行昭抿了抿嘴，應邑與中寧來了，善姊兒將才就說了，所以一眾小娘子才會急急慌慌地從亭子往花廳裡走。耳朵邊聽到「應邑」這兩個字，就會不由自主地想起賀琰給應邑寫的那封信，一疊厚厚的，還蓋著青泥封的信。

寫了些什麼呢？

哄瞞？決裂？還是相互指責？

賀琰最重天倫宗族又看重仕途道德，應邑這招釜底抽薪意圖毀了行景，叫大夫人知道厲害，卻反觸碰到了賀琰的底線。行景雖是大夫人生的，可他姓賀，毀了宗室長子，就等於蠶食了賀家的根基。賀琰行走朝堂，沈浮官宦幾十年，絕不允許有人拿賀家同他開玩笑，大夫人不可以，三房不可以，應邑更不可以。

行昭有些幸災樂禍地想，卻忽然想起大夫人如今又撞見了應邑……心頭一提，腳程便快了些，越過眾人，緊緊跟在善姊兒後頭。

幾個小娘子將跨過門檻，屈身行過禮，就聽見了中寧長公主語氣裡帶了幾分雀躍。「我們定京城裡最出眾的幾個小娘子可回來了。」又轉首向並排坐在上首的應邑與平陽王妃笑著說：「看著她們，這才發覺自個兒已經不年輕了。」

「您都這樣說，我們這些老婆子就該找條縫兒叫自個兒埋進去！」安國公世子夫人石大奶奶邊說，邊招招手，喚來亭姊兒，幫著她撫了撫裙裾上微不可見的褶子，笑著朝上頭介紹。「這是小女亭姊兒，往日是個十分嫻靜的個性，今兒個也能和小娘子們嬉鬧起來了，我也不知道是該喜還是該憂。」又說：「亭姊兒五月及笄，到時候備八珍禮盒請中寧長公主做贊者，您可不許辭！」

石大奶奶說到「嬉鬧」二字時，善姊兒斂了斂眼瞼，含了下頜。是她提議讓小娘子們去後廂的，就算是耽誤了兩位長公主的時辰，石大奶奶當著主家的面，用哪個詞不好，卻選了「嬉鬧」兩個字。小娘子們當以端靜為長，這明晃晃地是在斥責自個兒這個主人家沒當好，把原來嫻靜自持的小娘子招呼著玩鬧嬉耍去了，這是瞧準了自個兒不是王妃肚子裡出來的，平陽王妃懶得幫自個兒出頭罷了。踩踩自個兒，說不準還能討著平陽王妃的好。

善姊兒餘光裡瞥了眼如坐定般平靜的行昭，心頭不敢埋怨二皇子事多，卻把帳算在了行昭頭上。

果然，平陽王妃沒搭話，端了茶盅小啜幾口。

「安國公世子夫人這樣的人，也能養出個性十分嫻靜的姑娘？」中寧沒接話，說話的是應邑，語氣中清晰可聞的滿是輕蔑與嘲諷。

石大奶奶一瞬間臉漲得通紅，亭姊兒幾乎泫然於睫了。

行昭抬了抬眼，應邑依舊穿著一件正紅右衽夾金絲繡丹鶴牡丹紋的十六幅綜裙，補子上繡的是靛青藍為底，鴛鴦迎春花圖案，面容精緻，眉毛勾得高挑，將一雙丹鳳眼襯得更媚更厲，可神色卻有些怏怏，靠在椅背上，微蹙了眉頭，十分不樂意的樣子。

中寧在左邊拉了拉她衣角，應邑的神色這才緩和些，長舒口氣，看了看左下首如坐針氈般難安的大夫人，又蹙了眉頭說：「臨安侯夫人怎麼也來了？」

「自然是平陽王妃下的帖子，說是請闔府親臨春宴。」太夫人像是沒聽出應邑的沈悶，笑呵呵地轉了頭同平陽王妃說道：「聽說小娘子們去瞧了府上的孔雀與仙鶴？我記得我們那時候的春宴是通家之好，要嘛在湖舫裡擺全魚宴，要嘛在山間裡採來極新鮮的口蘑混著泉水蒸煮，那滋味現在都難忘呢！」又笑著同石大奶奶說：「妳婆婆自小和我是手帕交，她最喜歡吃魚了，所以每回說要去驪山上香，她都不去。若要去流水塢看水燈，她去得比誰都早！」

平陽王妃自然不會甩太夫人面子，亦笑著回道：「那平善倒是誤打誤撞了！」

石大奶奶這才找了個階兒下，感激地朝太夫人笑笑。她只是想討好平陽王妃，哪曉得這面卻惹了那位長公主的眼，心裡戚戚，想起安國公的近況，公公是個大手筆的人，一拋灑就能拋灑出幾百兩銀子，只為了買個前朝的舊瓷花斛，婆母又是個不管事的，幾個小叔子哪一個是省油的燈，要是亭姊兒嫁了二皇子，誰還敢小瞧了大房？

氣氛終究是恢復了，平陽王妃時不時問問這個小娘子唸過《說文解字》了沒，要不就問問那家娘子針法學到哪裡了，小娘子們一個一個紅著臉回。在場的夫人、奶奶們總算是看明白了，那兩個長公主只是來湊數的，正經相看的是這位平陽王妃，一時間態度便更為熱絡了。

滿室熱鬧裡，只有兩個人沒有說話，一個是行昭，畢竟她不是主角，再來一世，什麼都看開了，也能樂盈盈地為他人充作綠葉。

另一個便是坐在上首的應邑長公主。

應邑神色愈加黯淡，看大夫人聽完太夫人的話，神色好像平靜了很多，白白圓圓的臉舒緩下來，瞧起來日子像是過得舒坦極了，她心頭不禁氣悶，無端地想起了那個清早賀琰寫的信，上頭言辭懇切，語氣溫和卻句句像刀一樣戳在她的心頭，賀琰說起了少時的時光，那大概是她一生中最美好的時光了吧。十四、五歲的賀琰還很青澀，連送一個對半銅鏡給她，都會紅著臉說不出話來。

他們到底是什麼時候漸行漸遠的呢？是了，是因為那個是非不分的老臨安侯，在臨終的時候還牽掛著賀老三，還有那個不知死活的妾室，執意要上書朝堂，將嫡系一支從家譜中除名，還要告賀琰的忤逆之罪，結果自然是不了了之。可就從那個時候起，賀琰便更加沈悶了，日日練劍讀書，要不就是在太學監裡整日整日地悶著寫字，再也沒往宮裡邊亂跑了。

記憶中她再見到賀琰時，他穿著一身紅袍，還有一個有著圓圓白臉的小娘子怯怯地跟在他身後。這是新任的臨安侯大婚之後，帶著同樣出身名門的新婦來進宮謝恩。她質問他，他沈默；她打他，他不動。

她哭得肝腸寸斷，他便垂著頭說了這樣一句話。「現在的我娶不起妳，在我的心中，妳很重要，可家族和前程，比妳更重要。」

應邑想起往事，心裡頭絞疼，在那封信的最後，賀琰說了一模一樣的話。

賀琰自小練米芾，寫字間卻帶了些王羲之的灑脫和隨意，那行字如同烙鐵一樣，印刻在應邑的腦海裡。十五年前的她不懂這個意思，可如今的她卻懂了。

當初他們的分崩離析是因為家族，如今還是因為家族。十五年前的賀琰不可能因為情愛娶她，現在的賀琰更不可能。情這一個字，在世家簪纓裡算得了什麼，如日中天的臨安侯更喜歡的是權勢與宗族。

他說得明明白白，像耍賴一樣，攤開了說——我就是這樣，妳願意等便等，不願意接受就再見吧，反正也不是沒有分離過。

應邑絕望一般瞇了瞇眼睛，這樣也好，她至少是排在賀琰心中的第三位，再沒有女人比她能靠前了，只要她能給賀琰帶來權勢與保障，那是不是賀琰就會更喜歡她呢？

或者……

應邑直勾勾地望著下首笑得溫和自矜的方氏，或者方氏再不能帶給賀琰足夠的滿意，是不是……是不是賀琰就能狠下心來了呢？

第十七章

從平陽王府回來幾天後，行昭才反應過來。行明入選，不會只是因為二皇子想乘機問問薄氏與鄭家的結果如何吧？

行昭愈想愈覺得有這個可能，前世沒有薄娘子這一齣，自然沒有挑起二皇子的好奇心。因果因果，如果說薄娘子是因，那行明入選就是果。如果行明入選是因，那又會結成怎樣的果呢？

想著想著，腦海中陡然浮現出了二皇子那副神色飛揚的模樣，不由得笑起來，龍生九子各有不同，就從二皇子與六皇子迥異的個性上，便可覷一二吧！

又想起那天應邑的神情舉止，安靜又溫和，連晚宴與大夫人同桌吃飯時，也沒有挑刺和借題發揮。

反常即為妖，行昭嘆了口氣，索性以不變應萬變，只要方家不倒，只要太夫人還站在方氏這個陣營裡，只要哥哥靠譜起來，應邑做什麼都是徒勞的。

對於方氏來說，賀琰是靠不住的。行昭就不信這樣一個男人，應邑還能靠他。

想起行景，行昭笑著低頭，左右瞧了瞧已經要繡好的白藍杭綢底、絳紅雲絲線中又夾了些金絲的岳飛戰金人像荷包。聽玉屏說哥哥最近都窩在房裡唸書，連早晨起來也不像往日去垂門那裡打拳了，每日從明先生那裡上學回來後，就窩在書齋裡，讀完《老子》又讀《資治通鑑》，還找了前朝練起了柳公權。

賀琰曉得後，沒說什麼，轉身就賞了三盒徽墨和幾刀澄心堂紙下去。

太夫人倒是很高興，把行景叫到榮壽堂裡，細細囑咐了大半天。「看書也不許看太晚了，在油燈下頭日熬夜熬，熬得瞎了眼睛的讀書人還少了？我們家不在乎你考什麼功名，只要能懂得用功都是好的。」

行昭麻利一挽就把尾針收了線，將荷包撲在炕上，手一抹過去，荷包上的褶子就看不見了。

「走吧，咱們去觀止院看哥哥。」行昭笑著仰臉對著蓮蓉說。

從正院到臨近碧波湖的觀止院隔了一叢長得鬱鬱蔥蔥的竹林，很是枝繁葉茂。行昭嫌棄那地方太過安靜，讓人慎得慌，向來不愛從那頭過，想了想到底還是選擇了抄近道。

走到東偏房前的抄手遊廊裡，鼻尖一嗅，原來滿是回甘和苦澀的藥味，現在已經換成了一股淡淡的梅膏香。

行昭蹙眉問：「曉姊兒的病已經好了？」

蓮蓉一窒，想了想才說：「這一個月來萬姨娘都沒去正院立規矩，說是要照顧六姑娘。連那天去平陽王府，大夫人專門派人去問東偏房六姑娘去是不去，萬姨娘也都給推了……」

行昭抿抿唇，向蓮玉使了個眼色。

蓮玉少言聰明，一看便懂，輕輕含了下頷，便轉身往後走，加快步子回了懷善苑，立馬吩咐小丫鬟去找來東偏房的孫嬤嬤，細問賀行曉的近況。

遊廊裡沒了藥味，便可以推算賀行曉至少好了有些時日了，已經不需要再熬藥養著了，卻不上報給正院。萬姨娘更是個掐尖要強的，若在往常，絕不會耽誤一次出頭的機會，連平陽王府的春宴都給推了，只能證明這母女倆有更重要的事情要做。

蓮蓉見蓮玉轉身告退，頗有些疑惑。

「估摸是記起了暖閣裡頭的香爐沒熄，要不就是想起了哪個小丫頭的月錢還沒罰。」行昭笑著敷衍，擺擺手示意往前走。「走吧，反正過會兒回去，蓮玉還能不和我們講清楚？」

荷心跟在後頭嗤嗤輕笑，蓮蓉笑嗔著橫了她一眼，倒也沒再問下去了。

行景住的觀止院是賀琰精挑細選出來的，隔著湖就能望見別山上的勤寸院和臨安侯府西北角的祠堂，意在督促他奮發圖強，當著賀家列祖列宗的面兒勤奮，勢要將賀家振興下去。

行昭沒讓人進去通稟，輕車熟路地穿過影壁，就進了院子裡頭，見南邊兒的書齋四面窗櫺都支了起來，放在中庭裡的沙包與梅花樁也沒了影子。整個院子裡移栽了幾株新竹，正萌著芽，偶聞鶯啼鳥鳴，大體上瞧起來像是哪個歸隱居士的田園陋室。

行景的貼身大丫鬟玉屏見是行昭來了，趕忙迎上來，行昭做了個噤聲的手勢，親掀開了竹簾。

見行景趴在黑漆老檀木大書桌上，瞇著眼睛，搖頭晃腦地在背〈齊桓公伐楚盟屈完〉，正背到第一段──「貢之不入，寡君之罪也，敢不供給？昭王之不復，君其問諸水濱……」聲音拉得長長的，到最後還拐幾個彎，赫然就是那酸腐秀才的作態。

「哥哥！」行昭揚聲高呼，笑得眼睛都瞧不見了。活了這麼些年，頭一次見到行景耐下性子來讀書，還讀得這麼百無聊賴又「春眠不覺曉」。

行景一睜眼，一看是行昭來了，連忙起身，口裡直說：「哎呀，妳怎麼來了？」又高聲讓玉屏去拿個軟墊來給墊在黃花木杌凳上，又吩咐金縷去準備鹽津梅乾和杏仁乳酪茶，笑著同行昭說：「記得妳愛吃這個！」

行昭捂著嘴笑，順勢坐在了書案旁的小杌上，連忙擺擺手。「哪裡這麼麻煩，天氣又不涼了。」不經意抬眼，卻瞥見廳堂後頭掛上了顧雍的「早春耕讀圖」，拿手指了指，帶著詫異問：「我記得以前這兒掛的是一幅大周輿圖，怎麼給換成這個了？」

行景朝後看看，半晌沒說話，到底最後開了腔，帶了些落寞。「總掛著輿圖做什麼？難不成我還真能習得一身文武藝，然後上前線帶兵打仗去？」

行昭心頭一動，行景自小就喜歡拳腳功夫，冬練三伏，夏練三暑，自從方大舅進京述職教了他一套拳法後，就每天練，從來沒間斷過。

「那張大周輿圖是舅舅給你畫的，有山川、有城鎮、有四方地物，更有大周朝的重兵重城。每一條線、每一棵樹都是舅舅親手畫下的。舅舅前一天給你，第二天就考你，問你從渝州到蓉城要多少日程，你只是想了想，就立馬說了出來……」行昭心裡頭酸酸的，舅舅多喜歡行景啊，常常誇行景有天賦，是個大將之才。

行景垂頭，拿烏黑的髮頂對著行昭，行昭看不見他的表情，卻能看到他緊緊攥成拳的手。

行昭想了想，從懷裡將那枚岳飛像的荷包拿出來，推到行景的面前，又說：「誰說你不能上前線帶兵打仗了？齊家治國平天下，才是男兒漢所為。考科舉入閣拜相，利民利朝是一條路，到邊疆殺韃子衛國土，就像舅舅一樣，這也是一條路。誰又能說哪條路寬哪條路窄，哪條路好哪條路壞了？」

行景遲疑了接過那荷包，抹了把臉，帶了些不解和哽咽。「可明先生說我們家情況特殊……父親走的是文路，祖父走的是文路，連先祖掙下丹書鐵券都是靠著一枝紫毫筆……我若是想繼承賀府，保住自己，讓母親還有妳堂堂正正地當家作主，就要像他們一樣，至少要讓父親喜歡我……前些日子那鄭家的來鬧，母親氣得偏頭痛犯了，要不是妳機靈，父親能立馬將我打死在中庭裡……」

明先生？前朝大儒明亦方？

行昭聽得心驚肉跳，明亦方能見微知著，管中窺豹，從一件事情上分析出行景的處境和賀琰的態度，明亦方這是在同行景掏心窩子說話啊！

「明先生是說得沒錯……」行昭語氣乾澀，目光帶了些悲哀，扯著行景的衣角說：「可父親喜歡的，就一定是對的嗎？就一定是你喜歡的嗎？做兒子的就一定要去繼承與堅持嗎？如果哥哥真的可以成為李廣、衛青那樣的雄才，為什麼一定要讓你去成為范仲淹、魏徵呢？」

這番話說得極其忤逆了，若是讓行景用率直與端正去換來賀琰的寡情和詭辯，行昭寧願從來沒有這麼一個哥哥。攤上賀琰這樣的父親，幸好上天垂憐，賜給了她這樣好的哥哥。

行景猛然一抬頭，囁嚅了幾下，想說話卻說不出來。

行景的夢想與天賦和賀琰的南轅北轍，賀琰雖然是父親，卻與父親的職責相悖，當父不父的時候，那子，也可以不子了。賀琰的準則已經出現了誤差，那又憑什麼要求行景去應和、去奉承、去追尋？

庭院深深，有風綏綏，行昭開口正想說話，卻見林松喘著粗氣跑進來，扶著門框深呼吸說：「西北……西北……韃子……韃子打到方舅爺鎮守的平西關去了！」

「什麼時候？傷亡如何？戰績如何？」行昭心一下子揪了起來，騰地一下站起身，一句話趕著一句話地在問，語氣十分急促。

「好像是前夜裡的事……」林松還沒緩過來，趴在門框上喘著氣，口裡說：「早晨侯爺接到消息，馬上召集了幕僚、清客在勤寸院商議，我見勢不對，就去試探著問了問張先生的小廝，他一向同我熟識。」

韃子每到春日都要到邊疆來大肆燒殺搶掠一番，似乎是約定俗成，在平西關外，韃子搶了便搶了，只要不過分，大周也不樂意花大筆的軍餉去盡數剿滅。

可是今年韃子竟然衝破邊疆防禦，明晃晃地打到了平西關，舅舅手下有五萬人馬，竟也要讓人八百里加急送信來京……

是報信，還是求援？

行景愣了片刻，細細思索後，斂容輕喃。「平西關距離定京一千里路，日常回稟是三旬一次，舅舅這次這樣反常，定是前日夜裡韃子突襲，來者不善。雖然舅舅手下有五萬人馬，可只有一萬是騎兵，而其他的全是步兵，更別說近來是太平世道，日常駐守的兵馬最多不過五千。韃子擅馬又性情驃悍，若是有備而來……」行景邊說，不禁打了個寒顫。

行昭的分析流於表面，而行景的思索卻更深入。

「咱們到正院去！」行昭當機立斷，前世裡方家遭受了一次動盪，具體是什麼她不知道，但是能夠肯定的是大夫人受到的影響絕對不會小，甚至、甚至這或許就是一錘定音的緣由！

行景想了想，點點頭。又讓行昭等等，快步跑進暖閣裡，從檀木箱籠裡翻出了壓在最底下、捲得十分齊整的輿圖，揚了揚。「大周朝能畫出這樣精細軍輿圖的人，絕不超過十個！」

行昭愕然，隨即莞爾一笑，滿心大慰。

這廂的大夫人也已經接到消息了，滿屋子地踱步，時不時問問黃嬤嬤。「侯爺怎麼還沒來？聖旨也還沒下來。出去打仗，總要得個欽封，才好調兵遣將、排兵布陣吧？要不要我立刻遞帖子去見皇后娘娘，姊姊主意多，一定會有辦法的……」

黃嬤嬤端了一盅銀耳燕窩羹進來，將廣彩粉瓷放下，強抑住心頭的擔憂。「您忘了以前也是這樣的，韃子過完冬，家裡沒了糧食，就來搶我們的，有一年老太爺被惹煩了，都六十好幾了，還披著盔甲掛著帥去打，結果呢？咱們穿著銀灰盔甲、拿著紅纓槍的方家軍浩浩蕩蕩地，城門都還沒出，那韃子就跑了……」

大夫人心煩意亂地點點頭。順勢坐下，皺著眉頭想了想，又感覺不對，正想說什麼，卻看見行景與行昭一前一後撩簾子進來。

「你們快進來！」大夫人趕忙招手喚道。

瞧兩個孩子一左一右地坐在自個兒身側，終究嘆口氣，出征打仗這種事，哪裡敢和孩子們說？大夫人悶了悶，又支使月巧去勤寸院看看。

行昭看在眼裡，握了握大夫人的手，沁涼一片。大約人在遇到危困的時候，第一個想求援的，總是內心深處最信任也最依賴的人。而在大夫人心裡，第一個要抓住的稻草，還是賀琰。

「娘，舅舅驍勇善戰，一定會逢凶化吉的。」行昭只好這樣安慰，又故作笑顏說：「阿嫵看《九州地域志》上說，韃靼全族人才近五十萬，國土從平西關外延展到興安嶺以西，完完整整算下來不過三千里，咱們一個府就有這麼大……」

大夫人搖搖頭，面色蒼白。「上戰場的時候，每一個韃子都能成為一個兵，每一匹馬都能是戰馬。韃子搶掠平西關外的百姓多少年了？妳外公上書過多少回要掛帥出征，斬草除根？數都數不清了，但是都被先皇給駁了……以前是小打小鬧，現在妳舅舅都八百里加急把信送到定京來了！」

行昭不知道該說什麼了，大夫人該糊塗的地方不糊塗，一眼就看到了關鍵，只好向行景使了眼色。

「母親，舅舅還能發信出來往定京裡走，就說明情形還能夠挽回。」行景一面將輿圖撲在青磚地上，一面同大夫人指。「從西北到定京，將近一千里路，途經佳木斯、保定府、橫河這三大驛站，才能來到定京。前夜韃子偷襲後，送信的沒被攔截住，要知道佳木斯離平西關只有不足一百里，這就說明韃子還被攔在平西關外，舅舅一下子控制住了局面，又仗著守城優勢，韃子妄圖一步攻城，只怕沒那麼容易。這回雖然被逼到驚動了定京，但好歹壓下來了。咱們只能等爹爹過來，才能曉得信上究竟說了些什麼，才能對症下藥，該去遞帖子就遞帖子，該四處走動就四處走動。」

大夫人聽得認真，連連點頭。

行昭看著蹲在地上、神情十分認真的行景，心裡五味雜陳。行景平日裡是個十分粗枝大葉的人，要真想讓他從一件小事上分析出這麼多的資訊，很難。也許行景真的可以成為運籌帷幄的大將吧！

裡頭在說著，正從勤寸院往正院走的賀琰也沒閒著，面容沈穆，一聲不吭地轉過遊廊，腦中閃現過無數種可能。方祈的信寫得極短，雖然話說得隱晦，卻仍能覷之一二。

「二月十一日晚，韃靼火攻平西關，城門上鎮守的百餘名兵士皆陣亡。後，臣率三千騎兵上陣退敵，堪守平西關。鏖戰一場，敵來勢洶洶，雲梯、鷹眼、火藥一應俱全。據臣粗略估算，侵者約過萬，實乃繼康和十八年後，韃靼人又一有備而來反攻，望上可速撥餉、派糧，臣必與那小族拚死一戰。」

平西關是重鎮重城，日常怎麼可能只由百名將士在城牆上駐守！韃子體勤而智弱，只懂靠蠻力，又是上哪裡去搞來上萬人用的鷹眼和火藥?!撥餉派糧，皇帝每年撥兩車金子、幾百車糧食送去西北，這時候還敢來要錢要糧，也不怕皇上震怒?

他深知，方祈不是一個這麼短視的人，其間必有蹊蹺。

難道是和前月裡，西北的那場大換血有關？

賀琰手裡頭攥著從宮裡謄寫出來的那封信，轉了個彎，正好聽到正堂裡頭鬧鬧嚷嚷的，又想起來方氏這個蠢婦，攸關國情與家族命運之時，還再三派人去勤寸院打攪，眼皮子淺得比內院裡頭的僕從、嬤嬤都不如。

「這是在做什麼?!」賀琰壓下氣，一撩簾子，看到地上鋪著一幅輿圖，又見行景蹲在地上，手舞足蹈地說著話，沒來由地一股火氣往上冒。「你像什麼樣子！都是快說親的人了，還沒個正經。」跨步上前，他將行景一把拉起來，痛心疾首地說：「我都不指望你出人頭地了，好歹也不能叫外人說起賀家大郎是個無所事事的紈袴吧?!」

行昭手縮在袖裡攥得緊緊的，倒是大夫人趕忙上前，把行景從賀琰手中救下來，直說：「景哥兒在同我說輿圖呢。」又連聲問：「哥哥還好嗎？平西關到底守住了，皇上的態度呢？要不要再派一個護軍大臣去跟著？」

賀琰蹙著眉，忽略了那句「景哥兒正和我說輿圖」，舉著信擺了擺手，舉步向前，坐在了上首的太師椅上，半晌沒說話。

如果是西北內訌，新任提督梁平恭、三個軍備大臣，還有一個鎮西侯方祈，三方之間出現了問題和齟齬，那後果不敢想像……

賀琰邊想著，邊抬頭望見了瞪大一雙杏眼，正眨巴眨巴著看著他的行昭，心頭沒來由地輕快了很多，朝行昭招招手，示意她過來。又輕輕拍了拍她手，轉頭朝行景吩咐。「把你妹妹帶進去，我同你母親有話說。」

行景應了諾，有些沮喪地上前牽過行昭，慢騰騰地往裡頭走。

兩人走到了花廳，行昭便止了步子，踮起腳來小聲地和行景說：「哥哥忘了阿嫵那句話？父親吩咐的不一定就是對的，我們關心舅舅，關心母親，又有什麼不對呢？何況父親只說了往裡走，又沒說走到哪裡去……」

行景眼睛一亮，將行昭抱上炕頭，一撩袍子，輕手輕腳地坐在邊上，將耳朵緊貼在隔板上聽。

只聽外頭賀琰略帶沈吟的聲音響起——

「前夜裡有多凶險，舅爺沒說，但是也能猜到。好歹方舅爺已經鎮住了局面，平西關半月內不可能失守。」後頓了頓，又說：「今早皇上已下令，又派了信中侯去西北護軍，隨車押送三十車糧餉，三、五天後也能到了，算是解了西北燃眉之急。」

「阿彌陀佛！」大夫人的聲音中帶著無限欣喜、安慰和鬆下一口氣，伴著一陣衣物窸窣的響聲。「皇恩浩蕩！過會兒我去小佛堂燒炷香，再去祠堂外頭給列祖列宗們磕頭上香。」

又是一陣靜謐，行昭微蹙了眉，直覺告訴她，賀琰並沒有把話說完。

如今這個時候，成也蕭何，敗也蕭何。這一役，舅舅若是守住了，必定會再加官晉爵，母親地位自然跟著水漲船高，應邑再也翻不出任何風浪了。反之，方家動盪，首當其衝的便是大夫人與方皇后。

賀琰在這種前途尚不明的時候，為什麼要藏著、掖著？

如果前程一片大好，方家的動盪又是從何而來的呢？

行昭的思路陷入了死胡同，一邊恨極了這被養在深閨、萬事不曉的處境，一邊又埋怨自己前世只顧耽於情愛。忽聞外間傳來賀琰的聲音——

「嗯，找個時候遞帖子進宮，妳和皇后娘娘畢竟是嫡親的姊妹，通通氣也好，相互安慰也好……」

話將到這裡，就有小丫鬟進來通稟。「林公公來了！」

「兩姊妹果然心有靈犀。」賀琰語氣晦暗不明，和大夫人出了正院，往二門去，只留下行昭與行景在裡間。

林公是鳳儀殿的掌事內監，是方皇后的得用之人，這個時候授意來賀家，要不是來報喜，要不就是來安大夫人的心。

「派信中侯去當護軍？」行景垂首皺眉，陡然出言，十分不解的樣子。

這一下子將行昭嚇了個激靈。閔家往前數八代都沒有人進過軍營，是現在這個時刻還不算千鈞一髮之際，可以讓勛貴們去混一個軍功，還是皇室另有打算？

等等，如果已經定下閔寄柔是二皇子妃，那閔家就是鐵板釘釘的外戚了，方家是如今的外戚，讓一個將來的外戚去監護現在的外戚……

這說明什麼，說明皇帝已經警覺到方家勢大，便起心想親力扶持起另一個家族。君王需要八面玲瓏，帷幄制衡之術才能使帝位安穩，但是在這種時刻把信中侯安插進去，雖說只是護軍，卻掌著糧餉性命。被別人把著七寸之地，舅舅又怎麼會放心後方，做到拚盡全力呢？

雖有將在外，君命有所不受的道理，可一旦受了天家的忌憚，「秋後算帳」這四個字也不是那麼好受的！

貔貅鎏金瑞獸香爐裡一縷煙霧冉冉上升，滿室瀰漫著一股濃郁的檀香，只能聽到更漏裡的細沙簌簌向下的聲音，這一室靜寂讓行昭心裡慌極了，睇了睇眼想把事情從頭到尾整理出一個頭緒，卻無從下手。不知道事情的走向，又怎麼防患於未然，未雨綢繆呢？

大夫人最大的依靠就是方家，如果方家都遭到了猜忌，那可就真的是前有狼後有虎了……

行景把擱在小案上、粉彩小碟兒裝的小零嘴輕輕推到了行昭跟前，溫聲說：「雖然事情看起來不太樂觀，但妳要這麼想，天塌了還有男人們在頂著，阿嫵妳做什麼慌？」

十三、四歲的少年郎聲音還啞啞的，突兀地響起在初春的靜謐中，卻顯得那麼讓人安心而可信。

行景既然能夠敏銳地發現派信中侯去護軍有不妥當，又說出事情不樂觀。行昭想到行景對於軍事戰備上的天賦和直覺，不禁想行景是不是也想到了什麼？

行昭抿了抿唇，扯開一絲笑，似乎是下定了決心說：「哥哥，我問你，若是父親……若是父親因為方家出事，而厭棄了母親，你會怎麼辦？」

行景一愣，本下意識地想笑著玩笑幾句，卻看見了行昭帶著肅穆的面容，不禁結結巴巴地問：「罪不及出嫁女，連官府辦案，都沒有株連已經出嫁了的姑奶奶的道理……」話是這樣說，卻仍試探性地加上了一句。「只要是我出人頭地了，母親就算再遭厭棄，也不會到讓人難辦的境地吧？」

「如果逼母親去死呢？」行昭猛然抬頭，語調很輕卻帶著咄咄逼人的語勢。「如果要逼母親和離呢？臨安侯是什麼樣的人家，站在風口浪尖上，既想在皇家上討著好，又不想落半分把柄在別人手裡頭，若是當家夫人的娘家一沒落，夫家就休棄，傳在定京城裡，賀家丟不起這個臉。所以只會選擇第一條……」

「哐噹」一聲，行景驚得將茶盞掉落在地。

「母親、母親是明媒正娶娶回來的！」行景驚詫之餘，總算還有一分理智，佝了身，朝行昭壓了聲音低吼。「父親一向是君子！」

行昭聽後語，輕笑一聲正要開口，卻聽到外頭有窸窣的衣料聲，忙湊頭從隔板的縫裡看見大夫人撩簾子往裡走，又往後看了看，賀琰並沒有跟在後頭。

行昭連忙起身下炕，趿了鞋子，揚聲喚來兩個丫鬟把地上的碎瓷和殘湯冷茶給掃了，見行景還處在惘然與震怒夾雜的神色下，悄聲同他說：「雖然如今看起來事不至此，我們都要做最壞的打算和最好的準備。」這是她多活一世的經驗。

行景想了想，點點頭，同行昭一起出去，將走到花廳終是憋不住，聲音極小地說：「大不了拚他個魚死網破……」

行昭耳朵尖，隱隱約約聽見了，卻無奈大夫人已經在正堂裡坐定了，見一對兒女出來，又想起了林公公交代的話。「您一定要穩住了，凡事有皇后娘娘在宮裡頭周旋，糧餉軍備都派過去了，皇上重視著呢，您可一定要穩住啊。」

兩遍「要穩住」，不得不說，宮裡頭的方皇后知大夫人甚深，還特意派人來將大夫人安撫住，不要自亂陣腳。

行昭換了副笑顏，坐在下首問：「皇后娘娘與您說什麼了？爹呢？」

大夫人強作歡笑，指了指黃嬤嬤捧在手裡的匣子，說：「送了些東西來，侯爺又往勤寸院去了。」

行昭眼神落在那小方黑漆楠木繪著平安四方紋的方匣上，笑著說：「您且心安吧，皇后娘娘也關切著呢。舅舅定能平平安安的，西北也能平平安安的。」

大夫人勉強笑著點點頭，又看坐在下方的長子神情不大對，反而出言安撫行景。「行了行了，你也快回去吧，仔細侯爺又要考你學問。」

行景一聽，緊緊抿了抿嘴，沒抬頭，想了想，索性起身告辭。「母親有事就喚人來觀止院叫我，千萬別悶著，將心裡頭的掛憂說出來，就有人陪著您擔心了。您一定記得，您還有我，還有阿嫵。」

大夫人愣然，心頭的煩躁和擔憂像是去了一半，素來不著調的長子如今能說出這番話，心頭大慰，連連點頭，直說：「記得、記得。」

行景撩袍轉身，走到門口的時候頓了一頓，終究還是大步流星往外走去。

大夫人目光裡有欣慰、有放心、有釋然，見行景漸行漸遠，便轉頭朝行昭說話。「我要去定國寺上香祈福，阿嫵妳也一起去吧？」

菩薩心慈渡世人，閻王狠惡捉小鬼。可在行昭看來，世人有窮有富，有病有災，分出個三六九等，劃清楚士農工商，可見菩薩的心是偏的。還是閻王好，論你天潢貴冑還是布衣貧丐，都逃不脫一死，結局都一樣，還是閻王公平些。

行昭搖搖頭，笑著說：「您去吧，要不要叫上二夫人？我在書齋裡抄抄《心經》就好。」

大夫人不置可否，在正堂裡忙得團團轉，又是讓芸香去請二夫人，又是讓人再備五十兩銀子，又是讓人去備馬、備車。

上頭主子要得緊，下面的人自然更是忙得跟陀螺似的，不到一個時辰，全都備妥當了。這一晌午，闔府上下的氣氛頓時緊張起來，連僕從走在路上都是輕手輕腳，再不敢大聲說話。

二夫人在東跨院自然也聽到了風聲，錦上添花的事她沒少做，難得能雪中送炭一回，自然也不會拒絕。來正院時特意換了身稍嫌樸素的青藍色三江布繡錦褙子，只在耳邊墜了對鎏金丁香花耳墜，臨走時還特意向行昭溫聲叮囑。「要是覺得悶，就去找行明說話吧，她正學著對院子裡的帳簿，有些脫不開身。」

行昭笑著點頭，將大夫人與二夫人送到二門後，便轉身往裡走。

路走到一半，便朝蓮蓉吩咐道：「去給哥哥帶個口信，八個字，『胸有成竹，忍辱負重』。」

蓮蓉點點頭，向觀止院走去。

第十八章

行昭回到懷善苑時，蓮玉已經恭謹地垂手候在水榭廊間，見行昭過來，從小丫鬟手裡端來一盞參茶，雙手呈上前去，態度十分恭順。「鄉野間有俚語，春朝忙，盛夏亂，秋冬時節清享閒。春天到了，萬物復甦，連土裡頭的蟄蟲都拱土出來了。」

行昭接過茶，轉手放在小案上，輕聲說：「蟄蟲吃農物的根，雖然小，但最是讓人措手不及。」

蓮玉圓潤的面龐柔順溫恭，笑著點點頭。「可蟄蟲只能活七日，命格貴重的人就不一樣了。逢凶化吉，遇佛殺佛，遇神殺神，說起來是十分悖禮的，但仔細一想，確實是這個道理，否則怎麼會有鍾馗鎮家、關二爺鎮宅的傳說呢？」

舉的例子都是武將，蓮玉這是在寬慰自個兒呢！

行昭心頭一暖，頷首笑了笑，想起來另一樁事，開口問：「賀行曉那邊問出來個什麼名堂沒有？」

蓮玉帶了些遲疑，從懷裡頭掏出一張皺巴巴的紙遞給行昭。「孫嬤嬤到底是正院裡派過去的，平日裡六姑娘尊她重她，遇到隱密，卻將她避得遠遠的，連熬藥都是萬姨娘身邊的大丫鬟親手做。這是她從打掃內室的小丫鬟手裡拿到的，十分詭異，便以為會不會藏著什麼秘密。」

行昭拿過來一看，登時瞪圓了眼睛，手不由自主地一抖，紙張便隨之發出了軟綿輕微的響聲。

上面只有六個字，三個詞從右到左排得整整齊齊的。

青白遍地灑金的堂紙，是賀家主子們的分例，小丫鬟們根本沒有資格用這種紙。寫在上面的字，起勢時墨濃，可以看出書寫之人起筆時心下忐忑卻下定決心。書寫到後面卻愈漸潦草，毫尖從紙上輕劃過時，幾個帶筆都不連貫了，顯得十分隨意和焦躁。

嫁衣

應邑

方氏

行昭從右到左，挨個詞地又看了一遍，心在身體裡「咚咚咚」地狂跳，像是下一刻就要跳出來了。愣了半晌，眼神緊緊定在紙上，語氣飄渺且綿長。「這是從賀行曉的房間裡拿出來的？沒有假借人手？」

蓮玉點點頭，又趕緊搖搖頭。

「六姑娘……六姑娘是怎麼知道這件事的？」蓮玉想了半天，還是開口問道，素指試探性地指向了中間那個詞，語氣中有忐忑，更多的是不安。

行昭沈下眸子，輕輕搖搖頭。讓她驚詫的其實不是「應邑」二字，而是寫在最前面的「嫁衣」。

為什麼賀行曉會寫下這六個字？又為什麼要寫下「嫁衣」兩個字?!難道她知道了應邑最

後會穿著嫁衣嫁進來，還是偶然為之？

「賀行曉病了有多久了？」行昭力求自己保持清醒，端起參茶小啜一口，人參的中藥味，紅棗的甜滋滋，黨參的綿潤，所有混雜在一起的滋味，一入口全都變成了難言的惶恐與苦澀，又說：「張院判是怎麼說賀行曉的病？東偏房是什麼時候開始沒有熬藥的？賀行曉病著的每天到底在幹些什麼？全都問清楚，孫嬤嬤不知道的，就去問賀行曉身邊的雙吉，是威逼是利誘，全都問出來。」

蓮玉見行昭難得的神情肅穆，心裡頭像多了一枝筆、一張紙一樣，幾個問題細細記下，陡然感到肩上的擔子重得很，卻不復將才的慌亂。主子條理分明，又臨危不亂，做下屬的自然也能將一顆方寸大失的心穩住，才能見招拆招，辦好差事。

蓮玉應了一聲，每一步都邁得大大的，撩簾子往外走去。

蓮玉一走，自動避到抱廈的荷心與荷葉這才邁著小碎步進了暖閣來伺候，一進來便看見行昭的手放在小案上，不停地抖，連帶著擱置在小案上的青花瓷天碧色舊窯茶盅也發出了「硜硜」的響聲。兩個小丫鬟對視一下，抿了抿嘴，再不敢亂走動，束著手，眼觀鼻鼻觀心地縮在旮旯（注）裡。

今日之事繁冗至極，行昭感覺自己的腦中像藏著一個線團，揪不出來始末，索性揚聲喚道：「拿筆墨來。」

荷心連忙從書齋裡頭捧了個紅漆福字紋托盤出來，荷葉手腳麻利地將氈子、堂紙、鎮紙

注：旮旯，指屋子裡或院子裡的角落，或指一切角落。

鋪好，又摻水磨墨。

行昭這時候也不避諱她們倆了，拿起筆，在紙上寫了幾個大字，「西北」、「方家」、「閔家」。寫到這裡，手頓了一頓，沒有抬眸，口裡輕聲吩咐。「妳們兩個都是我親選的人，蓮玉、蓮蓉也大了，沒幾年便要配出去了，到時候還要靠妳們撐起來。」

荷葉、荷心面面相覷。荷葉靈敏，立馬跪在青磚地上，荷心見狀連裙裾也來不及提，順勢跪在荷葉身旁。

荷葉重重地磕了三個響頭，府裡頭幾個時辰內便變了天，住在後廂房的寡娘都託人來問到底發生了什麼事，她卻什麼也不肯說。只是因為牢牢記得自個兒那賭癮成性的哥哥欠了人錢，被人活活打死，寡婦死了兒還是這樣沒體面的死，別人都避之不及，是四姑娘賞了錢讓人把哥哥的屍首埋了，是四姑娘一個帖子告到府衙去，將那害死人的賭坊給關了，也就是四姑娘還願意給她們娘倆兒一個體面、一個活頭。

「荷葉沒讀過書，能進懷善苑來當差已經是靠著菩薩保佑、祖墳上冒青煙積福來的，四姑娘叫荷葉去滾刀山過火海，荷葉立時撩了袖子就去！」

荷心反應慢了些，又聽荷葉都給說完了，只顧著重重地點頭，心頭卻想起才進懷善苑老子娘的交代——「四姑娘是府裡頭一分的，前頭那兩個大丫頭還能幹多久？到時候妳哥在侯爺那兒得臉，妳在四姑娘院子裡得臉，我和妳爹睡覺都得笑醒。」抱緊四姑娘這棵大樹，是荷心從始至終的心念。

行昭邊笑邊搖頭，讓她們起來。「不過是叮囑一句話，我讓妳們去滾刀山做什麼？取經啊？」被兩個小丫頭一打岔，心裡頭蒙上的那層沈甸甸的灰，好像被吹散了很多，穩穩落筆，寫下「應邑」兩個字，想了想又在「應邑」的後頭加上一個「六」字。

荷心跟著下過決心、表過態後，便邊起身撲了撲膝上的灰，邊極自然地湊過來瞧，嘴裡邊呢喃一句。「咱們府上的姑娘遇到想不明白的事時，都喜歡寫下來。聽三姑娘身邊的滿堂說，三姑娘遇上事的時候，也這樣。」

行昭手頭一頓，凝在筆尖上的那滴墨汁，欲滴未滴，搖了半晌後，終於落在了紙上。是不是賀行曉也是一頭霧水，所以她才會把這些詞挨個兒的寫下來呢?!是不是她也搞不清楚這三者之間的關係，所以才會寫下來慢慢地想……

像是打開了一扇門，行昭隱隱約約中摸索出了什麼，卻又稍縱即逝。

正當時，一股子風灌進了暖閣裡，蓮玉一張臉紅彤彤地進來了，見荷葉與荷心都在，怔了一怔，像是明白了什麼，笑了笑，三步併兩步上了前，說：「踏破鐵鞋無覓處，得來全不費功夫。」

這就表明進行得很順利，行昭也高興起來了，繁雜的事情中總算有順心的地方了，揚了揚下頷示意蓮玉說下去。

「六姑娘身邊的雙吉，是王嬤嬤外甥未過門的娘子。」蓮玉先將出處說清楚，又說：「王嬤嬤便拿出長輩的譜問她，雙吉自然是知無不言，言無不盡。六姑娘第一次嚷頭痛的時候，是在三爺開堂會沒多久後，而請張院判來看，說的病症又是夢魘纏身。這個病，張院判也沒有辦法，開了幾副安神的藥也就過了。後來萬姨娘還偷偷讓人從外頭請了符咒和菩薩進來鎮著，不過也沒用。您還記得上回去定國寺，六姑娘便以風寒纏身沒去，那是因為前一天六姑娘又夢魘了，一連幾日都昏睡不已，一醒來又嚷著頭痛。」

行昭一怔，陡然想起來年前遷居的時候，賀行曉出人意料地送來的那個赤金鑲青石鐲子，是應邑送給她倆一人一只的。

又聽蓮玉繼續說：「後來應邑長公主來之前，萬姨娘一大早就違例出了門禁，求到侯爺跟前，那是因為六姑娘那天夜裡更嚴重了，大嚷一聲之後便暈了過去，直到後來才緩緩醒過來。」

一個念頭在行昭的腦中閃過，猛然一抬手止住了蓮玉的後話，連聲問道：「那天晚上我是不是也夢魘了?!」

蓮玉登時瞪大了雙眼，一臉的不可置信，亂了步子往裡間走，出來的時候手裡頭拿著一本小冊子，嘴裡直說：「是了！是了！臘月二十七夜裡是我值的夜，您向來睡得淺，那天我以為您是晚上喝了羊羹不消化，才睡到半夜突然醒來的！」

行昭一下子全身癱軟，癱在了椅背上。嫁衣、應邑、方氏，三個詞一連串起來，不就是那天夜裡做的那場噩夢嗎?應邑穿著正紅的嫁衣飄飄嫋嫋地過來，大夫人吞金倒地而亡。

賀行曉……賀行曉也作了一樣的夢?

荷葉、荷心嚇得大氣也不敢出，又不敢做動作貿然出去，荷心見行昭的失態，癟癟嘴，險些哭出來。

「她……是什麼時候沒有再熬安神藥的……」行昭眼睛直直落定在牆角那株含苞欲放的

石竹上。

蓮玉感到自己的手都僵住了，動動手指，以同樣低沈的聲音回道：「正月初六，六姑娘的精神就足了起來，萬姨娘還想熬藥，被六姑娘給攔了。」

因為那個夢，所以一開始賀行曉送來了應邑的鐲子，她一定以為是那只鐲子在作祟，所以才會早早地將鐲子送出來——送到擋在她跟前的嫡姊那裡去。

因為一直在作那個夢，賀行曉開始思索這三者之間的關係，八竿子打不著的兩個人因為什麼同時出現在夢中，還如此反覆、如此執著，所以她一直想一直想，想到後來想不出，便寫下來慢慢釐清。

正月初六停的藥，正月初五大夫人哭著從宮裡提前跑回來，二夫人遠在東跨院可能不知道，東偏房可是在正院裡頭，萬姨娘又素來得寵，四處問問，聽個蛛絲馬跡，再聯想到夢中的場景，傻子也能猜出來了。所以在正月初六，藥停了。

所以平陽王府的春宴，賀行曉不去，萬姨娘也不來爭，因為局勢尚不明確，貿然插入只會陷入被動。

行昭幾乎想笑起來，自己的重生占盡便宜，老天爺卻讓行曉作了一個這樣的夢，這是阻礙她的考驗，還是取經路上必然遭遇的九九八十一難呢？

「大千世界無奇不有……」蓮玉想了想，還是不太敢相信，苦笑著。

既然已經發生了，賀行曉也摸透了，改變不了，那就索性坦然接受吧，如今知道總比過後被人在背後捅了一刀子來得好。

「既然雙吉和王嬤嬤有一層這樣的關係，妳就親去帶個話，只問她一句，是想跟著正院還是死心塌地跟著東偏房？這不是好女不事二夫，忠臣不事二主的時候。連娶進來的媳婦兒夫家都能休棄，何況她還是個合過庚帖，連小定兒都還沒下的小娘子。」行昭沈聲說道，內有雙吉看著，想了想，又將舉步欲離的蓮玉喚了回來。「讓孫嬤嬤死死盯著，手段強硬些，就算引起賀行曉的猜忌也沒關係，讓她顧忌到正院也好。怕也好、怨懟也好，必須讓她有所反應。」

這便是打草驚蛇的道理吧，不怕你不動，就怕我在明處，你在暗處，像一條吐著信子的花斑毒蛇一樣匍匐在草叢中伺機而動，冷不防地便衝出來咬你背後一口，行昭算是怕了這樣的人了。

「六姑娘再大的能耐也只是個深閨娘子，說個不好聽的，六姑娘是庶女，連出個院門都要經過正堂，身旁又有孫嬤嬤守著，能翻出什麼大浪來？」

蓮玉點點頭一點一滴都記下，懂了行昭的意思後，又溫聲出言寬慰。

行昭笑一笑，賀行曉是什麼貨色，沒有人比她更知道了，娘家住一塊兒，出嫁還在一塊兒，很典型的膽大力小，小處用力過猛，大處又瞻前顧後，不敢下狠手——敢搶周平甯的寵，卻不敢停掉她賜下去的避子湯。

世間最好的防範就是進攻，如今只是試試賀行曉，看她會不會全然潰敗而已。

蓮玉見狀，應了諾，便撩簾往外走去，正好和蓮蓉錯身而過，蓮蓉見她面容沈穆，試探著喚了一聲，可惜蓮玉心裡頭想著事，沒顧得上。蓮蓉更是好奇了，又念著手裡頭還捧著東西，只好邊回頭望邊撩簾子進暖閣，口裡說著：「蓮玉風風火火地，這又是怎麼了？」

「東邊又不安分了，我懶怠再同妳說一遍，晚上讓蓮玉和妳說。」行昭支著額頭，十分疲憊地靠在軟墊上，笑著招呼她過來，又問：「給哥哥的話帶到了嗎？」

蓮蓉壓下心頭的疑惑，邊將手裡頭捧著的一盆和著碧水的假山小柏樹擺件吃力地放在高几上，邊轉頭說：「帶到了，景大郎君聽完後沒說話，只吩咐人給您帶了這盆景回來，說是他親手養的。」

行昭就知道是這麼個結果，哥哥的脾氣也不曉得隨了誰，既倔氣又認死理。

「不過我臨走的時候，景大郎君叫住我，說了句話。」蓮蓉邊說，面上邊帶出了幾分疑惑。「他讓您別擔心。又說，既然另一個男人靠不住，那就都靠著他好了。」

行昭鼻頭陡然一酸。就算哥哥既倔又腦袋不靈光，可男兒漢大丈夫的這顆心，就像一顆埋在沙裡的寶石，熠熠生輝，愈久彌新。論它東西南北風，吹不滅、打不垮。

蓮蓉見行昭有些難過，連忙上前去，又不明所以，從懷裡掏出絹兒來給行昭擦了擦眼角，口裡直說：「這是怎麼了，怎麼我一回來姑娘便傷心起來了？您可別太擔心西北了，方家舅爺是什麼？一夫當關，萬夫莫敵，您的心還是放回肚子裡頭去吧。」

餘光瞥到角落裡縮手站著的荷葉、荷心，便逗著行昭。「我這才走一小會兒，姑娘就離不開蓮蓉了啊？那要是往後我和蓮玉嫁了出去，您可該怎麼辦呢？」

其實行昭沒哭出來，只是眼眶紅紅的。兩世為人，經歷的事情愈多，便愈覺得這樣不計回報的付出，很難得。

「妳個小貧嘴，才多大就想著要嫁出去了！」

行昭懶懶地靠著笑嗔她，忽聞外頭吹得呼呼作響的風聲，便讓荷心將窗櫺支起了腳來。

透過那層透亮清澄的桃花紙，行昭看到天際處有一大片的烏雲緩緩朝城中壓了過來，來勢洶洶又不懷好意，不禁長舒一口氣，半晌後，才輕聲緩語說：「風起雲湧，定京城又要不太平了。」

天色完全暗下來，大夫人和二夫人這才回了府。

行昭例行公事去正院將大夫人守著，卻見大夫人氣色好極了，神清氣爽的模樣同晨間那個慌亂的婦人判若兩人，行昭便笑著問：「可是定雲師太講經講得好？」

大夫人穩穩坐在椅凳上笑著沒作聲，身旁站著的黃嬤嬤高興地回話。「夫人抽了個好籤，『山重水複疑無路，柳暗花明又一村』，這是上上籤呢！」頓了頓，又加了一句。「定雲師太講的經也極好。」

行昭愕然，隨即十分真心地笑了起來，很捧場地點頭。

這籤文果真是極好的，這講的不就是大夫人的境地嗎？如今看起來是絕路，可繞過去了，不就是柳暗花明又一村，再見桃花源嗎？

能安心、又喜慶的話，世間的人大抵都是樂意相信的。

「出家人都不打誑語，更甭說菩薩了，既給了您個准信兒，您且就心安著吧。」行昭邊應和，邊醞釀之後又出言。「今兒個從東偏房過，沒聞著藥味，倒聽六妹身邊的侍女在說，最近她還在練字，要不要再請張院判來瞧一瞧，看六妹是不是都好全了？」

大夫人想想，既然都能練字了，那可不就是好全了嗎？怎麼也不往正院上報一聲，卻也不惱，又想起了這幾天接踵而至的雜事，蹙了蹙眉頭，輕描淡寫說：「這幾天正是戰事緊張的時候，既然曉姊兒都能行動練字了，萬姨娘也沒來鬧，估摸著也沒多嚴重了吧，暫且先將東邊的事緩一緩吧。」

行昭料想就是這個結果，點點頭，又把話岔開到定雲師太見著二夫人時的神色舉止上了。

臨到出門，黃嬤嬤把行昭親送到院門口，行昭細聲細氣地同她說話。「還是煩勞黃嬤嬤派人去探一探東邊的虛實吧。一來，父親也樂得見到正房慈藹，二來也瞧一瞧萬姨娘近來在做些什麼。」

黃嬤嬤一向清楚萬氏那副嘴臉，素日都不是個好相與的，如今倒沈寂下來了，一經提醒也覺得十分奇怪，不禁連連點頭。

果然，第二日一大早，懷善苑就收到了黃嬤嬤親去東偏房探望賀行曉的消息。不到一刻鐘，又聽到了萬姨娘帶著賀行曉去正堂問安的消息。

行昭坐在炕上盤腿抄《心經》，矮几上點了炷檀香驅蚊蟲，擺在暖閣右側的繡球花兒在昨夜裡全都爆開了，一朵一朵的，粉嫩嫩的、白澄澄的，香馥撲鼻，遠遠看過去就像簪在少女鬢間的絹花，十分鮮嫩。這是昨兒個夜裡行明送來的，說是繡球花開報平安，只要在三月初三踏春之前花兒全都開了，就能四季平安，順心遂意。

送來的時候，垂在枝葉上的花骨朵兒已經是一副將綻未綻的模樣了，一看就知道是精心選出來這幾日就要開花的，等到三月初三的時候，花兒怕都快要蔫了吧。行明這是在搏彩頭，變著法兒地來寬慰她呢！心裡頭這樣想著，覺得這曉日濃熏富貴春的時節，手下抄著心經，似乎連心也平復下來了。

蓮玉一面磨墨，一面同行昭小聲說話。「昨兒夜裡我同蓮蓉說了，只說了您和賀行曉作了同一個夢，讓她近來都警覺些，其他的都沒說。」

行昭邊抄邊點頭，怪道蓮蓉今兒一大早便去小佛堂上香了呢。

「聽說萬姨娘帶著六姑娘去正堂，一見夫人的面就跪了下來。」蓮玉聲音壓低，又說：「很是惶恐的模樣呢！」

夢到自個兒家的主母去世，別家女人穿著紅嫁衣登堂入室，能不惶恐嗎？還知道被人警覺後，表現出惶恐和心虛，而不是若無其事，賀行曉還是像前世那樣，禁不住嚇唬，也不敢造次。

行昭沒耐心再將心思放在東偏房身上，又囑咐幾遍讓孫嬤嬤瞧緊了，便將這樁心事放下來了。

第十九章

一連幾日，都能收到來自西北的戰報，賀琰身居要職又是方家的女婿，於公於私，都能得到第一手的消息。每每都是在勤寸院與幕僚、清客商議完畢後，就揪著信來正院又和大夫人報喜。

是的，報喜，方家送來的戰報無一不是報喜的，今日將韃子逼退了三丈之地，明日俘虜了韃子小隊領頭。

整個定京城，由原先的風聲鶴唳，變成一派喜氣洋洋的氣氛。

定京城裡連綿不斷的雨都擋不住黎家、閔家、三房還有其他關係親密的貴家遣了女眷到臨安侯府來，圍著大夫人，不是嘴裡頭在恭賀，便是面容真心地在勸慰。搆不上給賀家遞帖子的人家，就通過門房，送禮的送禮、送信的送信。

連街頭巷口裡垂髫小兒都能交口傳誦這樣幾句話。「西北狼，天下凰。方家軍，好兒郎。」

風頭無幾，這四個字是無端浮現在行昭腦海中的，緊接著便出現了這麼一個詞，樂極生悲。

行昭不曉得是自己多慮了還是怎麼著，方家的鋒頭愈勁，賀琰留宿在正院的日頭愈多，她的心就愈升愈高。

日子一晃而過，一轉眼就到了三月。

西北戰事未斷，韃子卯足勁兒地又發起了好幾次的進攻，都遭方祈攔阻在了平西關外。方家經由幾道聖旨，被捧到了風口浪尖上。方皇后倒是十分穩得住氣，大夫人幾番遞摺子進宮，都遭皇后駁了回來，又讓林公公帶信來說「局勢未穩」，只這四個字就搞得大夫人在滿心歡慶的同時，心裡直慌。

「皇后娘娘為人素來沈穩，內命婦與外命婦一向涇渭分明，這我都知道。可是哥哥還在西北拚命，我們姊妹倆相互支撐安慰又能惹到誰的眼呢？」大夫人坐在左下首，語氣中不敢含有怨懟，但是明擺著的不明白卻是能聽出來的。

又望了望上首斜靠在軟墊上的太夫人，抿了抿嘴，又說：「哥哥被派了天下軍馬大將軍的職務，連桓哥兒都被封了個世襲的四品指揮使的職位，我能看不出來方家正是烈火烹油，鮮花著錦的勢頭？可是我心裡總擔著牽掛，侯爺也不同我細細說，我更是沒地說話去，總不能和阿嫵與景哥兒說吧？總不能和二夫人說吧？您身子又還在養著，我也不十分敢來鬧您……」

太夫人聽完老大媳婦兒的話，素來都知道方氏是個沒心眼又和軟的人，若是不曉得的，怕是以為她作態拿喬都作到了婆婆面前來了！

「皇后娘娘聰明還是妳聰明？是皇后娘娘的話該聽，還是妳的話該聽？」太夫人淡淡說道，抬眼覷了大夫人，又道：「方祈在西北拚死拚活，不是為了讓兩個妹妹在定京耀武揚威用的。妳自己想想，大周自建朝以來，哪個武將沒有遭過彈劾？愈到高處，就愈要夾著尾巴做人，妳好好和皇后娘娘學學吧。」

一番話說得大夫人啞口無言，只好訥訥點頭，好歹藏了一肚子的心事，總算是能和人說出來了。

三月的榮壽堂安寧清爽，灰牆青磚，紅欄朱漆，初春時節微暖尚涼的光透過庭院裡的那棵參天古柏，在青磚地投上了斑斑駁駁的影子，其中間雜著如水般明亮的光。

太夫人自那次身子不好後，又經歷春冬交替之際，除了去平陽王府露面，一概閉門謝客，連府裡頭的大小事宜也管得很少了。西北戰亂這件事，行昭不敢貿然派人去榮壽堂通風報信，可最後太夫人還是將事情摸得透透的，想得也比旁人更深了幾分。

「妳若真閒不住，就去閔家轉轉，好歹信中侯也算是和方祈在西北並肩作戰，閔夫人也是藏不住話的。」太夫人又言，心裡卻暗道，二皇子選妃這樣大的事情都為西北讓了路，到如今人選都還沒出來。皇帝難得還能想起信中侯，賞了個護軍的差事，這是皇帝在提拔閔家呢。

這廂的大夫人和太夫人在說話，那廂行明與行昭也在懷善苑竊竊私語。

「行曉前兒來東跨院說是同我請安，還帶了自個兒繡的帕子、荷包，倒是驚得我都沒坐穩。」行明漸大了，難得被二夫人放出院門，有一肚子話想說，正要開口，卻看到了牆角高几上擺著的繡球花，半道改了口。「這繡球花好看吧？」

行昭連連笑稱。「好看好看！妳一送來，我就給端高几上擺著了，又香又好看。」誇讚完了，這才開口回她前一句話，草草帶過。「生了場病，整個人就懂事多了。」又問行明。

「二嬸整日拘著妳要不看帳簿，要不做女紅，連常先生那裡都不許妳去了，這是怎麼了？」

「還能怎樣……」行明癟癟嘴，十分不高興的模樣，一張臉卻紅遍了。

行昭陡然想起來，上次二夫人帶著行明回了趟娘家後，中山侯府的幾位夫人便來賀府來得頻繁極了。

行昭捂嘴笑，倒也沒說破。

行明卻像陡然來了興致一樣，湊過身來，悄悄摸摸地附在行昭耳邊說：「上回娘還在問，大伯母方家的那個桓哥兒是不是十四歲了，說親事了沒有，卻遭爹橫眉豎眼地罵了一通。」

行昭愕然，隨即大笑起來，二夫人愁行明婚事的心，不比她掛憂母親的心少啊！

大夫人從榮壽堂回來的時候，賀琰已經候在正院了，難得地將四個小輩都叫出來一道用晚膳。

賀行曉一見行昭，便趕忙斂裙屈膝。

行昭挑了挑眉毛，也沒再搭話，只讓人將她扶起來，便再也沒往那頭瞧一眼。連行明那處都懂得討好賣乖，卻不見她對懷善苑有什麼動靜，可見賀行曉對那個夢深信不疑，篤定正院這一支會如夢裡繁花一樣，曇花一現罷了。

一頓飯吃得各懷心事，行景少言寡語，行昭謹言慎行，行曉討好賣乖，行時一向都是訥言的。

看賀琰擱了筷子，其他人再不敢吃喝了。臨散了時，賀琰叫住行景與行昭，對著行景溫言緩語。「前段時間都還很勤奮，最近雖然還是照舊日日往明先生處跑，回來後卻不看書改看輿圖了？」

行景垂著頭，不說話。

大夫人出面打圓場。「他舅舅不是正在西北打仗嗎？景哥兒這是心裡牽掛呢。」

賀琰蹙了眉頭想開口，卻硬生生地憋住了，皺著眉頭擺擺手，索性讓行景回去。又溫聲問起行昭。「玩鬧了一個冬天，常先生開始上課了，心還收不收得住啊？」

這是在享天倫之樂嗎？行昭突然感覺有些作嘔，無利不起早，若是方家沒能在西北聲名鵲起，一反頹勢，賀琰哪裡能耐得住性子，挨個兒地詢問啊？

心裡在胡思亂想著，面上卻還是輕輕點了頭，找了個由頭，就要告退了。「常先生布置了十張描紅，還沒寫完呢。」

賀琰笑著也讓她回去了。

夜已深，星月漸起，暮色濃重，臨安侯府的燈從外院挨個兒熄滅到內院，除卻遊廊裡頭偶有幾個小丫鬟提著羊角宮燈穿梭其中，留下窸窸窣窣的聲響，便只能聽見夜風「呼呼」的聲音了。

萬籟寂靜之中，九井胡同外陡然傳來一陣急促的馬蹄聲，「噠噠噠」的聲音愈來愈近，愈來愈響，從胡同口拐彎地方呼嘯而過，將高高掛在杆子上的紙燈籠驚得搖曳四方，搖擺的燭火下能隱約看見一個穿著銀灰盔甲，背後背著一柄紅纓槍的男子俯身馬上，前襟處已經被殷紅的血染紅了一大塊。

有蹲在牆角尚未收攤的遊街小販被馬蹄聲一驚，呆愣愣地望著絕塵而去的人，邊收拾東西邊口裡喃喃唸叨。「這麼晚了，城門口都宵禁了，怎麼還有人騎馬進來……」又探頭往裡望望，看那人停在了臨安侯府的門前，那小販不禁嘖嘖一聲。「果真是皇親國戚，這皇帝定下的條例都能說破了就破了。」

不多時，賀府的燈又挨個兒被點亮了，從外院以極快的速度亮到了內院。

「姑娘！姑娘！」

行昭被一驚，從床上兀地一下坐了起來，撐起身子，看著眼前神色焦灼的蓮玉，沒由來的胸口一窒，抬了下頜，示意她說下去。

「姑娘……平西關……破了！」蓮玉的聲音頭一遭這樣的尖利，帶著哭腔和沙啞，恍若直衝上了雲霄。

行昭頭往前探了探，蹙著眉頭問她。「妳說什麼？」

蓮玉眼眶紅得很，忍著哭上前扶住行昭的肩膀，死命地咬住了牙關，一字一句地說：「舅爺鎮守的平西關破了。剛剛有人來拍咱們府上的大門，被帶到了正院，侯爺和大夫人都被驚醒了，王嬤嬤去問黃嬤嬤，才知道昨天夜裡平西關失守，韃子已經攻進了蒼南縣，舅爺獨身一人，帶著三千精兵往西去，如今……如今生死未卜……」

行昭感到腦袋像被廟裡頭的鼓錘重重撞了三下，聽蓮玉的聲音只聽到嗡嗡幾聲，十分悶得慌。

急急喘過幾口氣，手狠狠地扣在掌心裡，刺破皮肉的痛讓她腦子瞬間清醒，看著一張臉憋得通紅，想哭又不敢哭的蓮玉，輕輕拍了拍她的手背，輕聲說了句。「別慌。」又環視了一圈屋子裡驚恐未定的人們，面色肅穆，沈聲吩咐道：「穿衣，去正院。」

賀家宵禁，各處院門已經被緊緊鎖住了，一路上卻沒有人阻攔行昭。

行昭提起裙襬快步往前走去，總覺得還太慢，索性小跑步了起來，氣喘吁吁地轉過拐彎，此時正院已經燈火通明，沒有預想中的喧譁聲，沒有大夫人的抽泣聲，也沒有賀琰的厲聲詰問，只有一個有氣無力的聲音卻像是拚盡全身氣力地在說話——

「韃子是在昨日申時三刻猛攻的，先是進行箭矢進攻，然後就火攻……」

「韃子幾萬人逼近，瞭望和駐守的兵士看不到？不知道？」這是賀琰沈抑的聲音。

「西北的天一向黑得早，將軍還特意吩咐了人立在鷹眼臺上，半步也不許離！」

說話簡潔明瞭，雖聽得出來已是元氣大傷，卻仍舊能做到鏗鏘有力。

這是舅舅的方家軍親信。

行昭強迫自己清醒頭腦，依舊從蛛絲馬跡中，尋覓到有用的資訊。

「那平西關是怎麼失守的？方祈沒錯，定下的排兵布陣都沒錯，守城的兵士也沒錯，那錯的難不成是蒼南縣近千位平民百姓？」賀琰冷言拿話打斷了他。

那兵士一時語塞，隨即壓低聲音，帶著憤懣與不甘心地低吼道：「將軍三天三夜都沒合過眼！城破之時，讓我趕緊策馬來京報信，說完便親帶了三千軍馬往西北去了，再說勝敗乃兵家常事。」

賀琰冷笑一聲，聲音驟涼。「城在將在，城破將亡！」

行昭垂頭束手地站在窗欞外，靜靜地聽，正堂大廳的窗欞上只顯出了一個剪影，那是賀琰的身形。那一個兵士只能是跪著，或是趴著，派來定京送信的軍士銜不會太低，見到臨安侯根本不用跪，要不，就是兵士身上有傷，壓根兒就站不住。

穿青著碧的小丫鬟們三三兩兩簇擁著圍在門簾外，瞇著眼睛從簾子的那條細縫中偷偷往裡覷，一個貼著一個，捂著嘴不敢大聲說話，又捨不得散去。

「夜裡的規矩都忘了不成?!」蓮蓉越眾而上，揚聲出言。「該幹麼都去幹麼，不用值夜了嗎?!」

小丫鬟們縮頭緊腦，作鳥獸狀往外散去，裡頭聽見了外面動靜，聲音戛然而止，不多時白總管便撩起簾子出來，見是四姑娘穿著件兒粉絹素羅裡衣，外頭套了件白披風，可鞋還是在屋裡穿著的木屐，不禁愣然。「這麼晚了，四姑娘怎麼在這兒?」

行昭緊了緊裹在襟口的白貂絨薄絨披風，又朝著院子裡頭探了探，輕咳兩聲。「初春深夜涼，阿嫵能不能進去說話?」

白總管一時啞然，又不敢真的將四姑娘留在這庭院裡頭，若是真凍著涼著了，這帳大夫人不找他算，老夫人那兒也討不著好，可裡頭商量的可是朝堂上生死攸關的大事啊……

趁白總管猶豫的勁兒，行昭提了提披風，小步繞過白總管，單手「唰」地一聲撩開簾子，快步轉過用作隔板兒的琉璃八色並蒂蓮大屏風，一進內堂果然那兵士灰頭土臉地癱在地上，光可鑑人的青磚地上已經能看到幾點血漬了。

「妳怎麼來了?」賀琰以為來人是太夫人，卻不想最先來的是小女兒，蹙著眉頭聲音更冷了，卻想起來素日裡對小女兒的寬待，語氣軟了幾分，揚聲喚來白總管。「將四姑娘帶到夫人那裡去，正好陪陪夫人。」

行昭先是向賀琰屈膝行禮，後蹲下身子，從衣襟裡掏出一方帕子，輕手輕腳地給那兵士正沁血的胸口擦了擦，湊近一看，才發現胸前有一道深可見骨的傷口。行昭對傷口沒研究，可也知道這傷口又深又窄，肯定是一箭射穿的，後來這位兵士狠下心將那支箭自個兒給拔了出來。

那兵士的傷口被手一挨，九尺的男兒漢帶著明顯壓抑地「嘶」了一聲，讓行昭頓時眼眶一紅。小娘子稚氣的聲音卻平和得讓人心安。「我是方將軍的親外甥女。『方家軍，好兒郎』，定京城裡沒有誇錯你們。」

行昭話一出，這樣鐵血的男兒漢鼻頭一酸，頓時有些撐不住了。一路顛簸，韃子的暗箭難防，中了埋伏，只能找絕壁殘岩裡走，傷口再痛，也不敢停，因為西北還有正在灑著血！拚著命的弟兄們，還有那個混在軍營裡和最低等的士兵大口喝酒、大口吃肉的將軍！

傷口的舊肉在爛掉，新肉再長出來，可什麼也比不上這一刻心痛。九尺男兒漢抹了把臉，掙扎著起身，便要俯身跪拜，哽咽道：「西北五萬兵士對不起蒼南縣的民眾，是我們無能……」

行昭的淚撲簌簌地掉了下來，直拉著他，不許他再動了。

賀琰面色冷峻，居高臨下地看著小女兒，聽到「方將軍的親外甥女」時，眉間蹙得更緊了。

白總管撣著袖子繞過屏風進來，心裡頭直道晦氣，四姑娘不遭排頭，可有的是人遭排頭。

果然，賀琰沈著聲音，耐住性子再吩咐一聲。「把四姑娘領到夫人那裡去，哪有小娘子家晚上到處亂走的！」

行昭讓蓮玉扶住兵士，起了身，又衝賀琰福了個禮，垂著頭，將眼落在襟口處的蝙蝠盤扣上，軟聲軟語。「這位大人傷得極重，父親要不要先請大夫過來瞧瞧？趕緊處理好傷口了，也能撐起氣力同您一道去面聖啊！」

一番話，兩個意思。

賀琰聽出味兒來了，單手攔了白總管想上前去的動作，帶了幾分詫意看了看小女兒。方家的事他不著急，他與方祈素來瞧不對眼，方祈嫌他面和心苦，他嫌方祈粗鄙頑劣。韃子這一次進攻的五萬名兵士，想來是韃靼裡的青壯年全都上了，大周什麼都不多，人最多，打車輪戰，以多敵寡還是有信心的，所以多拖了拖，除了對方祈是生死攸關，對其他的事其實沒多大影響。只是苦了方祈了，平西關沒守住，方家的幾世英名就敗在他手裡了。

腦中無端浮現出了應邑宜嬌宜嗔的面目，又想起方氏的愚蠢、懦弱和遲鈍。

「傷肯定是要治的，留在府裡慢慢治吧。皇城早就落了鎖，我朝還沒有臣子半夜叩開宮門的先例。既然有方將軍的書信，明日一早，我獨自一人去面聖也能說得清楚。」賀琰沈聲說，見面前眼睛紅紅的，臉蛋紅紅的，眼神卻亮極了的女兒，第三次吩咐。「趕緊把四姑娘帶下去！」

白總管戰戰兢兢應了一聲，上前就要來請行昭。

慢慢治，明早再獨自面聖！

戰場的事，爭分奪秒，更漏每漏下了一粒沙，就是放棄了一條人命！獨自面聖，還不是賀琰想怎麼說，便能怎麼說了？

行昭明白賀琰的意思了，忍著氣，更忍著傷心，挺直了腰板，仰頭看賀琰。旁人都說她不像她那面帶著福氣相的大夫人，卻像極了她那氣度風華的父親。連賀琰素日也常說，兒像舅，女像爹，待她多了一分其他子女沒有的寬和。

明明是牽扯至深的親緣，為何一定要走到針鋒相對的境地？

「戰機不可延誤，『一鼓作氣，再而衰，三而竭』，這是父親考校哥哥的文章。兵士中了傷，都能破開定京城的宵禁，一路敲到賀府的門口來。皇上是明智之君，您是股肱之臣，臣至忠心則君至智，您為了國事敲開皇城，皇上只有讚賞您的。」行昭手袖在袍子裡，握成一個拳，心裡頭滿是火氣和悲傷，賀琰吃軟不吃硬，可生性涼薄的人，向他哀求也是沒有用的。

賀琰一抬眸，眼神卻落在高几上擺著的那盆蜀地矮子松上。

行昭回頭望了眼那兵士，蓮玉已經打好了溫水，又從小廚房裡開了一盅烈酒過來，先清洗了傷口，再用烈酒去燙。那兵士吃痛，死命咬住牙關，一雙眼睛充得滿是血絲。

舅舅、母親、哥哥、方皇后，幾個人的面容飛快地交叉浮現在眼前，最後定格在夢中母親痛苦倒地，鐵青的那張臉上。

行昭上前一步，眼眶含淚，扯著賀琰的袖子，哀哀說著。「前朝有宋直諫當堂指著仁宗的鼻子罵，我們賀家是靠納諫起家的勛貴，我們都不敢去敲皇門，還有誰敢？兵士大晚上的破城報信，明兒個全定京就能知道詳情，到時候皇上問起來，您該怎麼答？」

這番話說得就有些重了，直直將了賀琰一軍。

為什麼一大晚上知道了這樣嚴重的軍情，不去報給皇帝，而是壓了下來？欺君瞞上，還是另有所圖？

賀琰怕的是什麼，怕的就是失了聖心，受到猜忌！

「援軍慢一刻去，將軍的危險就多一重。我還撐得住，我同侯爺一起去！」兵士捂著傷口，搖搖欲墜地站起來。

白總管左瞧瞧，右探探，終是嘆了口氣，上前扶住那兵士。

賀琰心頭百轉千迴，方祈帶著三千人往西北去，西北是哪裡？是韃靼的老巢！韃靼連平西關都破了，還能怕別人送上門來？方祈若是戰死沙場，倒是功過相抵了。可平西關破，總要有人來承擔罪責，被皇帝遷怒的只能是方皇后，方皇后一倒，方家可果真是倒了……

行昭高聲道：「舅舅是西北的戰神，無往而不利！誰又能斬釘截鐵地說舅舅沒有個翻盤的機會了呢?!」

賀琰一聽這句話，頓時想起了年少時候，他與方祈一同去拜驪山上隱居的何大士，何大士對方祈另眼相看，讚譽甚高，對他卻只摸著美髯笑而不言。

「既然你還撐得住，那就進宮吧！」賀琰袖子一甩，將手背在後頭，沒往屋裡再看一眼，便起身往外走。

行昭抿嘴輕輕一笑，轉過身，低聲囑咐那兵士。「見到皇上，不要一味地誇讚舅舅，你一定要牢牢記得，普天之下，莫非王土；率土之濱，莫非王臣。你是皇上的兵，拿著皇上的糧餉，不要提方家軍，也不要過於推崇舅舅。」

兵士一愣，隨即重重地點頭，靠在白總管身上，吃力地往外跟著。

待幾個人漸行漸遠，再看不見身影後，行昭身形一軟，順勢就癱在了小杌上。

這幾日雨後初霽，能清晰地看到在那片四四方方的天空中，有星羅棋布，卻再無安寧。

第二十章

一整晚，行昭都陪在大夫人身側，大夫人坐立難安地在裡間，先讓黃嬤嬤去二門守著，說是一有消息就趕緊派人來報，而後月芳又問要不要派人去和太夫人說一聲？

大夫人輕輕搖頭，只聲音低低地說：「先別和太夫人說。」又抬頭不知道望向哪裡，語氣十分低沈，輕喃一句。「到底禍福還未知呢，怎麼能過早下定論……」

行昭已經習慣大夫人哭哭啼啼和凡事無主張了，大夫人這樣達觀的表現，讓行昭欣喜若狂又深感詫異。

她不知道方家的波瀾到底是什麼，再加上如今的一切都已經脫離了原有軌跡，她甚至不能篤定方家是否能夠如同前世一樣安然度過。

行昭強壓下心頭惶恐，點點頭笑著向大夫人回應道：「是呢，是福是禍還不一定呢。舅舅驍勇善戰，否則哪能將平西關守這麼久？再說兵不厭詐，優劣之勢難下定論，誰又知道舅舅沒有存下一招殺手鐧呢？」

大夫人心事重重地點點頭，勉強扯出一絲笑。方祈有什麼能耐，她最知道，十歲時，與三個壯漢互練，就能遊刃有餘地全部撩翻了，就這樣爹爹還罵他「手段拖遝，處事軟綿」，大概除了她的方家人都有種置之死地而後生的本事。

這樣想著，千鈞重的心，好歹左右晃了晃，好像輕了些。

大夫人像是想起什麼，連聲招呼人。「把紙筆備好，我要抄《地藏經》。」眸色一黯，低低道：「戰死沙場的兵士千千萬萬個，在邊疆，活人們連生死都來不及顧忌，又有誰會想起給犧牲的人超渡呢？」

由己度人，行昭探過身子，小手覆在大手上，一切盡在不言中。

整個夜裡，一個正院的人都沒合眼，供桌上裹銀雕福紋燭臺盛著的燭蠟一滴接著一滴地順著流下來，卻在半道上凝固了，像極了一滴又一滴的眼淚，又像一顆連著一顆的珍珠。

辰時初起，九井胡同裡響起了打更聲，行昭睜大了雙眼，直直看著東邊有一團暖陽從山坳處一點一點地蹦出來。天際處蒙上的那層灰迅速席捲而去。

行昭深吸一口氣，心莫名地平靜下來。轉頭看了看蓮玉紅著一雙眼顫巍巍地立在身後，蓮蓉半瞇著眼睛靠在柱上。又看了看眼前的大夫人，養尊處優這麼多年的臨安侯夫人難得這樣身心俱疲，手裡已經拿不住狼毫筆了，寫成的佛經捲了三卷，臉色已經變得差極了。

「娘，您好歹去歇歇吧。」

行昭的話還沒落地，外頭就有一陣吵吵嚷嚷的聲音，行昭趕忙起身趿鞋，就看到白總管撩簾子進來，身後跟著精神極差的賀琰。

大夫人趕忙迎上去，邊接過賀琰手裡頭的大氅，邊一句話跟著一句話急急問道：「皇上怎麼說？你說得可仔細？這也不單單是哥哥的責任，韃子來得又急又猛，哥哥如今生死都還不知道。皇上不會有怪責吧？皇上下令增派援軍了沒有？」

賀琰嘴角抿得更緊了，冷冷橫了一眼。大夫人嚇得一怔，手裡拿著大氅，進也不是，退也不是。

行昭嘆了口氣，雙手捧了盞參茶奉上前去，微不可見地擋在大夫人前面，笑著說：「爹也一夜沒睡，您喝口參茶提提精神吧，母親和阿嫵候了您一夜，既牽掛舅舅，也牽掛您。」又遞了個眼神，蓮玉會意趕緊斂首接過大夫人手裡頭的大氅掛了起來。

賀琰接過茶抿了口，眼神卻帶了些深思落在了小女兒的身上，昨夜圍魏救趙，直搗黃龍再加個敢想敢說，幾句話就改變了他原來的想法，一套手筆下來不像是個七、八歲女童能有的眼界，說的話、行的事，帶的是誰的影子？

是他賀琰的影子。

長子不爭氣，好歹幼女還能排憂解難。

賀琰四處看了看，話沒到正題上，卻說：「景哥兒還沒來？」

大夫人心裡急得像百萬隻螞蟻在撓，卻不敢不回話。「昨夜裡白總管將人直接帶到正院，景哥兒住在觀止院，正院裡的人又在各司其職，一時間還沒想起來要去叫他。」

賀琰幾個大步一跨，就落座在了正座，揮了揮袖子，冷聲吩咐。「去把景哥兒叫過來！」

行昭心落了下來，賀琰沈得住氣是真的，可在這種事上沈住氣可沒有誰讚賞。要知道方祈不僅僅是鎮守一方的大員，更是他的小舅子，這時候忽略掉正頭夫人的喜怒，還能拖延時間，說明皇帝的處置，讓賀琰很滿意，至少對局勢是有利的。

大夫人忐忑不安地坐在右邊，時不時覷覷賀琰的神情，吞嚥下想問的話。

行昭端了個小杌挨著大夫人坐，低眉順目。

賀琰看著幼女，腦海中浮現出皇帝帶著幾分前所未有的神情，和他獨身在儀元殿裡，探討西北戰事，詢問他的建議，連是派誰去督軍更合適？要不要再派人去接應方祈？這些話都同他一個文官商議。

又想起皇帝整夜未眠，披著睡袍還想得到派人送三兩才貢上的普洱茶去鳳儀殿。

皇帝沒有換下方祈的意願，甚至在這個時刻還想得到去安撫方皇后。

這是一個信號！應邑說，皇帝已經厭棄了方皇后，純粹是無稽之談。

賀琰在想事情，行昭腦袋卻是一片放空，不多時就有一個還披著素絹練功服，腳上提了雙滿是灰塵的馬靴的少年郎大汗淋漓地跑進來，嘴裡直喚著。「父親！平西關失守了？您怎麼不早點給我說啊?!」

「嚷嚷什麼！」賀琰看見長子，便心頭冒火，隨手指了下頭的凳子，吩咐。「坐吧。」

行景哪裡坐得住，剛挨著凳子，便面容十分焦慮地望著賀琰，又問：「西北到定京快馬加鞭也只用一夜的工夫，怎麼這個時候前方的新戰報還沒傳回來?!」

賀琰一蹙眉，見兩人都急，三言兩語說了。「皇上十分關心西北戰況，方將軍和信中侯都在那支三千兵馬裡，皇上下令讓梁平恭整合軍隊，誓死保衛蒼南縣。蓉城、渝州加緊時間，整合兵馬，由老將秦伯齡帶領，往西北深處殺入，接應方將軍和信中侯。」

賀琰的話一落，大夫人雙手合十，仰面朝天，口吻裡有無限感恩。「阿彌陀佛！聖上還願意接應哥哥，哥哥你一定要堅持住啊！」

行景心裡經過大起大落，一時癱軟在凳子上，手撫了撫胸口，兀地又坐起身，直挺挺說道：「爹爹，我要去西北，我也要去接應舅舅！」

賀琰被打了個措手不及，下意識地一掌拍在桌子上，聲量陡然提高。「荒唐！我們賀家的兒郎是上姓士族，你看到過哪家勛貴兒郎去軍營裡刀尖舔血、討生活的！」

賀琰骨子裡就瞧不起軍人，萬般皆下品，唯有讀書高。

行昭一抖，猛然一抬頭看見的是行景滿是朝氣與韌勁的面龐，賀琰所說的好消息，沒有讓她感到意外，而行景卻實打實地讓她詫異了。

「別人能去修身齊家平天下，我為什麼不行?!賀家是多高貴的門楣嗎？別人能去，我為什麼不能去？」行景難得地在賀琰面前爭執，小郎君一張臉憋得通紅，梗著脖子又說：「我不僅僅是為了舅舅。我昨天竟然夢到韃子耀武揚威地騎在馬上，在咱們大周的領域上，橫衝直撞，拿著馬鞭上下揮，我一覺起來直犯噁心！」

「那就多去看看書！」賀琰被徹底激怒了，一瞬間失去了談話的興致，揮揮衣袖。「白總管，把大郎君帶下去。事關他舅舅，你們又甥舅情深，早知道就不和你說了。」

行景不願意走，白總管來拉他，他力氣又大，一把將白總管摁在地上。

賀琰盛怒，大夫人見勢不好，看看兒子又看看賀琰，不知道該怎麼辦。行昭皺了眉頭，上前拉過行景，行景自然不敢再甩開幼妹，行昭仰著頭小聲說著。「哥哥去了西北，母親和阿嫵又該怎麼辦？」

行景猛然想起那日的顧慮，猶豫片刻。

行昭趁著這片刻，雙手拉著行景就往外走，到了遊廊裡頭，行景面容上有焦慮、有擔憂、有不甘心。

行景去西北可以，但現在還不是時候。

「阿嫵一直都覺得哥哥一定會成為一個大英雄，但不是現在，方家局勢未定，你在就是母親的一張底牌，若你不在，退一萬步說，萬一方家有事，母親該怎麼辦？阿嫵又該怎麼辦？」行昭壓低聲音緩聲細語，又說：「哥哥要三思而行。」

行景手心直冒汗，少年郎特有的血性和激烈，被這幾句話似乎是打消得只剩下了一二。孰輕孰重，行景終究屈服在對未來的不確定上。

行昭望著遊廊裡，行景獨自向前的背影，長長舒了一口氣，前路未卜，再也禁不起半點折騰了。

三月暖陽徹底蹦上頭頂之時，信中侯家的閔夫人來了，紅著眼眶，帶著惺惺相惜的語氣。「我家侯爺明明是個文臣，半輩子沒見過死人，拿筆還行，叫他拿刀……」話到這裡，閔夫人終究是忍不了，哭出了聲。「叫他拿刀，怕他刀柄都還沒摸著，就叫人給……」

閔夫人一哭，大夫人就忍不住了，嚶嚶哭起來，又想起信中侯和方祈一同在西北，結結巴巴地把早晨賀琰透露的聖意又說了一遍。

閔夫人大清早才接到聖旨，細細一問，才問出了那個噩耗，登時嚇得手腳癱軟，又想起來臨安侯夫人就是方將軍的胞妹，攏了攏頭髮還來不及梳洗，就十萬火急地往賀府來探聽消息。本來是打著這次西去能混個功勛回來，閔寄柔嫁的時候也能更體面些，誰又能料到韃子這次是吃了個秤砣下去，鐵了心要和大周作對，硬生生地將板上釘釘的事都能變得這樣凶險艱難。

哭嚎、訴說、抱怨總能將煩悶與擔心降到最低，可哭泣根本無濟於事。

行昭避到了裡間，今兒早上歇了兩個時辰，翻來覆去睡不著，索性就爬起來守著大夫人。

耳朵旁邊能模模糊糊地聽到外間的動靜，女人的哭聲與衣料窸窸窣窣交雜的聲音，讓行昭陡生鬱氣，歪身靠在暖榻上，從几桌上隨手拿過一冊書卷，強迫自己靜下來，粗粗掃過三列字，發現一個字也讀不進去。

一抬眸才看到窗櫺前的黑漆大桌上擺著一尊玉色水清花斛，裡頭插著幾株大朵大朵的芍藥花，火紅得像黃昏時分的火燒雲，濃烈而明豔的顏色讓寂寥又悲戚的正堂裡陡增幾分生機，而用來鋪桌案的罩子卻是一疋素綾暗紋的三江梭布。

「這花兒和布是誰擺的？」行昭抬了眼神問。

如今侍立在身旁的是正院的小丫鬟滿兒，頭一次進內間服侍，聽主子發問，戰戰兢兢地抬起頭來，回道：「花兒是花房的王嬸子進上來的，罩子是……」陡然想起來這幾天府裡頭烏雲密布的氣氛，頓了一頓，試探轉了話頭。「是花兒擺得不好嗎？要不要讓人去給王嬸兒說一聲，把這花兒給撤了？」

「不用了，花兒擺得很好。賞兩個銀錁子給花房的。」行昭翻了一頁書，沈著聲又道：「選了這塊布的管事嬤嬤真是惹晦氣，咱們府裡頭還沒有辦喪事呢，日子該怎麼過還怎麼過。頭一次犯下這等錯處，我且饒了，誰要是再敢把素絹黃麻這樣的物什放到我眼前來，休怪我翻臉不認人。」

滿兒沒聽明白，卻覺得素日都笑嘻嘻的四姑娘無端地變得讓人生懼，大氣也不敢出地屈身往外走。

這一出後，臨安侯府的僕從算是看清楚了上頭的意思，心裡面再惶恐不安，也不敢把心緒往主子面前帶了。

出了這麼大的事，就算是賀琰與大夫人有意瞞著榮壽堂，太夫人還是有辦法知道。聽張嬤嬤說起皇帝的處置後，太夫人長長舒了一口氣，只說了四個字，也只讓張嬤嬤給行昭帶了四個字兒——「靜觀其變」。

行昭卻沒有辦法做到像個旁觀者一樣「靜觀其變」。在西北，生死未卜的是她的舅舅，在定京，她的母親也還前路未明。

賀琰這幾日都早出晚歸，開頭幾天都還好，後來便漸漸有些敷衍大夫人了，再過幾天，連正院也不大樂意進了，日日宿在勤寸院。行昭只道這就是賀琰的德行，這個時候自然是戰事著緊，便也沒多想。

心裡頭懸吊著，越發地覺得日子過得慢，行昭只好守著大夫人慢慢過。行景是有去處的，日日去找那兵士聊天打板，說戰事、看輿圖，兩人之間說得最多的便是兵馬大將軍方祈了。

那兵士原來姓蔣，是方祈手下的一個千戶，臨危受命，那日去殿前面聖表現得不卑不亢，倒引起了皇帝的垂眼，吩咐他在臨安侯府好好養著，等西北戰事大勝而歸，便論功行賞，故現在倒還被拘在了臨安侯府裡頭。

秦伯齡是鎮守渝、蜀兩地的老將，抗過南蠻，打過北夷，五十歲的年齡，還老當益壯，寶刀未老，整合一萬匹軍馬只花了三天的時間，之後日夜行軍，在梁平恭的掩護下，順利渡過平西關，深入西北老林去了。

有秦伯齡的接應，有梁平恭的掩護和進擊，有皇帝的寬縱和信任，要是方祈血灑西北，還好交代些。要是方祈鎩羽而歸，皇帝有多大的期望，就能有多大的失望，有多大的失望，就能有多大的震怒。

秦伯齡一天一封信地八百里加急傳回定京，卻從來沒有方祈和信中侯的消息。

大夫人整日整日地掉頭髮，哭得眼睛都模糊了，看誰也看不清楚，常把行景認成方祈，拉著行景的手不放，直哭。「你怎麼還沒回來啊！輸了一場仗也不打緊，只要命不丟到西北老林就好。我們方家死在西北的人一隻手都數不完，多你一個不多，少你一個也不少啊！」

行景沒辦法，便望著行昭求救，行昭嘆口氣，上前去把大夫人扶正，軟聲溫語勸慰著。「活要見人，死要見屍，聖上都還沒放棄，您怎麼能先棄械了呢？」又想了想，笑道：「也有好消息，梁將軍把蒼南縣收復了，這是不是就意味著舅舅離回來又近了一步呢？」又朝著行景使了個眼色。「軍備布局，我不太懂，可哥哥懂啊，您聽哥哥給您說。」

行景會意，反過手握了握大夫人，笑言。「秦將軍墊後，梁將軍衝鋒，舅舅在中間。您想，前後都是我們的人馬，就像個兜子一樣……」行景邊說邊拿手繪了個圈，做出個撈人的手勢。「就算是兜漏了也能將舅舅兜到！」

大夫人連連稱是，淚眼婆娑。

行昭餘光看見蓮玉十分焦灼地在外頭向她招手，又看了眼裡頭，大夫人正拉著行景說話兒，便輕手輕腳地退了出去。

「怎……」行昭一出去，還沒開口問話，就被蓮玉拉得遠遠的。

在牆角站定後，蓮玉還四下望了望，確定周圍沒人，這才開腔，一開腔才發現聲音已經沙啞，帶著幾分哭腔。

「坊間都在傳，說……說方將軍根本就不是因為城破才往西北老林去的，而是通敵叛國，故意給韃子放的水！」

蓮玉說得又急又氣，行昭一聽，一口氣喘不過，小臉憋得通紅，這到底是誰放出的話？其心可誅、其肉可剮！蓮玉見狀，連忙上前輕撫過行昭的背，紅著眼問：「三人成虎，眾口鑠金，要是天家信了……該怎麼辦啊……」

行昭緩過氣，眼睛瞪得大大的，一把拉過蓮玉，壓低了聲音問：「妳聽誰說的？什麼時候開始傳的？有哪些地方在傳言？府裡都有誰知道？」

「我老子昨天去通州看莊子，今天急急忙忙跑回來就來跟我說，咱們是在深閨裡頭的婦人，別人要想瞞著，容易得很。通州那邊是四、五天前就開始傳了，旁邊的幾個州縣也沒消停。我將才讓哥哥去定京城裡轉悠轉悠，哥哥說在定京城裡隱隱約約有聽到些。」蓮玉說得亂了語序，她能感到自己的腳都快軟了，在大家貴族裡頭當差這麼些年，看話本子都看了不少，哪個朝代不是靠武將打下江山，過後又開始重文輕武了？歸根結柢，還不是天家怕別人手裡頭有兵，能幫他打下江山，憑什麼不能幫自個兒打？

「府裡頭能出去採買的買辦，管事還有能休假、能出門的嬤嬤應該都聽見了些風言風語吧？定京城裡也只有茶館裡頭、遛鳥的湖邊和幾個熱鬧點的大街上在傳，畢竟是天子腳下，誰也不敢像在通州、冀州那樣亂說。」

行昭往後靠了靠，小小的身子靠在柱子上，背後感到一片沁涼。前世死得不明不白，她沒哭，歡哥兒死的時候，她沒哭，離開了惠姊兒，她沒哭，方家再起波折，她也沒哭……可如今，她確確實實地感到了造化弄人，世事難料。

「侯爺知道嗎？」行昭沒有發現她說話聲裡帶了一絲不露痕跡的顫抖，還沒等蓮玉說話，行昭便自顧自地說了起來。「妳都知道了，沒有道理白總管不知道，白總管知道了，侯爺能不知道嗎？」賀琰不呈上去給皇帝說，誰敢說廟堂之上、沈浮之間，沒幾個政敵？方家的宿敵不會說嗎？後一句沒說出口，卻漸漸挺直了腰板，站直了身子，嘴角抿了抿，扯出一絲笑，揚揚下頷。「走吧，咱們去勤寸院！」

正院離勤寸院很遠，行昭沒有備輦轎，身邊只帶了蓮玉一個人，囑咐蓮蓉去給榮壽堂報信，又吩咐了荷葉、荷心一個看好正院，一個看好懷善苑，有任何風吹草動都要來稟報。

一路走，一路在想。

蓮玉是如何沈穩的性子，如今都面容悲戚地向行昭哀哀說：「要是將軍能活著回來，都還好說。說句大不敬的話，就是能抬著將軍屍首回來，事情都還有轉圜的餘地……」

只要方祈活著回來，拿得出證據，哪怕這個證據是他自己的屍體，方家一門上下幾百口人，都能倖免於難。

行昭身體抖了抖，可是現在方祈生死不明啊！想辯解都沒有人開口，有理說不清，只能打落牙齒和血吞。

要不……要不方氏一門就只能以死來證清白！

這場風言風語，是偶然發生，還是有心策劃？拿家國去陷害，誰能有這樣大的膽子？行昭一時有些拿不准了。

惴惴不安的心情，如翻江倒海般，直湧而上。

行昭提著裙裾，抬眼一望，春光明媚，勤寸院處處都透露出一絲古拙、安寧且約束的味道，前次來，心裡藏著事，這次來，心裡還是藏著事，多事之春，注定要徒生波瀾了。

行昭將行到勤寸院的門口，就聽到兩旁的樹叢裡有窸窸窣窣的聲音，也是，歷代臨安侯的書房外頭怎麼可能沒有重兵把守？行昭心裡明白賀琰已經知道她來了。

賀琰待她難得的寬縱和不同尋常的耐心，讓她決定沈下心來，好歹搏上一搏。

不一會兒，白總管從青磚小徑裡迎了出來——這是極高的禮遇了。

行昭見白總管將她帶往書房，仰著臉，語聲清朗地問：「父親在議事嗎？」

白總管沒答話，越發躬了身子，更加快了腳程，心頭卻想起賀琰聽到暗衛來報時的沈吟和最後決定，又想起來昨夜裡賀琰獨身飲酒，看著酒盞輕輕說的那句話——「賀家下一輩中，只有阿嫵最像我」，賀琰以為他沒聽到，他卻聽得真真的。

行昭見他不答話了，也不再言語。

行昭心裡頭正盤算著該怎麼說，卻聽「吱呀」一聲，書房的門被大大打開，賀琰負手背身立在窗前，勤寸院的書房是坐北朝南的，卻曬不到陽光，裡頭暗得很，一盞燈也沒點，只有那一片窗櫺前的一窪轉上有星星點點的光。

「父親——」行昭輕聲喚道。

賀琰身形一頓，緩緩轉過身來，只有左邊臉龐能看得分明，其餘的地方都隱沒在了暗黑中，他抬了抬手招呼行昭。「妳坐吧，聽妳母親說妳喜歡甜食。上一盅梅汁乳酪來，再來一碟糖霜鴛鴦。」

糖霜鴛鴦是一半黑米，一半糯米，裡頭夾雜些果脯、梅絲、杏仁和花生，蒸得半熟不熟時再拿水澎了，炒出糖霜來撒在上頭，和八寶飯有些像，但是比八寶飯複雜多了。

賀琰也有話對她說。

白總管佝身應了諾，先把乳酪端上來，便將門掩得死死的，書房裡只留下父女二人。

行昭心頭想著，手腳麻利地搬了個錦墩靠著他坐，仰頭望著賀琰，心情複雜極了。這個男人給她生命，卻毀了她的母親，他的心裡究竟藏著些什麼？他對應邑到底是利用還是動過真情？對大夫人，雖然厭惡，但是卻也維護過，也為她做過臉面。

賀琰見行昭乖乖地端手肅立，只好先開口。「外頭傳的那些風言風語，妳知道了？」只有這個理由，能夠讓幼女獨身來到勤寸院找他。

都是聰明人，行昭輕輕點頭，大大的杏眼直勾勾地看著賀琰。「母親擔心舅舅擔心得人都看不清了，直把哥哥認成舅舅，頭髮掉得正堂裡頭到處都是。阿嫵不知道人心竟然還可以壞到這個程度，方家世代忠烈，外祖是死在戰場上的，方家祠堂裡的牌位有一半是死在邊疆的，方家與韃子有不共戴天之仇，竟然還有人狠得下心來誣陷。舅舅現在的處境，和精忠報國的岳飛有什麼區別？」

直入主題。行昭雖然拿不准這件事是構陷還是空穴來風，但是對著賀琰，她選擇了最能鼓動人心的一種猜測。

賀琰沈吟，幼女的早慧他至此才發現，轉過頭來細細一想，處理景哥兒的事上鎮定自若，激將他早去面聖的局裡運籌帷幄，到如今直接開口將事情定性成為攀誣，逼他找出幕後之人，更讓他欣喜萬分，只可惜行昭不是男兒身。賀琰自詡不是一個會受人逼迫的個性，可面對幼女的機巧，他卻發不出脾氣。

他從前日就著手調查這件事，如今已經有了些眉目，可查出來的結果讓他心驚，更不能讓行昭知道。

「方家世代經營西北，又掌著重兵大權，權不旁露，在皇城有虎視眈眈之人想從方家脖子後頭咬下一塊肉。打他們家的主意，也是很正常的事情。」賀琰避重就輕，將答案說得藏一半見一半，又說：「定京城離西北遠，戰況如何民眾也不知道，私心又不願意承認國富力強的大周竟然被韃子逼成這個樣子，便自有主張地找到了一隻替罪羔羊。」

行昭握了握拳頭，表情晦暗不明，賀琰說得很有道理，可卻沒有說出實質性的話來，擺明了是在敷衍她。

她在思索之下，竟漏掉了極為重要的兩個字，「皇城」。賀琰個性謹慎，卻沒有說定京城，也沒有說京城，卻說了皇城。

「只要爹爹願意相信，聖上願意相信，等舅舅凱旋歸來，總會有水落石出的那一天。秦檜最後不也跪在了岳王廟前頭嗎？」行昭直覺問不出什麼來，只好以這樣的話來試探。

賀琰一挑眉，光便從熠熠生輝的眼移到了筆挺的鼻梁上，三十來歲的男人，氣質沈穩又野心勃勃，行昭彷彿有些明白大夫人與應邑為什麼如同飛蛾撲火，奮不顧身了。

「我願意相信，至於皇上願不願意相信，我不敢擅自揣摩聖心。」賀琰看著身形嬌小的幼女，竟有些不敢相信，自己花費這樣多的時間和她磨蹭，七、八歲的深閨娘子再聰明能聰明到哪裡去？再聰明也不能接替賀家，延續門楣。

賀琰突覺可笑和索然無味，話音一落，便起心想草草結束這段對話。忽然聽到外頭一陣喧囂，不一會兒，便有一陣有規律且輕盈的叩窗板聲音在外頭響起，又聽見白總管隔著窗櫺低聲呼。「侯爺！」

賀琰一皺眉，大步上前，一把推開門，沈聲道：「說。」

白總管趕忙上前，來不及行禮，也無法顧忌行昭還在裡間，長話短說。「皇上震怒，太后娘娘已經下令將方皇后幽禁鳳儀殿！」

行昭耳朵尖，捕捉到了幾個關鍵點，立馬起身，提起裙裾三步併作兩步走，輕手輕腳地走近門廊。

出人意外之外，賀琰極為鎮定，開口便問：「皇上因何震怒？」

「惠妃小產，太后娘娘命人徹查後宮，最後在鳳儀殿裡查出端倪，皇上已經下令將皇后娘娘禁足了。」

白總管平日看著是個怕事的個性，做事情總愛誇大其辭，作出一副惶恐不安的樣子。可從剛才白總管的語聲裡聽不出一絲慌亂，行昭又想起將才那串極為規律的叩板聲，怪道白總管能安安穩穩地爬到這個位置。

以行昭的閱歷，都能夠聽出來事有蹊蹺。方皇后雖然膝下無子，可如今皇上已有三子，惠妃再產子，根本就不重要。再說只要方皇后穩坐正宮位置，誰上位她都是名正言順的太后娘娘。

外有方祈生死不明又遭惡意誣陷，內有方皇后陷入困境自身難保，雙管齊下，這個局做得太大，就算有顧太后的幫助，應邑也掌握不了。

行昭細細打量賀琰的神色，只聽賀琰輕吐一句——

「謀害皇嗣，是大罪。就算是正宮皇后，犯了事也不能只是幽禁了事。」

賀琰想得比行昭更深，平西關被破，方祈下落不明，皇帝的首要反應竟然是安撫方皇后，從這一點上就能夠知道皇帝與方皇后之間的感情，豈能是一個小小惠妃能摧毀的？

謠言四起，如果皇帝不有所作為，似乎也說不過去，索性就找個由頭把方皇后囚禁起來，這又何嘗不是在保護她呢？只不過，如果皇帝不忌憚方家，為什麼又要在年前指派梁平恭先行一步接替前任提督？掖庭常常是廟堂的風向，這會不會是皇上聽到謠言之後，兩廂的氣加在一起，才做出了這樣的決定？

父女倆都在沈思，白總管覷了這個一眼，又覷了那個，心裡頭也在想這件事情，加在一起想，難保不會讓人想歪。

——未完，待續，請看文創風191《嫡策》2

好評滿分·經典必讀佳作

描情寫境，深入人心

董無淵

真情至性代表作

嫡策

全套六冊

至親的冷血相待，摯愛的殘酷背叛，
磨光了她敢愛敢恨、稜稜角角的性子。
重生而來，看透世情人心之餘，
她再不要被情愛蒙蔽了心眼，絕不再白活一遭……

文創風 190 **1**

一個侯門千金前世死乞白賴嫁給心不在自己身上的男人，
死去活來重生之後，她不再是那個敢愛敢恨的自己，
這一世她看透了、心寬了，只想好好活下去……

文創風 191 **2**

她又一次失去了母親，再一次失去了這個世間最愛護她的人。
既然父親冷血逼死了母親，生養她的賀家無情逼迫著她，
要想血債血償，她得想盡辦法先逃離這背棄她的家……

文創風 192 **3**

父親的冷情自私、祖母的硬心捨棄，讓她的心也狠了起來，
在皇后姨母的庇護下，一步步精心設計，讓仇敵自食惡果，
卻也讓她懷疑起為了愛連命都捨了，值得嗎？

文創風 193 **4**

她喜歡六皇子，就在他說他想娶她之後，
原本搖擺不定的一顆心終於落到了實處。
前世被愛傷透的她還是喜歡上他了，
就因為他願意承擔起娶她的一切後果……

文創風 194 **5**

她願意信任六皇子。
從痛苦死去，到懷著希望活過來，
再到眼睜睜地看著母親飲鴆而去，
再到現在……明天，她就要幸福地，
滿心揣著小娘子情懷地去嫁他……

文創風 195 **6** 完

六皇子說：「我們爭的是命，老天爺把我們放在這個位置，
要想自己、身邊人活命，就要爭。等爭到了，妳我皆要勿忘初心。」
她何其有幸遇見這個男人，值得用心去爭……

文創風 190

嫡策 1

國家圖書館出版品預行編目資料

嫡策 / 董無淵著. --
初版. -- 臺北市 : 狗屋, 民103.06
冊 ; 公分. --（文創風）
ISBN 978-986-328-309-6（第1冊 : 平裝）. --

857.7　　103008955

著作者	董無淵
編輯	王佳薇
校對	曾慧柔　王冠之
發行所	狗屋出版社有限公司
地址	台北市104中山區龍江路71巷15號1樓
電話	02-2776-5889～0
發行字號	局版台業字845號
法律顧問	蕭雄淋律師
總經銷	知遠文化事業有限公司
電話	02-2664-8800
初版	103年6月
國際書碼	ISBN-13　978-986-328-309-6
原著書名	**《嫡策》**，由起點女生網〈http://www.qdmm.com/〉授權出版

定價250元

狗屋劃撥帳號：19001626

網址：love.doghouse.com.tw　E-mail：love@doghouse.com.tw